KB022467

치맥과 양아치

치맥과 양아치

1판 1쇄 인쇄 ㅣ 2020년 12월 15일
1판 1쇄 발행 ㅣ 2020년 12월 21일

지 은 이 ㅣ 이경식
펴 낸 이 ㅣ 천봉재
펴 낸 곳 ㅣ 일송북

주   소 ㅣ 서울시 성북구 성북로 4길 27-19(2층)
전   화 ㅣ 02-2299-1290~1
팩   스 ㅣ 02-2299-1292
이 메 일 ㅣ minato3@hanmail.net
홈페이지 ㅣ www.ilsongbook.com
등   록 ㅣ 1998.8.13(제 303-3030000251002006000049호)

ⓒ이경식 2020
ISBN 978-89-5732-274-1(03800)
값 14,800원

소소하고 유쾌한 실수 이야기 100개

치맥과 양아치

부끄러움

미안함

아쉬움

그리움

선택의 어려움

이경식 지음

알주북

이야기를 시작하며

어느 날 문득 떠오른 어떤 낯부끄럽던 실수 하나를 곰곰이 생각하다가, 내가 그동안 살아오면서 저지른 소소한 실수 이야기들이 유쾌한 이야깃거리가 되어 우울한 시절을 보내는 사람들에게 잠시나마 즐거움을 주지 않을까 하는 생각을 했다. 또한 이런 실수들이 누군가에게 타산지석이 되면 더욱 좋겠다는 생각도 했다. ●

욕
배
틀

안강읍 옥산리. 행정구역상으로는 경주에 속하지만 경주보다는 포항에서 더 가깝다. 내가 태어난 동네이고, 아버지와 삼촌들, 할아버지, 증조할아버지, 고조할아버지, 그리고 그 위의 할아버지의 할아버지의 까마득한 할아버지가 태어난 동네이다.

다섯 살 무렵에 대구로 이사하기 전까지 나는 거기에서 살았고, 그때의 기억들은 스냅 사진처럼 몇 개의 조각으로 남아 있다.

그 가운데 하나가 내 또래의 여자아이와 싸웠던 기억이다. 무슨 까닭이었는지 기억에 없지만, 어쨌거나 우리 둘은 따뜻한 햇볕이 내리쬐는 담장 아래에 마주서서 서로에게 욕을 했다. 한 사람이 욕을 하면 다른 사람이 듣고 있었고, 그 사람이 욕을 마치면 다른 사람이 반격했다. 그렇게 둘은 기를 쓰며 욕을 주고받았다. 말하자면 욕 배틀을 벌인 셈이다.

우리는 한 치도 물러서지 않고 배틀을 이어갔고, 그러던 중에 지나가던 어른이 우리를 발견하고는 뭐라고 얘기를 했다. 아마도 그런 욕은 하지 말라고 했던 것 같은데, 입을 크게 벌리고 웃는 그 어른의 얼굴도 그 기억의 조각 가운데 하나이다.

그런데 그때 나는 무슨 욕을 그렇게 했으며 또 그 여자아이는 또 나에게 무슨 욕을 그렇게 했을까? 그때 내가 했던 욕들 그리고 내가 들었던 욕들이 어떤 내용인지 알기만 하면, 지금은 까마득한 망각 속에 잠겨버린 내 유년 시절을 복원할 수 있을 것 같은데, 그때 내가 무슨 생각을 했으며 무슨 꿈을 꿨는지 또 무엇을 하고 싶었는지 알 수 있을 것 같은데…

그때의 그 욕들을 기록해 두지 않은 게 실수다. 그때에는 아직 글자를 쓸 줄 몰랐겠지만 그래도 머릿속에 두고두고 기억하지 않은 게 실수다. 삼촌들에게 내가 알고 있었던 그 욕들을 대신 적어 놓아 달라고 하지 않은 게 실수다. 인생의 소중한 순간들을 소중한지도 모르고 그냥 흘려버렸던 게 실수다. ●

목차

5장　　치맥과 양아치 / 선택의 어려움

1
장

완장의 추억 :: 부끄러움

●

작은엄마

다섯 살이던 나는 그 여자를 '작은엄마'라고 불렀고 어머니는 그 여자를 '서울집'이라고 불렀다.

의정부 미군부대에서 운전병으로 복무하던 아버지가 제대하자 아버지를 따라서 함께 우리 집으로 온 여자였다. 그때 우리는 안강 옥산에서 대구로 이사를 해 있었고, 신천 건너편의 산 아래에서 양계장을 하며 할아버지와 할머니 그리고 삼촌 셋과 함께 살고 있었는데, 그 여자는 본채에서 멀찍이 떨어진 별채에서 기거했다.

나중에 나이가 들고서야 안 사실이지만, 아버지는 총각 행세를 하면서 그 여자를 만났고, 그러다가 정이 들고 아이가 생기자 이러지도 저러지도 못한 채로 그 여자를 데리고 온 것이었다. 젊은 나이에 과부가 되었던 증조할머니는 가문의 대가 끊길까 봐 걱정했고, 일찍 대를 이어야 한다는 증조할머니의 강압에 못 이긴 할아버지와 할머니는 아직 고등학생이던 아버지를 어떤 양반집의 셋째 딸과 맞춰서 결혼시켰고, 두 사람 사이에서 내가 태어났으며, 그리고 얼마 뒤에 아버지는 입대했었다. 그리고 제대를 하면서 그 여자를 데리고 집으로 왔던 것이다.

　　그런데 나는 어쩐 일인지 그 여자가 좋았다. 아닌 게 아니라 그 시절 내 생활은 단조롭기 짝이 없었다. 이웃집의 내 또래 여자아이와 놀기는 시시했고, 기껏해야 무당개구리를 찾아내서 기어코 배를 뒤집어보거나, 수량이 줄어들어 바닥을 드러낸 신천에서 반질반질하고 새까만 돌멩이를 주워다가 사료 포대기에 푹 박아넣고서 "사료 포대에서 돌멩이가 나왔네!", "한동안 잠잠하더니 오늘도 또 돌멩이가 나왔네, 희한한 일이네!" 하고 놀라는 어른의 표정을 바라보는 게 내 생활의 대부분이었다.

　　그랬기에 그 여자의 등장으로 나는 신기하고도 새로운 세상을 보았다. 뽀얀 얼굴에 생전 처음 들어보는 발랄하고 경쾌한 서울 말씨!

나는 별채의 문고리를 자주 잡아당겼고, 그 여자로서는 그 집에서 내가 아버지 다음으로 만만하고 편한 상대였을 테니 우리는 그렇게 서로가 서로를 필요로 했다.

그런데 어머니는 당시의 나로서는 도무지 이해할 수 없게도 그 여자 곁에서 빙빙 돌던 나를 못마땅하게 여기면서 그 여자에게 가까이 가지 말라고 다짐을 받으려 했다.

그러던 어느 날 나는 그 여자의 손을 잡고 난생처음으로 목욕탕에 갔다. 나야 목욕탕이라는 공간을 알지도 못했으니 내가 먼저 거기에 가자고 졸랐을 리는 없고, 그 여자가 나더러 목욕탕에 가자고 했을 테고 나는 거기가 어떤 곳인지도 알지 못한 채 따라갔을 것이다.

그날 목욕탕에서 돌아온 나는 새로운 문명을 경험한 흥분이 채 가라앉기도 전에 어머니에게 엉덩이를 손바닥으로 흠씬 두들겨 맞았다. (아마도, 목욕탕에서 때를 벗기고 뽀송뽀송하고 맨들맨들해진 얼굴을 어머니에게 자랑하러 갔을 테고, 그때 어머니는 그제야 내가 그 여자와 무슨 일을 함께했는지 알아채고 분노했을 것이다. 단 한 명 당신 편이라고 믿었던 아들의 배신에 어머니는 얼마나 화가 났을까?)

내가 어머니가 무섭다고 느꼈던 것은 손매의 매서움 때문이 아니었다. 지금도 잊을 수 없는 어머니의 눈빛 때문이었다. 나를 바라보는 어머니의 낯선 눈빛의 정체가 무엇인지는 오랜 세월이 지난 다음에야 알 수 있었지만, 다섯 살 나이의 내가 알아차리기에는 너무 어려웠을 것이다. 어머니에게는 두고두고 죄송한 일이다. 아버지가 그랬던 것처럼 그 여자를 가까이 한 것은 나의 실수였다. 남편에게 배신당한 어머니의 쓰라린 가슴에 못을 박는 실수였다. ●

악필

글씨가 왜 그렇게 못났느냐는 얘기를 많이 들었다. 글씨에는 그 사람의 인격이 담겨 있다는데, 내 글씨에는 내 못난 인격 말고도 어린 시절 끝내 달성하지 못했던 목표의 기억도 함께 담겨 있다.

초등학교 1학년 때였다. 선생님은 퇴근하기 전에 칠판 아랫부분 분필과 지우개를 놓는 자리에 단어 카드를 이쪽 끝에서 저쪽 끝까지 나란히 빽빽하게 줄을 세워 놓았고, 우리는 등교하자마자 그 카드에 적힌 글자를 공책에 적었다. 처음부터 끝까지 다 쓰고 나면 다시 처음부터 끝까지 다시 쓰고, 또다시 쓰고... 선생님이 교실에 들어올 때까지 우리는 그 단어를 부지런히 공책에 썼다. 그러니까 우리는 아침마다 '단어 많이 쓰기' 경기를 벌였던 셈이다.

아이들이 이 경기에 그토록 열심이었던 데에는 이유가 있었다. 그 단어들의 세트를 가장 많이 쓴 아이 세 명에게 상을 주었기 때문이다. 상이라고 해 봐야 연필이었다. 그래도 아이들은 지독하게 열심이었다.

그런데 억울하게도, 다른 아이들보다 집에서 학교까지 거리가 멀었던 나는 불리했다. 일찍 집에서 나와서 부지런히 걸어도 교실에 들어가면 언제나 다른 아이들이 먼저 와서 단어를 쓰고 있었다. 내가 아무리 일찍 일어나서 일찍 밥 먹고 부지런히 달려와도 언제나 그랬다. 그러니 내가 그 아이들보다 단어를 더 많이 쓰려면 다른 아이들보다 더 빠르게 쓰는 수밖에 없었다. 그렇게 나는 더 빠르게, 더욱 더 빠르게 쓰려고 열심히 노력했다. 그 상을 한 번 받아보는 게 그때의 나에게는 가장 큰 목표였으니까. (나는 무슨 이유로 그렇게나 선생님에게 혹은 다른 아이들에게 인정받고 또 잘 보이고 싶었을까?)

그러나 나는 그 경기가 없어질 때까지 그 상을 한 번도 받지 못했다. 그리고 필체가 형성되던 그 결정적인 시기에 내 글씨는 질보다는 양에, 품질보다는 속도에 휘둘렸다. 그리고 그 속도전의 상흔은 내 필체에 지울 수 없는 못난 상처로 고스란히 남았다. 그렇게 내 인격은 초등학교 1학년 그 시절에 이미 '빨리빨리'의 속도전과 성과주의에 물들어버렸다. ●

완장의 추억

그때 나는 권력의 짜릿한 쾌감을 느꼈다. 그 느낌은 다른 아이들은 모두 가만히 앉아 있을 때 나 혼자 서서 그 아이들을 감시하며 왔다 갔다 할 때의 우월감이었던 것 같다.

초등학교 1학년 때였다. 그야말로 코흘리개 아이 때 나는 완장을 차고서 잠시 권력의 쾌감에 취했었다. 선생님이 나에게 분단장이라는 직책을 맡긴 덕분이었다. 나는 그 역할에 꽤나 열심이었던 것 같다. 책임감이라는 부담보다는 그 부담에 뒤따르는 우월감이라는 보상이 더 커서 그랬을 것 같다.

　선생님은 교실을 비울 때면 늘 분단장들에게 정숙한 분위기를 유지하는 책임을 맡겼다. 그날에도 나는 맨 뒤에 서서 그 임무를 수행했다. (왜 굳이 그렇게까지 했는지는 나도 모르겠다. 그때에는 그게 관행이었을지도 모른다.) 그런데 우리 분단의 그 얼굴 새까맣던 여자아이가 무슨 이유에선지 모르겠지만 자리에서 일어나서 교실 밖으로 나가려고 했고, 나는 분단장의 권한으로 그 여자아이를 막아섰다. 나가겠다니 못 나간다니 하는 실랑이가 벌어졌고, 급기야 이 실랑이는 몸싸움으로 이어졌고, 여자아이의 손이 내 눈앞에 번쩍 스치는가 싶더니 이마에 싸한 느낌이 들었고, 싸한 느낌은 곧 따끔한 통증으로 이어졌다. 나는 두 손으로 여자아이를 밀쳤고, 여자아이는 나가떨어졌다. 나중에 선생님은 내 이마에 난 상처를 보고 혀를 찼다.

　"아이고 우야노, 예쁜 얼굴에 상처를 내놨으니... 그래도 이마라서 다행이긴 하다만, 쯧쯧쯧!"

　권력의 강렬한 쾌감은 짧았고, 저항하는 분노의 서슬 푸른 눈매는 섬뜩했으며, 이마에 난 상처는 훈장이 아니라 부끄러움이었다. 아닌 게 아니라 나는 졸업할 때까지 그 여자아이와는 단 한 번도 말을 하지 않았지만 늘 그 여자아이를 의식하며 지냈다. 가늘게 찢어진 눈에 작은 얼굴 그리고 까무잡잡한 피부의 그 여자아이...

다행한 일인지 불행한 일인지는 아마 죽을 때까지도 모르겠지만, 그 뒤로 나는 완장을 찼던 적이 없다. 부회장은 몇 번 했지만 회장을 한 적이 없다. (사적인 모임의 회장은 한 적이 있다.) 스태프는 했어도 라인은 하지 않았다. (솔직히 말하면, 두어 번은 했었던 것 같다.) 누군가의 상사나 상관이 된 적도 없다. (회사에 취직해서 월급을 받아본 적도 없고 군대도 면제받아 가질 않았으니, 이것은 확실하다.) 선발권이나 추천권이나 돈을 흔들어 보이며 사람들을 내 앞에 줄 세운 적 없다. 조직의 돈을 내 재량대로 사람들에게 나누어줘 본 적도 없다.

그러나 이런 내 선택의 반대급부로, 조직의 리더로 조직원을 이끌고 과제를 성공적으로 수행하면서 리더만이 느낄 수 있는 긍지와 보람을 느낀 적이 없다.

…멋모르고 권력의 쾌감에 취했던 초등학교 1학년 때의 실수를 통해서 배운 교훈이 내 인생의 경로를 맥아리라고는 찾아볼 수 없는 쪽으로 유도했다면 과장일까?

만화책이 있는 이발소 풍경

내가 기억하는 어린 시절 차별의 현장에는 이발소도 포함된다.

초등학교 저학년 때, 그 이발소가 아이들에게 인기가 좋았던 것은 만화책을 많이 비치하고 있었기 때문이다. 그 만화책들이 없었다면 혹은 몇 권밖에 없었다면 소년 고객들은 무료했을 것이다. 아이들은 무료함을 달래려고 이런저런 얘기를 나누었을 것이고 그러다 보면 소리가 점점 커졌을 테고 그 소음에 이발사 아저씨는 머리가 아팠을 것이다. 혹은 심심한 이발소로 소문이 나서 소년 고객의 발길이 뚝 끊어졌을 것이다. 그러나 아이들에게나 이발사에게 모두 다행스럽게도 아이들은 자기 차례를 기다리는 동안 조용히 (그저 킥킥거리기만 하면서) 만화책에 머리를 파묻고 시간 가는 줄 몰랐고, 이발사 아저씨는 정숙함 속에서 부지런한 가위질로 생산성을 최대한 높일 수 있었다.

"다음 누구고?"

나는 보던 만화책을 내려놓고 의자에 앉았다. 어른 체형에 맞는 의자였기에 우리는 의자 양쪽 팔걸이에 나무판을 걸쳐놓고 그 위에 앉았다. 그래야만 우리의 머리 위치가 어른이 제대로 앉을 때의 머리 위치와 비슷해졌고, 이발사는 편한 자세로 작업을 할 수 있었다.

그런데 이발사 아저씨는 나에게 자꾸만 가만히 있으라고 했다.

"야야(얘야), 가마이 쫌(가만히 좀) 있어라."

내가 움직이면 다칠 수도 있고 머리를 잘못 깎을 수도 있고 또 거기에 신경을 쓰다 보면 두 사람을 깎을 시간과 노력으로 한 사람밖에 깎지 못할 테니 이발사로서는 충분히 그럴 수 있었다.

"와 이래(왜 이렇게) 꼼지락거리고 달싹거리고 펄럭거리노 말이다."

"가마 있으라카이! (가만히 있으라니까!)"

"쫌!"

나중에 아저씨는 이발비를 받으면서 나한테 그랬다.

"야야(얘야), 니는(너는) 다음부터 우리 집에 오지 마래이, 알았제?"

나는 꼼짝 않고 가만히 있어야만 하는 자리에서, 다른 아이가 만화책을 고를 때 그 아이가 무슨 만화책을 보려고 하는지 궁금해서 흘낏거리거나 거울 속의 내 뒤통수가 어떻게 달라지는지 궁금해서 머리를 살짝 돌리거나 무슨 이유에선지 갑자기 간지러워진 배를 긁거나 혹은 콧잔등에 떨어진 잘려진 머리카락을 털어내리려고 꼼지락거리는 실수를 한 죄로 그 이발소 출입을 금지당하는 처벌을 받았다.

"야야, 니는 다음부터 우리 집에 오지 마래이? 알았제?"

그 말을 들었을 때 나는 처음으로, 내가 다른 아이들보다 유난히 많이 꼼지락거린다는 것을 알았던 것 같고 또 그 사실을 충격으로 받아들였던 것 같다. (그렇지 않다면 이발사 아저씨가 했던 그 말이 지금까지 선명한 기억으로 남아 있을 리 없지 않은가?) 아마도 그 충격은 다시는 그 이발소에서 만화를 볼 수 없다는 충격과 상승 작용을 일으켰을 것이다.

그때 이후로 나는 '점잖게' 있으려고 노력했고, 지금은 누가 봐도 의젓한 모습으로 살아가고 있다. 그러나 그렇다고 하더라도 내 머릿속까지 의젓하게 바뀌지는 않은 것 같다. 온갖 상상이 자주 내 머릿속에서 꼼지락거리고 달싹거리고 펄럭거렸다. 지금이라고 달라졌을까 마는 눈 밝은 사람 말고는 모를 것이다.

그런데 문득 그런 생각이 든다. 왜 그 이발사 아저씨는 아이가 꼼지락거리는 건 실수가 아니라 원래 그런 것이라는 생각은 하지 않았을까? 아이들 가운데에는 유난히 그런 아이도 있다는 생각은 왜 하지 않았을까? 원래 그렇지 않은 사람이 실수했을 때 주는 처벌은 동기부여이지만, 원래 그런 사람에게 주는 처벌은 차별이다. ●

엄마 속이기

초등학교 저학년 때였고, 아마도 겨울방학 때였던 것 같다. 심심해서 아이들끼리 하루 종일 여기저기 몰려다녔던 걸 보면...

그렇게 몰려다니던 패거리에는 나보다 서너 살 많은 형들도 있었고 나보다 어린 애도 있었다. 우리는 동네 뒷산의 아지트 부근에 모여 있었고, 늘 그랬듯이 누군가가 모닥불을 피웠다. (신기하게도 우리들 가운데 누군가에게는 언제나 성냥이 있었다.) 모닥불을 피우는 장소는 정해져 있었는데, 작은 바위 두 개가 맞닿으면서 생긴 좁은 공간이었다. 양옆의 바위 덕분에 그 공간은 바람의 영향을 받지 않았고 또 불똥이 다른 곳으로 튈 염려도 없었다. 아이들이 옹기종기 모여 앉아 불을 쬐며 이런저런 얘기를 하기에는 안성맞춤이었다. (그때에는 무슨 할 얘기가 그렇게 많았는지 모르겠다.)

나는 그때 두 바위가 만나는 위쪽에 자리를 잡고 두 다리를 쩍 벌리고 앉았다. 불자리가 아궁이처럼 깊지 않아서 열기가 바위를 타고 위로 올라왔기에 그렇게 하고 있으면 모닥불의 열기를 사타구니를 중심으로 훨씬 더 강하게 느낄 수 있었기 때문이다. 말하자면 그곳은 명당자리였다.

그렇게 명당의 혜택을 누리며 모닥불만큼이나 따뜻하게 활짝 꽃을 피운 이야기에 귀 기울이기를 얼마나 했을까?

"경식아, 니(네) 바지 탄다!"

놀라서 바라보니, 진짜로 내 바지에서 연기가 피어나고 있었고, 막 불이 붙고 있었다. 놀라서 벌떡 일어나 손바닥으로 후다닥 사타구니를 치면서 불을 껐다. 바지가 홀라당 불에 타지는 않았지만, 시커멓게 타서 못 쓰게 되었다. 바지를 태워먹었으니 집에 가면 어머니에게 혼이 나도 세게 혼이 날 게 분명했다. 그래서 나는 어떻게든 어머니를 속이기로 마음먹었다.

다행히 집에 어머니는 없었다. 나는 사타구니 쪽이 시커멓게 탄

바지는 둘둘 말아서 눈에 띄지 않는 곳에 박아두고 멀쩡한 바지를 꺼내 입었고, 얼마 뒤에는 아무 일도 없었다는 듯이 태연하게 어머니를 맞았다. 어머니는 방에 들어서면서 탄내가 난다고 했고, 나는 그런 냄새가 나지 않는다면서 짐짓 딴청을 부렸다.

"그런데 니는 바지를 와(왜) 그거 입고 있는데? 무슨 일 있었나?"

"(이크! 어떻게 아셨지?) 으은지예(아니요)!"

"와(왜) 반바지를 입고 있노 말이다, 입고 있던 바지는 어쨌노?"

완전범죄의 음모는 그렇게 무산되고 말았다. 겨울에는 반바지를 입는 게 이상하다는 디테일을 미처 생각하지 못했던 것이 내 실수였다. 악마를 만나고 싶지 않으면 디테일에 강해야 한다는 사실을 나는 미처 몰랐다. ●

진로 결정 1 : 손바닥으로 하늘 가리기

나는 어쩌다가 글을 쓰는 일로 평생을 살게 되었을까? 어쩌다가 삼류 작가로 그리고 삼류 번역가로 살게 되었을까?

가끔씩 이런 생각을 했었다. 지금껏 살아온 내 인생에 대한 후회나 아쉬움이 없지는 않았겠지만 인생의 오묘한 전개에 대한 궁금증이 더 컸다. 그렇지만 딱 부러지게, '아, 그래서 그랬구나!' 하고 무릎을 치게 되는 해답은 얻지 못했다. 그냥 어쩌다 보니 이리저리 휘둘리고 또 그러면서도 가끔 환시인지 실체인지 분간도 되지 않을 정도로 어렴풋하기만 한 어떤 빛, 내 인생의 등댓불이라고 여겨지는 그 어떤 빛을 바라보면서 어찌어찌 살다 보니 그렇게 되었나 보지, 하고만 생각했다.

그런데 갑자기 그 장면이 불쑥 머리에 떠올랐다.

맞다! 어쩌면 그때 그 일 때문에 내 인생행로가 결정되었을지도 모른다!

나이가 쉰을 막 넘었을 무렵, 초등학교 때 자주 어울려 놀면서 나름대로 심각하고 진지한 얘기를 나누었으며 재수할 때 학원에서 다시 만났으며 대학교를 졸업한 뒤에도 가끔씩 보곤 하던 옛날 친구를 만나서 옛날이야기를 하던 중에 그 장면이 망각의 장막을 뚫고 불쑥 튀어나왔다.

초등학교 4학년 때였고, 장소는 교실이었다. 점심시간이었는지 쉬는 시간이었는지 모르겠지만 교실에는 빈자리가 많았고 아이들은 재잘거리고 있었으며 나는 내 자리에 앉아 있었다. 그때 옆 반 담임교사인 남자 선생님이 교실 앞문을 열고 들어왔다. 우리 담임인 여선생님보다 나이가 많았고 평소에도 입이 무겁고 엄격하다는 느낌에 어쩐지 저절로 머리가 조아려지는 그런 선생님, 혹시라도 눈이 마주치기라도 하면 얼른 눈을 내리깔고 옆으로 슬슬 피하곤 했던 선생님이었다.

그 선생님은 우리 담임과 눈인사를 나누고는 내 쪽으로 천천히 걸어왔다. 눈이 마주쳤지만 나는 고개를 숙이고 딴청을 부렸다. 그때까지만 해도 그 선생님이 나에게 볼일이 있을 것이라고는 전혀 생각하지 않았다. 고개를 숙인 내 시야에 선생님의 하반신이 점점 가까워졌고, 나는 선생님이 나를 지나쳐서 뒷문을 통해 교실에서 나갈 줄로만 알았다. 그런데 선생님은 내 옆에서 걸음을 딱 멈추었다. 그 선생님이 나에게 볼일이 있는 게 분명했다.

… 뭐지? 내가 뭘 잘못했지?

그 순간, 내 머리 위로 선생님의 손이 올라갔고 또 그 손이 내 머리를 쓰다듬었다.

"이경식이."

"예?"

나는 영문도 모른 채 고개를 들고 선생님을 바라보았다. 한 번도 대화를 나눈 적이 없는 옆 반 선생님이 내 이름을 알고 있다는 것도 놀라운 일이었다.

"너는 나중에 훌륭한 시인이 될 거야. 공부 열심히 하고 책도 많이 읽어라."

"… (뭐지? 무슨 말이지?)"

"알았제?(알았지?)"

"예."

좋은 얘기인 것 같아서 알았다고 대답을 하긴 했지만, 도무지 알 수 없는 뚱딴지같은 소리였다.

선생님은 그렇게만 말하고, 다시 뒤돌아서 걸으면서 우리 담임에게 말했다.

"이 반에는 똑똑한 애들이 참 많아요."

"경식이는 1학년 때에도 우리 반이었습니다."

"그래요?"

그게 내 기억에 남아 있는 그때의 장면 전부이다.

그런데 이 기억을 떠올리게 해 주었던 그 친구가 가진 또 다른 기억의 조각을 붙여 보자면, 그때 나는 교내 백일장에서 1등을 했다. 5학년과 6학년이 있었음에도 4학년이던 내가 전체 1등을 했었다. (그 친구 말로는 그 무렵에 자기가 나를 늘 라이벌로 여겼던 터라 그 일을 생생하게 기억한다고 했다.) 그 일로 우리 옆 반의 남자 선생님은 내가 대견하다고 여겼던지 그런 말을 했던 게 분명하다.

내 인생이 이렇게 풀리도록 최초의 단추를 꿴 사람이 초등학교 4학년 때의 옆 반 담임선생님이다? 그 선생님이 내가 나중에 훌륭한 시인이 될 것이라고 예언했기 때문에 지금의 내가 이렇게 글을 쓰면서 (삼류로!) 살고 있다?

터무니없는 책임 전가일지도 모른다. 그러나 가만히 생각하면 이런 추론이 아주 일리가 없지는 않을 것 같다. 선생님이 했던 그 말을 나의 의식이 얼마나 강렬한 충격으로 받아들였기에 까맣게 잊고 있었던 그 장면이 수십 년이 지난 시점에 불쑥 튀어나와 생생하게 재현되었겠는가 말이다.

사실 나는 어릴 때부터 우리 선조 가운데 한 분이 조선 시대에 위대한 학자이고 시인이라는 말과 나중에 커서 역시 위대한 학자이자 시인이 되어서 이 선조의 문집을 번역하고 이름을 떨치라는 말을 자주 들었다. 이런 말을 들은 것과 초등학교 4학년 때, '훌륭한 시인이 될 것이다'라는 예언을 들은 것 사이의 전후 관계가 어떤지는 잘 모르겠지만, 아무튼 그 선생님이 했던 말이 마치 내 인생의 행로를 지시하는 계시처럼 내 무의식에 강하게 박혔던 것만은 분명하다. 동사무소의 마을문고에 있던 책이란 책은 다 읽었고, 삼촌이 빌려온 무협지도 다 읽었고, 고등학교에 입학해서는 당연히 그래야 하는 줄 알고 문예반에 들어간 것도 모두 내 무의식에 박혀버린 선생님의 그 계시 때문이 아니었을까?

그런데 돌이켜 생각하면 그때 그 선생님이 문제였다. 장차 어떤 사람이 되어서 무슨 일을 하고 살 것인지 전혀 생각하지 않고 있었으며 또 그런 생각을 할 준비조차 되어 있지 않던 어린아이에게, 아무리 무심코 던지는 한마디 말이라고는 하지만, 운명의 등댓불이 되고 말 그 결정적인 말을 함부로 하다니... 아이들 보는 데에서는 찬물도 함부로 마시지 말라는 속담은 참으로 무서운 가르침이다.

책임은 나에게도 있다. 그때 그 선생님의 말을 한 귀로 듣고 한 귀로 흘려버리지 않은 게 실수다. 단 한순간의 그 실수로 내 인생의 경로가 결정되고 말았다.

그래도 그 실수 덕분에 나는, '훌륭한 정치가가 될 것이다'거나 '돈을 많이 버는 사업가가 될 것이다'와 같은 예언을 들었다면 결코 경험하지 못했을 아름다운 일들을 경험했고 또 소중한 사람들을 만났다. 때로는 실수가 인생을 아름답게 바꾸어놓기도 한다, 적어도 내 경험으로는.

그리고 한 가지 더, 4학년 백일장에서 1등으로 뽑혔다는 내 시의 내용을 그 친구는 40년 가까운 세월이 지나도록 기억하고 있었다. 다른 내용은 기억나지 않지만 '누가 하늘이 넓다고 했나, 손을 펴서 가리면 다 가려지는데...' 뭐 그런 내용이 들어 있었다고 했다. 그렇다면 내가 그때부터 손바닥으로 하늘을 가리는 '곡학아세(曲學阿世)'의 신공을 연마하며 살아 왔다는 말인가? ●

소금구이 뱀

지금 대구 어린이회관 앞으로는 예전에 곡류(曲流)하던 하천이 있었고, 주변은 온통 논이었다. 지금은 이 하천이 복개되어 그 위로 도로가 나 있고 다시 또 그 위로는 경전철이 다닌다. 초등학교 시절에 그 곡류천에서 우리 꼬맹이들은 겨울에는 썰매를 타고 놀았고 여름에는 멱을 감고 놀았다.

한 번은 멱을 감고 놀다가 뱀을 잡았다. 모래를 파서 구덩이를 만든 다음에 (곡류하는 하천에는 모래사장이 생기게 마련이다) 뱀을 넣고 다시 모래를 덮은 다음에 그 위에 나뭇가지를 모아다가 불을 붙였다. 그렇게 한참 동안 불을 때고 모래를 들춰내면 뱀은 모락모락 김을 내며 익어 있었다. 신기하게도 그때 아이들 가운데에 (특히 '형'이라고 불리던 고학년 아이들 가운데에는) 누군가는 반드시 성냥을 가지고 있었고 또 누군가는 반드시 칼을 가지고 있었다. 잘 익은 뱀을 아이들이 한 조각씩 나누어들고 껍질을 벗겨가면서 먹었다. 배가 부르다고 안 먹는 아이도 있었지만, 그 아이는 배가 불러서 안 먹는 게 아니라 겁이 많고 쩨쩨해서 못 먹는 것임을 다 알았다. 그런데 사실 그 고기는 밍밍하기만 하고 맛은 없었다.

"소금을 쳐서 먹으면 더 맛있겠다."

누군가가 그랬고, 나는 그 말에 전적으로 공감했다. 뭔가 빠진 듯한 그 밍밍함을 채워줄 수 있는 것은 소금이었다. 그런데 하필이면 소금을 가지고 있던 아이는 그때 없었다. 그러나 우리는 밍밍하기만 한 그 뱀고기를 맛있다는 듯이 먹었다. 그게 맛없다고 느낀다면 함께 어울리기에는 어딘가 부족한, 남자답지 않은 아이 취급을 받았기 때문이었다.

"소금 안 쳐도 맛있다. 맞제?"

"그래, 맛있다!"

하지만 그때 나는 이런 생각을 했다.

…다음에는 꼭 소금을 쳐서 먹어야지.

　그러나 그 뒤로 뱀을 잡아서 소금을 쳐서 익혀 먹을 기회는 한 번도 없었다. 그런데 가끔 어린 시절의 그 장면이 떠오르면 그때의 그 밍밍한 맛도 함께 묻어난다. 내 비록 미식가는 아니지만 소금을 쳐서 구워 먹는 그 맛을 꼭 한번 맛보고 싶다. 아직 해 보지 못한 어린 시절의 버킷리스트다. ●

새총과 제비

초등학교 4학년 때 난생처음으로 내 손으로 직접 새총을 만들었다. 비록 동네 형의 도움을 받긴 했지만... 그 형네 집에서 낫과 칼로 탱자나무를 다듬었고, 총알집 가죽은 그 형이 나눠준 것으로 썼다. 고무줄은 집에서 준비해 갔다. 나무를 매끄럽게 다듬고, Y자의 두 기둥에 묶는 고무줄이 미끄러지지 않도록 홈을 파고, 고무줄을 적당한 길이로 자르는 것과 (고무줄이 너무 길어도 탄성을 최대한 이용할 수 없고 너무 짧으면 반발력이 줄어든다) 이 고무줄이 풀리지 않도록 매

듭도 잘 묶는 게 중요했다.

그렇게 완성한 새총을 들고 나는 의기양양하게 나섰다. 그때 나에게 필요한 건 시험 사격이었다. 돌멩이나 흙담 그리고 허공에도 쏘았다. 그런데 살아 있는 생물을 표적으로 삼아서 쏘아 보고 싶었다. 새총의 원래 기능을 시험하고 싶었던 것이다.

두리번거리던 내 눈에 마침 제비가 포착되었다. 낮게 걸린 전선에 제비 몇 마리가 앉아 있었다. 참새가 아니라 제비를 표적으로 삼는다는 게 조금 꺼림칙하기는 했다. 흥부와 놀부가 제비 때문에 어떻게 부자가 되었고 또 어떻게 혼이 났는지 잘 알고 있었기 때문이다. 그렇지만 지금 당장에는 낮게 걸린 전선에 앉아 있는 제비만큼 적당한 표적은 없었다.

… 그래, 살살 쏘면 되지 뭐. 다치지 않고 그냥 깜짝 놀라기만 할 정도로…

총알은 이미 주머니에 수북하게 주워놓고 있었기에 사격 위치만 잘 잡으면 되었다. 잘못해서 총알이 남의 집으로 날아가면 안 되었다. 사격 위치를 잡는 사이에 제비들은 날아가기도 하고 날아오기도 했다.

나는 숨을 가다듬고 총알을 장전한 다음에 줄지어 앉은 제비들 가운데 한 마리를 겨눴다. 그러나 너무 세게 쏠 수는 없었다. 혹시라도 제비가 진짜로 맞아서 죽거나 다치면 큰일이었으니까. 그래서 고무줄을 조금만 당겼다가 놓았다. 그런데... 애개? 총알은 날아가다 말고 툭 떨어졌다. 힘을 충분히 받지 못한 총알이 전선 근처에도 가지 못하고 떨어진 것이다.

그래서 다음번에는 고무줄을 조금 더 세게 잡아당겼다. 아까보다는 좀 더 가까이 날아갔지만, 표적에 미치지 못하기는 마찬가지였다. 그렇게 몇 번 더 실패했다. 그러다 보니 꼭 맞히고 말겠다는 오기가 점점 강하게 발동했다.

…좋다, 꼭 맞히고 말겠다!

그다음부터는 고무줄을 최대한 당겨서 쏘았다. 몇 번 빗나갔지만, 그렇게 해서 영점조준이 되었고, 마침내 회심의 한 발이 제비에 명중했고, 제비는 땅으로 뚝 떨어졌다. 함께 앉아 있던 다른 제비들은 모두 놀라서 달아났다.

그제야 정신이 번쩍 들었다. 달려가 보니 제비는 숨을 쉬지 않았다.

…큰일났다! 내가 제비를 죽였다!

정말 큰일이었다. 놀부는 다리 하나를 부러뜨렸다가 그렇게 혼났는데 제비를 죽인 나는 얼마나 더 크게 혼이 날까?

둘러보니까 다행히 내 범행을 본 사람은 없었다. 그렇지만 제비들은 몇 마리 왔다 갔다 했다. 걔들이 일러바칠 게 분명했다. 나는 어떻게든 그 상황을 다른 사람이나 제비가 보기 전에 처리해야 했고, 내가 생각해낸 최고의 해결책은 죽은 제비를 잘 묻어 주는 것이었다. 개울가 햇볕이 잘 드는 곳에 땅을 제법 깊이 파고 제비를 묻었다. 허공에 날아다니는 제비들이 나의 이런 모습을 착한 행동으로 봐 주길 마음속으로 빌었다.

제비를 새총으로 쏘아서 죽였다는 이야기는 아무에게도 하지 않았다. 새총을 함께 만들었던 동네 형에게도 말하지 않았다. 혹시라도 소문이 나고 일이 커지면, 놀부가 당한 것보다 더 무서운 일을 당할지 모른다고 생각했기 때문이다. 그 뒤로 나는 한동안 불안에 떨면서 살았다. 그러나 제비의 저주는 없었고, 그러다가 어떤 시점에선가 그 일을 까맣게 잊어버렸다.

하지만 가만히 생각하면, 지금까지 나에게 일어났던 그 모든 고약한 일들이 어쩌면 내가 죄 없는 제비를 죽인 죄로 받은 벌일지도 모른다. 적어도 그렇지 않다는 증거가 없다. ●

사랑의 배신자

초등학교 4학년 교실이었다.

음악 시간이었고 예쁜 여선생님은 풍금을 치면서 노래를 불렀고, 아이들은 선생님이 부르는 대로 한 소절씩 따라 불렀다. 그때 무슨 노래를 불렀는지 기억이 나면 좋겠지만, 그 기억은 없다. 오랜 세월이 흐른 뒤라서 그럴 수도 있지만, 그때 나는 그 노래에는 전혀 관심이 없었기 때문이다.

선생님과 아이들이 번갈아 노래를 부를 때, 나는 내 앞자리 아이의 등 뒤에 내 머리를 최대한 바짝 숨긴 채로, 그러니까 숨어서 몰래, 선생님을 바라보고 있었다. 정확하게 말하면, 엄지는 위로 세우고 검지는 선생님을 향한 모양으로 손가락 총을 만들어 엄지를 가늠자 삼아서 선생님을 훔쳐보고 있었다.

그러다가 어느 순간 선생님과 눈이 딱 마주쳤다. 놀란 나는 앞자리 아이의 등 뒤로 숨었다. 그사이에도 노래는 끊어지지 않았고, 나는 다시 머리를 삐죽 내밀어 다시 손가락 총으로 선생님을 겨눈 채 바라보았다. 선생님과 아이들은 노래에 열중하고...

그런데 어느 순간에선가 노래가 끝나지도 않았는데 갑자기 선생님이 연주를 딱 멈추었다. 계속 노래를 부르는 아이도 있었고 노래를 멈춘 아이도 있었고, 그러다가 결국에는 모두가 노래를 멈추었다. 노래를 계속하기에는 선생님의 표정이 심상치 않았기 때문이다. 화를 내는 표정은 아니었지만, 그렇다고 가벼운 표정은 아니었다.

가슴이 덜컥 내려앉았다. 나 때문임을 직감했다. 아니나 다를까 선생님은 내 이름을 부르며 나오라고 했다. 나는 선생님 앞으로 가서 섰고, 아이들은 영문을 모르고 웅성거렸다.

"경식아, 선생님한테 와 그랬노(왜 그랬니)?"

"..."

"선생님한테 와 그랬노?"

대답을 할 수 없었다. 사실대로 말할 수는 없었고, 그렇다고 거짓말을 하자니 적당한 거짓말이 떠오르지 않았다. (무언가를 도모할 때에는 반드시 플랜B를 준비해 둬야 함을 그때엔 알지 못했다.)

선생님은 왜 그랬는지 계속해서 물었고, 나는 가만히 서 있기만 했다. 그러자 선생님은 출석부를 꺼냈다. 그러고는 지우개로 출석부의 내 이름 '이경식'을 문지르기 시작했다.

"끝까지 말 안 하면 퇴학이다, 아나?"

내 이름은 점점 희미해졌다. 내 이름이 다 지워지면 정말 퇴학이 될지도 모른다는 생각이 들었다. 그러던 중에 마침종이 쳤고, 아이들은 밖으로 나가기도 하고 어쩌기도 했겠지만, 나와 선생님 사이의 줄다리기는 계속되었다.

그렇게 또 얼마나 많은 시간이 흘렀을까?

"니(너) 진짜로 말 안 할래?"

나는 진짜로 말할 수 없었다. 선생님이 좋아서, 너무너무 예쁘고 좋아서 그랬다는 말을 차마 내 입으로 말할 수는 없었다. 손가락 총을 만들어서 눈을 가늘게 뜨고 그렇게 바라보면 내 시야에 오로지 선생님밖에 보이지 않아서, 그렇게 선생님을 바라보고 싶어서 그랬다는 말을 차마 어떻게 하겠느냔 말이다. 손가락으로 만든 나만의 클로즈업 프레임 속에서 움직이는 선생님을 바라보면, 선생님을 온전히 나만 바라보는 그런 느낌이 든다는 말을 어떻게 하겠느냐 말이다.

그런데 성인의 머리로 가만히 생각해 보니, 선생님이 이런 나의 심리를 몰랐을 리가 없다. 화를 크게 내지도 않았고, 그냥 장난치듯이 지우개로 내 이름을 지웠다가, 내 얼굴을 빤히 올려다보다가, 결국 웃으면서 "다음에는 그라지 마래이." 하는 말로 나를 그냥 돌려보낸 것만 봐도 알 수 있다.

선생님은 다 알고 있었으면서 왜 내 입으로 자기가 알고 있는 사실을 확인하려고 했을까? 꼭 내 속마음을 드러내게 만들고 싶었을까? 속마음이 들켜버린 아이가 얼마나 참담할지 보고 싶었던 걸까?

최춘자 선생님, 1학년 때에도 담임이었으며 내 이마에 난 작은 상처가 어떻게 해서 생겼는지도 알고 있던 선생님, 내가 1학년 때 자기 반 학생이었음을 알던 선생님 (어떤 자리에서 다른 반 선생님과 얘기를 하면서 1학년 때 자기가 맡았던 아이들이 몇 있다면서, 그때 내 이름을 맨 먼저 부르는 것을 나는 우연히 들었었다), 늘 머리카락을 올백으로 넘긴 다음에 돌돌 만 뭉텅이를 뒷머리에 붙이고 다니던 선생님...

그 사건 이후로 나는 선생님에게 배신을 당했다고 느꼈다. 그리고 나는 선생님의 배신을 역시 배신으로 갚았다. 최춘자 선생님은 꿈에서 한 번도 보지 않았지만, 나중에 5학년 담임이던 김성자 선생님

괴는 손을 잡고 잔디가 깔린 동산을 마구 달려가는 꿈을 꾸었으니까.

●

자
해
의
상
처

초등학교 5학년 때였다. 나는 따사로운 햇살을 맞으며 앉아 있었고, 내 손에는 내가 받은 표창장이 들려 있었다. 아마도 망설였을 것이다. 그렇지만 끝내 그 표창장을 반으로 찢고 말았다. 찢어진 조각을 포개서 다시 찢었다. 그리고 다시 포개서 찢고... 더 찢을 수 없을 정도로 갈기갈기 찢어버렸다.

학교에서 웅변대회를 했고, 나는 연단에 올라가서 사슴이 자기 머리에 난 뿔을 너무도 자랑스럽게 여기며 모든 동물 앞에서 으스대고 다녔지만, 어느 날 사냥꾼에게 쫓기다가 그 뿔이 나뭇가지에 걸리는 바람에 사냥꾼에게 잡히고 말았다는 내용으로 웅변인지 연설인지 동화구연인지를 했다.

그리고 그날 수업이 끝난 뒤였다. 우리는 다들 복도에 엎드려서 마룻바닥에 초를 칠하고 반들반들 윤이 나도록 마른걸레질을 하고 있었다. 어느 순간엔가 교실 앞문으로 담임선생님 얼굴이 쑥 나왔고 선생님과 나는 눈이 마주쳤는데, 선생님은 나에게 엄지손가락을 치켜세워보였다. 나는 얼른 시선을 피해 돌아앉으며 걸레질을 했다. 하지만, 선생님의 엄지손가락을 보고 나는 내가 상을 받게 될 걸 알았다. (그런데 나중에 보니까 내가 좋아하던 성 아무개라는 여자아이도 상을 받았다. 그 여자아이는 연단에 서서 팔을 허공으로 쭉쭉 뻗으면서 무언가를 무섭게 외쳐댔는데, 그때 그 모습을 보고는 그 아이를 좋아하는 마음을 조금은 줄여야겠다고 생각했다.)

나는 그 연설의 원고를 열심히 외웠다. 아버지가 다른 여자와 따로 살림을 내서 살고 있던 집에 갔다가 돌아오던 길에서도 그 원고를 외우며 연습을 했다.

아버지께서 파동에서 다른 살림을 차리고 계셨고, 나는 자주 거기에 돈 받으러 갔었다. 그렇지만 거기에도 돈에 쪼들리긴 마찬가지였다. (...) 한 번은 여느 때처럼 파동에 갔다가 너무 늦어버린 바람에 수성 들판을 혼자 걸어오는 것은 무리고 해서 그날은 거기에서 자고 다음날 집으로 돌아와야 했고, 그 바람에 결석을 하고 말았다. 그때에는 아버지가 얼마나 미웠고 또 아버지에게 가라고 등을 떠미신 어머니가 또 얼마나 원망스러웠던지... (*졸저 〈1960년생 이경식〉의 고등학생 시절 일기 중에서)

그렇게 열심히 해서 받은 상장이었다. 그렇게 받은 상장을 나는 갈기갈기 찢어버렸다. 내 시위의 상대는 어머니였다. 나는 어머니에게 무언가를 사 달라고 요구했었고, 어머니는 돈이 없어서 사 줄 수 없다고 했었다. 그래서 내 자해의 시위가 시작되었다.

그 상장을 찢으면서 나는 무슨 생각을 했을까? 리어카를 끌며 달걀을 팔아 삼남매를 키우던 (그때 막내동생은 아직 태어나지도 않았다) 어머니의 마음을 왜 그토록 아프게 하고 싶었을까?

그때의 그 순간으로 시간여행을 할 수만 있다면 얼마나 좋을까? 상장을 찢어서 종잇조각으로 수북하게 쌓아놓은 무더기를 바라보면서 눈물을 뚝뚝 흘리는 어린 시절의 나를 위로해 주고 싶다. 자기가 응당 받아야 한다고 생각하던 보상과 가난한 어머니가 현실적으로 줄 수 있는 보상 사이의 간극을 이해하지 못했던, 다행히 너무 어른스럽게 되바라지지 않아서 철이 없었던 그 아이가 아프게 찢어발긴 자해의 상처를 어루만져 주고 싶다. 그 아이를 안아 주고 싶다. 그 아이의 귀에다 대고, 자해의 실수가 남긴 그 상처가 비록 지금은 아프겠지만 그리고 그 뒤에도 적지 않게 이어질 자해의 또 다른 상처들이 아프겠지만, 그 상처도 세월이 지나면 그리운 추억이 될 것이라고 속삭여 주고 싶다. ●

폼생폼사

초등학교 6학년 때, 수업이 끝나고 나는 집으로 함께 갈 동네 친구를 기다리면서 학교 후문 근처에 있던 그네에 걸터앉아서 흔들거리고 있었다. 그런데 하필이면 그때 내가 여전히 좋아하던 성 아무개라는 그 여자아이가 저만치서 후문을 향해 걸어오는 게 보였다. 그때 그 아이를 보지만 않았어도 그 부끄러운 실수는 없었을 것이다.

그 아이를 본 순간부터 나는 그네를 힘차게 구르기 시작했다.

… 점점 더 세게, 점점 더 높이!

나에게는 계획이 있었다. 그 아이가 내 앞으로 지나갈 때, 그 아이의 눈에 내가 가장 잘 보일 순간에, 그네에서 몸을 날려 멋지게 허공을 날아오른 다음에 폼나게 착지하리라! 그 아이도 나를 본 게 분명했다. 걸어가다 보면 자연히 고개를 이쪽으로도 돌리고 저쪽으로도 돌리고 되는데, 굳이 내 쪽으로는 고개를 돌리지도 않고 오히려 약간 외면하면서 걸어가는 것만 봐도 그랬다. 아무리 안 그런 척해도 느낌으로 통하는 게 있었다. 그 아이도 내가 자기를 좋아하는 줄 알고 있었고, 그런 사실조차 나는 알고 있었으니까.

마침내 그 아이는 내가 행동을 개시하리라고 마음먹고 있던 그 지점까지 다가왔고, 나는 마지막 반동을 힘차게 준 다음 그네가 허공을 차고 위로 올라갔을 때 줄을 잡고 있던 두 손을 놓고 허공으로 날아올랐다. 그 아이가 나를 보고 있음을 확신하면서 나는 내가 할 수 있는 가장 우아한 동작으로 하늘을 날았고, 이어서 착지했다.

터덕, 철퍼덕!

그건 내가 예상한 그림이 아니었다. 좀 더 높이 올라갈 생각만 하느라 타이밍이 조금 늦어버렸고, 그 바람에 착지하는 순간에 내 몸의 무게중심이 뒤로 쏠려 있어서 두 발을 땅에 닫는 동시에 나는 엉덩방아를 찧고 말았다. 그러나 나는 마치 연속동작이라도 하듯 넘어지자마자 벌떡 일어났다. 하늘과 땅이 빙빙 도는 느낌이 들었지만 짐짓 태연하게 엉덩이를 툭툭 털면서, 그 아이를 흘낏 쳐다보았다. 그 아이는 내 쪽으로는 고개도 돌리지 않고 그냥 계속 걸어가기만 했다. 그 아이가 나를 못 봤을지도 모른다는 희망을 잠시 품기도 했지만, 그랬을 리는 없다. 모르는 아이가 길을 가다 돌부리에 채어서 고꾸라져도 어떻게 됐나 하고 바라보는 게 인지상정인데, 자기도 잘 아는 아이가 자기가 보는 앞에서 그네에서 뛰어내리다가 엉덩방아를 찧는 걸 보고도 모른 척 외면했던 것이다. 그렇게 못된 가시내였다, 그 여자아이는.

그렇지만 그때 학교 후문 그네에 흔들거리며 앉아 있다가 하필이면 내가 좋아하던 그 여자아이를 본 덕분에 초년 시절 부끄러운 실수의 기억을 수십 년이 지난 뒤에 유쾌하게 되새길 수 있으니 얼마나 다행인가. 실수에게 갈채를! ●

이중인격자

이중인격자 [명사] : 1. 겉과 속이 다른 사람을 비유적으로 이르는 말. 2. 인격의 통일성에 장애가 일어나서 생기는 이상 성격을 지닌 사람.

지금까지 살면서 나는 얼굴에 침을 뱉고 싶은 사람과도 웃으면서 악수를 한 적이 있고, 좋아서 펄쩍펄쩍 뛰고 싶은 순간에도 태연한 척 감정을 숨긴 적도 있었다. 내가 이중인격자여서 그랬을까?

초등학교 6학년 때였다.

선생님이 자리를 잠깐 비운 교실이었고, 나와 내 주변의 아이들이 무언가 장난을 치면서 떠들고 있었다. 무언가를 던지기도 했던 것 같다. 그렇게 우리는 '역동적으로' 떠들었다. 바로 그때 담임선생님이 문을 열고 들어왔다. 우리는 후다닥 자리에 앉았지만, 우리 쪽을 바라보는 선생님의 눈빛이 예사롭지 않았다. 불길한 예감은 빗나가지 않았다. 그런데 화살이 '우리'에게 골고루 나누어지지 않고 오로지 나에게만 집중될 줄은 몰랐다.

"이경식! 일어나!"

중년의 남자였던 그 선생님은 좀처럼 목소리를 높이는 일이 없었는데, 나를 지목하는 그 목소리는 엄청나게 컸다. 그다음에 나에게 했던 말로 유추할 수 있는 당시 선생님의 심리 상태로 보자면, 어쩌면 몸까지 덜덜 떨면서 불렀을지도 모른다.

선생님이 한 말의 요지는, 당신이 교실에서 나가면서 분명히 떠들지 말고 조용히 자습하고 있으라고 했고, 분명히 나를 포함해서 다들 그러겠다고 큰소리로 대답을 했는데, 어째서 자기가 없는 틈을 타서 그렇게 떠들었냐는 것이었다. 그러면서 이렇게 말했다.

"너는 이중인격자야! 이게 무슨 뜻인지 알아?"

물론 '인격의 통일성에 장애가 일어나서 생기는 이상 성격을 지닌 사람'이라는 뜻은 몰랐지만 '겉과 속이 다른 사람'이라는 뜻은 알고 있었다.

"너는 부반장이 되어가지고 말이야, 내가 지켜보고 있을 때에는 얌전하고 착하게 공부만 하는 것처럼 행동하다가, 내가 보지 않을 때에는 자기 멋대로 안하무인으로 행동하고, 그게 바로 이중인격자야! 누가 볼 때나 보지 않을 때나 사람이 한결같아야지, 커서 나쁜 짓을 얼마나 많이 하려고 이중인격자의 행동을 하고 있어?'

그 뒤로도 꾸지람은 한참 동안 길게 계속 이어졌다.

그렇지만 억울했다.

… 선생님이 볼 때에는 떠들지 않다가 선생님이 보고 있지 않을 때 떠드는 아이가 나쁜가? 선생님이 보고 있는데 떠들 수는 없지 않은가? 선생님이 시키는 일이나 숙제를 꼬박꼬박 잘하다가, 선생님이 없을 때 떠든다고 왜 이중인격자인가? 그럼 선생님이 볼 때에도 떠들고 보지 않을 때에도 떠들어야 하나? 사람이 안 떠들고 살 수도 있나?

아무리 그렇게 내 나름대로의 논리로 내가 억울한 누명을 쓴 것이라고, 선생님의 꾸지람이 별 의미 없는 화풀이라고 치부하려 했지만, '이중인격자'라는 표현은 그 모든 시도를 무력하게 만들 정도로 충분히 충격적이었다.

나는 내가 겉과 속이 가끔은 다를 때도 있지만 '나쁜 아이'라는 말을 들을 정도로 그렇게 심하게 겉과 속이 다르다고 생각해 본 적이 없었고, 또 그렇게 행동한 적도 없다고 생각했다. 그런데 선생님이 그렇게까지 큰소리로 화를 내면서 꾸짖으니, 나도 몰랐지만 내가 진짜로 겉과 속이 다른 이중인격자일 수도 있다는 생각이 들었다.

… 나에게는 '커서 나쁜 짓을 많이 할 수 있는 소질'이 있는 모양이다!

그때까지 나는 내가 커서 나쁜 짓을 많이 할 것이라고 상상해 본 적이 없었지만, 선생님의 불칼 같은 분노의 화살을 맞고서 잠재적인 범죄자라는 자각을 했다.

돌이켜보면, 그때 이후로 나는 '나쁜 아이'의 경계선을 늘 의식하면서 살았던 것 같다. 물론 가끔은 그 선을 살짝 넘어갔다가 돌아오기도 하면서... 그렇게 다시 돌아올 때마다 나는 늘 내가 이중인격자가 분명하다고 생각했다.

초등학교 6학년 때 교실에서 들었던 이중인격자라는 그 말이, 나에게 그 말을 했던 선생님 얼굴을 하고서, 평생 나를 따라다니면서 때로는 나를 감시하기도 하고 때로는 나를 부추기기도 했고, 그 장단에 맞추어서 나는 내 자의식의 동굴을 남들보다 훨씬 더 깊이 파내려 갔다. 모범을 보여야 할 부반장이면서 선생님이 보지 않을 때면 누구보다 맨 앞에 나서서 시끄럽게 떠든 잘못 때문에, 그런 잘못을 저지른 실수 때문에!　　　　　　　　　　　　●

애
추
서
리

지금의 대구 어린이회관 옆의 수성구민운동장 근처 어딘가는 50년 전에 과수원이 있던 자리이다. 야트막한 동산 뒤에 있던 과수원...

초등학교 4학년이나 5학년쯤 되었던 거 같다. 여름방학이었고, 벌건 대낮이었다. 나와 내 또래의 동네 아이들은 자세를 낮추고 살금살금 과수원으로 접근했다. 말만 들어도 입이 침이 도는 애추를 따먹는 게 그날의 목표였다. 몸을 바짝 숙인 채 과수원 안을 살폈는데, 개미 새끼 몇 마리가 있었는지 혹은 없었는지 모르겠지만 다행히 사람 그림자는 보이지 않았다. 우리는 도둑놈들이 결정적인 성공의 순간에 지을 법한 미소를 서로에게 날리며 (사실 우리는 도둑놈들이었다!) 살그머니 과수원 안으로 들어갔다.

온 사방에 먹음직한 애추였다. 그냥 따서 먹기만 하면 되었다. 성질 급한 녀석 하나는 다짜고짜 애추를 몇 개 연달아 입으로 쑤셔 넣었다. 그러고는 얼마나 시었던지 눈을 동그랗게 뜨고 입은 세로로 최대한 크게 벌리며 벌벌 떨었다. 우리는 그 모양을 보고 킬킬 웃으면서 애추를 마구 땄다. 우리는 다들 반바지에 러닝 차림이었고, 러닝을 바지 안에 집어넣으면 러닝 자체가 커다란 주머니였는데, 그 큰 주머니 안에 우리는 다 익은 놈 덜 익은 놈 가리지 않고 애추를 마구 훑어서 집어넣었다. 혹시라도 주인이 오나 곁눈질을 해가면서...

잠깐 사이에 러닝은 불룩해졌고, 아이들은 흐뭇한 얼굴로 눈짓을 나눴다. 이제는 과수원을 빠져나가기만 하면 되었다. 그런데...

"일마들아! 거기서 뭐 하노!"

돌아보니 주인아저씨였다. 딱 걸린 것이다. 아저씨는 자기 쪽으로 오라고 손짓을 하면서 천천히 걸어오고 있었다. 그 순간에 나는, 우리는 여러 명이고 아저씨는 혼자니까 우리가 한꺼번에 흩어져서 달아나면 한 놈만 잡힐 거라는 생각을 했다. 찰나의 순간이었지만 그런 생각을 했고, 아마 다른 녀석들도 같은 생각을 했을 것이다. 그러나 생각만 그랬을 뿐 몸이 말을 듣지 않았고, 우리는 모두 그 자리에 얼어붙어 있었다.

"이누무 새끼덜, 어린 노무 새끼덜이, 도둑질이나 하고!"

아저씨는 우리를 사일로(원기둥 형태의 창고) 안에 밀어 넣고는 문을 잠가버렸다.

"너거떨(너희들)은 혼이 나야 돼!"

아저씨는 가 버렸고, 사방은 조용했다. 안에서 문을 밀어보았지만 바깥에서 걸쇠가 걸린 문이 열릴 리가 없었다. 할 일도 없고 심심해서 장난삼아 애추 서리를 했는데, 일이 그렇게까지 커질 줄 몰랐다. 그 황당함은 곧 그 아저씨가 우리를 죽일지도 모른다는 공포로 바뀌었다. 설마 죽이기야 하겠냐며 서로를 위로했지만, 시간이 갈수록 불안한 마음은 점점 커졌다. 아저씨는 영영 가 버렸는지, 아무리 귀를 세워 봐도 사람이 오가는 소리는 들리지 않았다. 아저씨가 우리를 죽일 마음은 없다고 하더라도, 최소한 우리가 사일로에 갇혀 있다는 사실을 잊어버린 것만은 분명했다.

"아저씨! 잘못했심더!"

"다시는 안 그랄게예(그럴게요)!"

아무리 고함을 질러도 돌아오는 대답은 없었다. 해가 점점 기울어도 달라지는 건 없었다. 배도 슬슬 고파지기 시작했다.

… 이러다가 우리는 여기 갇혀서 다 굶어 죽을지 모른다!

우리를 가둔 사람에 대해서 아무것도 모른다면 즉 불확실성이 크면 클수록 그만큼 더 무서운 법이다. 달리 할 일도 없었던 우리는 각자 과수원 주인 아저씨에 대해서 자기가 알고 있는 온갖 정보를 다 끄집어냈다. 조금이라도 많이 알면 그만큼 불안감은 줄어드는 게 인간의 심리니까, 그것은 누가 가르쳐 주지 않아도 당연하게 전개되는 순서였다.

그러던 중에 한 녀석이, 그 아저씨가 왕년에 북한에 간첩으로 올라갔다가 내려왔으며, 그 과수원도 북한에서 사람을 많이 죽여서 받은 상금으로 샀다고 했다.

"정말이가?"

"우리 엄마가 그캤던(그랬던) 것 같다."

"진짜가?"

"그라마 사람 죽이는 건 예사로 하겠네?"

"우리는 조졌네!"

막연한 불안은 죽음이라는 구체적인 공포로 우리를 몰아세웠다.

… 여기에서 우리는 다 죽는다!

그러나 매우 다행스럽게도 아저씨는 우리를 죽이지 않았다,

해가 산 뒤로 넘어가기 얼마 전에 사일로 문이 열리고 아저씨가
나타났다. 아저씨의 손에는 칼이나 낫 혹은 밧줄 같은 건 들려 있지
않았다.

"이누무 새끼덜, 너거떨 도둑놈 될라카나(너희들 도둑놈 되려고
하니)?"

그건 우리를 죽이지 않고 풀어주겠다는 뜻이었다. 아저씨의 그
말이 얼마나 반갑던지!

"아입니더!"

"잘못했제?"

"예!"

"또 그랄끼가(그럴 거니)?"

"아입니더!"

"다시는 그라지 마래이?"

"예!"

아저씨는 아까 우리가 땄던 애추도 가지고 갈 만큼 가져가라고
했다. 그래서 우리는 잘 익은 놈들로만 골라서 (그렇지만 미안해서
조금씩만) 러닝 주머니에 넣었다. 돌아서 걸어가는 우리 등 뒤에서
아저씨가 마지막으로 한 번 더 고함을 질렀다.

"또 도둑질하마 직이뿐다, 알았제(또 도둑질하면 죽여버린다, 알

았지).'

무료함을 쫓아줄 새콤한 과즙의 유혹을 뿌리치지 못한 실수를 한 덕분에 나는 사람이 얼마나 착하고 멋질 수 있는지 보여주는 위대한 모범을 마음속에 가지게 되었다. 그 뒤로 나는 서리를 한 번도 하지 않았다, 그 과수원에서는.

애추는 자두의 경북 지역 사투리다. ●

타
짜

어린 시절 우리 동네에 유일하게 형제나 자매가 없는 형이 있었다. 대개가 다 누나나 형 혹은 동생이 있었는데 그 형은 이상하게도 혼자였다. 나보다 두 살 위인 그 형은 할머니와 함께 살았는데, 그 집의 구조가 특이했다. 마당이 없었고, 대문을 열고 들어가면 곧바로 집이었고, 미닫이문을 열고 실내로 들어가면 신발을 벗고 올라서는 마루가 널찍하게 있었고, 또 다락방도 있었다. (그게 일본식 가옥 구조임은 나중에야 알았다.) 그 다락방은 아이들끼리 모여서 귀신이나 뭐 그런 무서운 이야기를 하기에 딱 좋을 정도로 어두컴컴해서 그 형이 꼬맹이들을 불러놓고 무서운 이야기를 해 주곤 했다.

그 형은 키가 크고 어깨가 딱 벌어졌고 몸은 비쩍 말랐는데 입이 크고 이야기를 재미있게 잘했지만 화를 내고 눈을 부라리며 뭐라고 조곤조곤 말을 할 때에는 섬뜩할 정도로 무섭기도 했다. 그런데 이 형이 아버지도 없고 어머니도 없이 할머니와 둘이서만 살았는데, 이것을 두고 동네 아이들 사이에서는 아버지가 어머니를 죽여서 감옥에 가 있다는 소문이 돌았다. 그러나 그게 사실인지 어떤지는 알 수 없었다. 그 형도 부모에 대해서는 한마디도 하지 않았고, 또 아이들도 가족사의 아픔이 묻어나는 그런 질문은 금기 사항임은 누가 가르쳐 주지 않아도 알고 있었으니까.

그런데 이 형은 이야기를 재미있게 잘 지어내는 것 말고도 다른 재주가 많았다. 어디서 배웠는지 휘발유를 입에 머금었다고 뿜는 동시에 성냥불을 대서 입에서 불이 뿜어 나오는 것과 같은 불쇼를 보여 주기도 했고, 또 화투를 잘 쳐서 아이들의 돈을 잘 따가기도 했다.

맨 처음 누가 퍼트렸는지는 모르겠지만 그때 우리 사이에서는 짓고땡으로 돈 따먹기를 하는 게 유행했다. 짓고땡은 화투 다섯 장을 가지고서 그 가운데서 석 장으로는 10이나 20으로 떨어지는 수를 맞추어서 털어내고 나머지 두 장을 가지고서 끗수와 족보를 따져서 승자를 정하는 게임이었다. 그런데 이 형은 돈을 잃을 듯 잃을 듯 하다가도 마지막에 가서는 늘 땄다. 우리는 그 게임을 그 형의 집에서도 하고, 어른들의 눈을 피해서 뒷산 으슥한 데에서도 했다.

한 번은 이런 적도 있었다. 이모가 우리 집에 다니러 왔을 때였는데, 난 이모에게 용돈을 받아든 즉시 그 도박판으로 달려갔고 금새 홀랑 다 잃어버렸다. 나중에 집에 돌아와서는 어머니에게 이모가 돌아갈 때 인사도 안 하고 어디에서 놀다가 이제 들어왔느냐면서 또 그 돈은 어디에다 다 썼느냐고 닦달을 당했다. 그러나 그때 내 머릿속에는 이모에 대한 미안함이나 내 행동에 대한 후회보다는 어떡하든 잃은 돈을 회복하고 싶다는 마음뿐이었다. 물론 어머니의 다그침에도 나는 짓고땡으로 돈 따먹기를 해서 그 형에게 다 잃었다는 얘기는 절대로 하지 않았다. 그 비밀을 지키는 것도 그 형이 정한 규칙이었다. 나뿐만 아니라 다른 아이들도 늘 그 형에게 돈을 잃었다. 어떤 아이들은 집에서 어머니나 아버지의 호주머니에서 돈을 몰래 훔쳐 나와서 홀랑 털리기도 했다.

그런데 어느 날, 우리가 형이라고 부르기에는 나이가 너무 많고 아저씨라고 부르기에는 젊은 동네 청년이 그 형을 붙잡아다 놓고 우리 꼬맹이들을 불렀다. 그 청년이 하는 말은, 그 형이 짓고땡을 할 때 속임수를 써서 우리 돈을 따먹었다는 것이다. 그 형은 처음에는 아니라고 우기다가 결국 실토를 했다.

그러고 보니 그 형은 자기보다 두어 살 어린아이들만을 상대로 해서 짓고땡을 했다. 그 연령대에서 두어 살 차이면 적은 차이가 아니었으니, 자기보다 두어 살 어린 어리숙한 우리를 속여먹기란 어려운 일도 아니었을 것이다. 아닌 게 아니라 그 형은 설계에서부터 바람잡이와 선수까지 1인 다역의 역할을 모두 훌륭하게 수행한 타짜였고, 우리는 모두 그 형의 밥이었다. 그 사실을 알고 나서는 얼마나 억울했는지 모른다. 그 돈으로 만화책을 빌려볼 수도 있었고 또 뽑기를 해도 얼마나 많이 할 수 있었을지 모르는데...

그 상냥하고 친절하고 재미있고 흥미진진한 그의 말과 태도와 재주는 우리에게 경탄을 안겨 주었고 또 인생의 교훈도 일러 주었다. 그러나 그 교훈은 그 이후의 인생 여정을 걸어가는 동안 온갖 분야의 온갖 타짜들에게 걸리고 또 털린 뒤에야 비로소 새삼스럽게 생각나곤 했다. 그 실수의 교훈을 가슴에 새겼어야 했는데 그렇게 하지 않았기 때문이다. ●

삐딱이

나보다 한 살 적은 '삐딱이'의 원래 이름은 경○이었지만, 동네 아이들은 다들 삐딱이라고 불렀다. 뒷머리가 유난히 납작했을 뿐만 아니라 유난히 삐딱한 각도로 납작했기 때문이었다.

우리 동네에서는 나와 정봉이라는 아이가 우리 학년에서는 제일 셌다. 힘은 내가 셌고 점잖았지만, 정봉이는 태권도도 배웠고 말을 똑 부러지게 잘 했으며 게다가 집이 부자라서 늘 대장 노릇을 하려고 했다. 나는 그런 정봉이에게 굳이 대장 자리를 내놓으라고 할 필요성을 느끼지 못했지만 (대장은 부하들에게 먹을 것도 자주 사 줘야 한다고 생각했는데, 나로서는 그런 여유가 없었다는 점도 작용했다), 그렇다고 해서 대장을 하고 싶지 않았던 것은 아니다. 정봉이와 나는 같은 학년의 다른 누구들보다도 친했고 또 늘 어울려 다녔지만, 그럼에도 우리 두 사람은 서로에게 라이벌의식을 가지고 있었고, 또 이것을 수시로 다른 아이들에게 확인받으려고 했다. 그리고 바로 그것 때문에 그 사건이 시작되었다.

어느 여름날, 해거름이 내려앉기 시작할 무렵, 함께 놀던 다른 아이들이 다 집으로 돌아가고 나와 정봉이 그리고 삐땍이만 공터의 담벼락에 붙어 앉아서 대장의 자격에 대해서 이런저런 얘기를 나누고 있었고, 그 얘기 끝에 정봉이가 삐땍이에게 물었다.

"삐땍아, 니는 내하고 경식이 중에 누가 더 대장답다고 생각하노?"

삐땍이는 망설이지도 않고 정봉이가 대장답다고 했고, 정봉이는 삐땍이의 충성 서약에 만족했다. 그러나 나는 만족할 수 없었다. 그러다가 정봉이도 엄마가 불러서 집으로 돌아갔고, 나는 삐땍이에게 따졌다. 삐땍이가 정봉이보다는 나와 더 친하고, 나와 노는 시간도 정봉이보다 더 많았으며, 또 결정적으로 늘 나에게 자기는 정봉이보다 내가 더 좋다고 말했었기 때문이다. 그랬기에 삐땍이의 배신을 용서할 수 없었다. 게다가 우리는 이름에도 '경' 자가 같이 들어가 있는 사이였는데...

"좋기는 니가 더 좋지만, 그래도 대장은 정봉이가 더 어울리니까, 내 생각에는!'

삐땍이도 억울해 했다. 좋은 것과 대장 자격은 다른 거 아니냐고, 왜 그걸 가지고 배신자로 모느냐고 항변했고, 나중에는 울먹거리기까지 했으며, 결국 우리는 투닥거리다가 싸움까지 벌였다. 그 연령대에서 한 살이라는 나이 차는 컸고, 나는 당연히 일방적으로 삐땍이를 두들겨 팼고, 지나가던 어른이 말려서 싸움은 끝났다. 삐땍이는 억울하다며 울면서 고래고래 고함을 지르며 집으로 갔고, 나는 어쩐지 부끄럽고 억울한 마음에 눈물을 뿌리며 집으로 돌아왔다.

물론 그 일이 그렇게 끝나지 않을 줄 알았다. 아니나 다를까 삐땍이 어머니가 우리 집으로 찾아왔다.

"세상에, 아(아이)를 그렇게 마구잡이로 두들겨 패는 게 어딨노? 깡패도 아니고, 와 그랬노?'

"..."

"경ㅇ이를 와 그렇게 때렸노? 니는 경ㅇ이하고 친하잖아."

나는 아무 말도 할 수 없었다. 대장 자격이니, 좋아하느니, 배신이니 하는 말을 어떻게 설명할 수 있었을까... 어머니가 옆에서 어서 잘못했다고 말하라고 했지만, 그리고 또 내가 잘못했음을 잘 알고 있었지만, 어떻게 된 일인지 잘못했다는 말은 좀처럼 입 밖으로 나오지 않았다. 그 대신 어느 순간에선가 울음이 터져 나왔다. 한번 터진 울음은 멈추지 않았고, 점점 더 커졌다. 나중에는 딸꾹질까지 했다. 삐땍이 어머니가 그랬다.

"때린 니가 와 우노? 미안해서 우나?"

사실 내 울음의 뿌리를 묻는 그 한마디가, 내가 대장 대우를 받지 못하고 대장 행세를 하지 못하는 것은 태권도를 배우지 못해서도 아니고 말을 딱 부러지게 잘하지 못해서도 아니라, 아이들에게 먹을 걸 자주 사 주지 못하기 때문이라는 나의 옹졸한 자의식에 닿아 있었다. 나는 설움에 복받쳤고, 결국에는 하지 말아야 할 말을 입에 올리고 말았다.

"삐땍이가 내보다 정봉이가 더 좋다고 하잖아요! 내가 삐땍이한테 얼마나 잘해 주는데, 삐땍이가 먼저 배신했잖아요, 삐땍이가!"

딸꾹질 때문에 말이 제대로 이어지지 않았지만, 그런 내용이었다.

삐땍이, 삐땍이, 삐땍이...

아주머니는 그런 나를 물끄러미 쳐다보다가 그냥 돌아갔다. 나를 바라보던 아주머니의 표정을 보고 또 아주머니가 더는 나를 추궁

하지 않고 돌아선 것을 보고, 나는 아주머니가 내 억울한 심정을 이해했기 때문이라고 생각했다. 그때에는 그렇게만 생각했다. '삐딱이'라는 말 때문이었다고는 생각도 하지 못했다. 그때에는 내가 무슨 실수를 저질렀는지도 몰랐다. 그저 삐딱이를 삐딱이라고 불렀을 뿐이니까...

자기 아들의 뒷머리가 유난히 삐딱하게 납작하다는 사실에, 그리고 또 자기 아들이 삐딱이라는 별명으로 불린다는 사실에 그 어머니는 얼마나 마음이 아팠을 것이며 또 아들이 갓난아기일 때 두상 관리를 제대로 하지 못한 일을 두고 얼마나 자책했을까? 그 아픈 상처에 내가 소금을 뿌린 셈이었다. 아무리 무지해서 또 무감각해서 저지른 실수라고 해도 쉽게 용서받을 수는 없을 것 같다.

나는 그동안 살아오면서 얼마나 많은 잘못을 잘못인지도 모르고 저질렀을까?

기타 배우기

어린 시절 우리 동네에는 기타를 잘 치는 형이 있었다. 그 형은 무슨 노래든 간에 모두 기타로 반주를 할 수 있었다. 다리 하나를 꼬고 앉아서 기타를 안고 연주를 하며 노래를 부르는 그 형이 그렇게 멋질 수가 없었다. 그렇지만 감히 기타를 배우겠다는 생각을 하지는 못했다. 기타는 비싼 물건이었고, 우리 집의 형편으로는 그 비싼 물건을 살 여유가 없음을 잘 알고 있었기 때문이다.

그러다가 중학교로 진학할 무렵에 나와 단짝으로 어울리던 또래 친구 정봉이의 형이 기타를 샀고, 이 기타를 정봉이가 배우기 시작했다. 나는 기타를 배우고 싶어서 정봉이의 집에 가서 정봉이에게 기타를 배우기 시작했다. 그 친구라고 해 봐야 나보다 알면 얼마나 더 많이 알았을까마는 자기가 아는 걸 열심히 가르쳐 주었고 (이렇게 친절함을 천성적으로 타고난 사람들이 있다) 나도 열심히 배우려고 했다. 하지만 이 교습은 오래가지 않았다.

당시 고등학생이던 정봉이의 형이 동네의 다른 여고생에게 뭐라고 했다가 귀싸대기 맞는 것을 정봉이가 보고는 자기 어머니에게 일렀는데, 그 고자질이 들통 난 다음에 정봉이 형이 정봉이에게 자기 기타에 손대면 '죽여버린다'고 했고 옆에 있던 나까지 덩달아서 죽임 대상이 되었기 때문이다. 그래도 정봉이는 형이 없을 때면 얼마든지 기타를 칠 수 있었으므로 꾸준하게 기타를 연습했지만, 나는 정봉이의 형이 무서워서 포기하고 말았다. 그러나 무엇보다도 나에게는 기타가 없다는 이유가 크긴 했다.

그 뒤로 여러 해가 지난 뒤, 정봉이가 기타를 멋지게 치면서 노래 부르는 것을 보고 기타 배우기를 포기한 걸 후회했다. 그 뒤로도 그 아쉬움은 늘 따라다녔고, 그때마다 언제나 기타를 배우기에는 너무 늦었다고 생각했다. 지금도 그렇고. ●

참
외
서
리

  평생 참으로 억울한 일을 여러 번 당하긴 했지만 그때만큼 억울
한 적은 없었던 것 같다. 중학교 때 일이다.

  지금 대구 신천의 수성교 옆에 있는 우방오성타운 아파트가 예
전에 오성중고등학교 자리였는데, 그 학교를 나는 집에서 걸어서 다
녔다. 대략 4킬로미터쯤 되는 거리였다. 딱히 바쁠 것도 없던 때라서
이런저런 상상도 하고 그러다가 심심하면 노래를 부르기도 하면서
그렇게 걸었다. 지금의 들안로는 반듯하게 구획이 정리된 주택가이

지만 그때만 하더라도 온통 논이고 밭이었기 때문에 누가 노래를 부르든 악을 쓰든 보는 사람도 듣는 사람도 없었기 때문이다. 비가 오면 비가 오는 대로 햇살이 뜨거우면 뜨거운 대로 늘 무료한 재미가 있었다.

그날에도 나는 비가 부슬부슬 내리는 그 하굣길을 무료하게 걸어가고 있었다. 그런데 그날따라 길옆에 있던 참외밭에 노란 참외가 무척 맛있게 보였다. 그래서 쭈그리고 앉아서 참외 하나를 땄다. 죄의식은 그다지 크게 느끼지 않았던 것 같다. 참외밭에 참외는 무척이나 많았고, 또 오며 가며 늘 보던 참외여서 그랬던지 마치 내 소유인 듯 친숙했기 때문이다. 어쩌면, 날마다 등하굣길에 그 참외가 조금씩 커가고 또 조금씩 익어가는 걸 지켜보면서 '언젠가 저 놈을 내 손 안에 넣으면 좋겠다'는 생각을 마음 한편에 두었을 수도 있다.

나는 한 손으로는 우산을 들고 가방끈을 팔뚝에 꿴 다른 손으로는 그 사랑스러운 노란 참외를 들까불면서 한가하게 걸어갔다. 그런데 언제 나타났는지 어른 남자가 내 앞을 가로막았다.

"학생!"

그 사람의 목소리와 표정을 접하는 순간 나는 내가 맞닥뜨린 상황을 직감했고, 그 직감은 백퍼센트 맞아떨어졌다.

"남의 밭에 있는 참외는 와 훔치노(왜 훔치니)?"

"…"

"이 도둑놈의 새끼야!"

어른에게 그런 말을 듣는 건 난생처음이었다. 남의 참외밭에서 참외를 딴 건 맞지만, 그게 도둑질이라는 생각과 바로 연결되지는 않았고, 그게 어렵게 연결된다고 해도 내가 '도둑놈의 새끼'라는 건 쉽게 인정할 수 없었다. 그렇지만 그게 틀린 말은 아니었다. 도둑질을 했으니 도둑놈은 맞았고, '도둑놈의 새끼'도 틀린 말은 아니었다. 그렇지만 황당한 건 그다음이었다.

"지금까지 니(네)가 우리 밭에 있는 참외 다 훔쳤지?"

"아닌데요? 처음인데요?"

"니가 다 훔쳐 갔잖아!"

그러면서 나보고 자기가 여태까지 도둑맞은 참외를 다 물어내라고 했다. 나는 딱 한 번 그게 처음이라고 했지만 남자는 막무가내였다. 무조건 다 물어내라고 했다. 나는 돈이 없다고 했다. 남자는 만일 내가 돈으로 물어내지 않으면 학교에도 알리고 부모에게도 알려서 돈을 받아내겠다고 했다. 내 이름을 묻고 몇 학년 몇 반인지도 물었다.

기가 막힐 노릇이었다. 그 사람이 도둑맞았다는 그 참외들을 내가 다 물어줄 돈도 없었다. 그렇다고 해서 자식 잘되길 바라는 마음 하나로 달걀 행상을 하며 뒷바라지를 하는 어머니에게, 학교에 착실하게 다니는 줄로만 알았던 내가 알고 보니 '도둑놈의 새끼'라는 충격적인 사실이 알려져서는 안 되었다. 내가 착실한 모범생이라고 생각하던 담임선생이 나를 실망과 경멸의 눈으로 바라보게 할 수도 없었다. 그 어떤 선택도 나로서는 받아들일 수 없는 것이었다.

내가 할 수 있는 건 무조건 빌면서 용서를 구하는 것뿐이었다. 나는 주머니에 있던 돈을 몽땅 꺼내서 바치며 (그래 봐야 그 돈이 얼마나 되었겠는가) 그 남자에게 빌고 빌었다. 그러거나 말거나 남자는 나를 을러대며 집으로 가 보자고 했고, 나는 남자가 그러거나 말거나 집에 가도 돈이 없으니 용서해 달라고 했다.

결국 남자는 내가 손에 들고 있던 돈을 낚아채는 것으로 내 잘못을 퉁쳤다. 그건 용서가 아니었다. 결과적으로 보면 참외를 돈을 주고 산 셈이었다. 남자는 끝까지 나를 '용서하지 않았기 때문이다. 그랬기에 그렇게 그 일을 그렇게 마무리해 줘서 고맙다는 마음도 딱히 들지 않았다. 또한 그 뒤 며칠 동안을 나는 불안에 떨면서 보냈다. 그 남자가 학교에 알렸을 수도 있고, 그렇다면 담임선생이 언제든 따로 나를 불러서 비행(非行)을 족칠 수도 있었기 때문이다.

다행히 그런 일은 없었다. 그런데 뭔가 찜찜하고 개운하지 않았다. 그 뒤로도 나는 참외밭이 붙어 있는 그 길로 늘 다녔지만 참외밭 주인이라는 그 남자를 두 번 다시 보지 못했기 때문이다. 그런데 혹시 그 남자가 참외밭의 진짜 주인이 아니었던 건 아닐까? 어수룩하고 만만하게 보이는 학생들의 돈을 갈취하려고 참외밭 주인 행세를 하며 그런 수작을 부렸던 건 아닐까?

아무튼 참외를 도둑질한 나의 실수는 끝내 그 누구로부터도 용서받지 못했다. ●

테
니
스
라
켓

테니스 라켓을 볼 때면 알통이 박힌 그 여자아이의 통통한 다리가 떠오른다. 검은색 교복 치마 아래로 드러난 그 여자아이의 통통한 다리, 등굣길의 그 아이는 늘 테니스 라켓을 들고 있었다. 걸어가는 그 아이 뒤를 빠르게 따라가서 불렀다.

"야!"

그 아이가 뒤를 돌아보았다.

"왜?"

그 아이는 어릴 때부터 한동네에 살았고, 아버지가 신문사 기자라는 선입관 때문에 그랬는지 동네의 다른 아이들보다 어쩐지 똑똑하게 보였고 또 어쩐지 예뻐 보였다. 문제는 그 아이는 자기가 제일 똑똑하고 또 자기가 모든 것을 지휘하고 가르쳐야 한다고 생각한다는 점이었다. 그 아이는 자기가 다니는 고등학교 학도호국단 대대장이어서 그런 식의 생각이 머리에 박혀 있을 수도 있었지만, 사실 그런 기질은 초등학교 때부터 가지고 있었다.

"니(너) 테니스 잘 치나?"

"잘 못 친다, 배우려고 들고 다니지. 그런데 왜?"

테니스 얘기를 하려고 그 아이를 부른 건 아니었다. 며칠을 고민하고 벼른 끝에 연모하는 마음을 담은 쪽지를 건네주려고 했던 것이다. 나는 그 쪽지를 그 아이에게 내밀었다.

"이거 봐라."

그 아이는 쪽지를 받으면서 아무렇지도 않은 얼굴로 물었다.

"뭔데, 이거?"

… 뭐긴, 연애편지라고 쓴 거지! 딱 보면 모르나?

사실 그 아이가 초등학교 때 우리 동네에 이사 온 뒤로 이야기를 나눠본 적은 많지 않다. 어릴 때부터 그랬고, 고등학생이 되어서도 그랬다. 길 가다 마주치면 어디 가느냐고 물었고, 목욕탕 간다고 하면, 잘 갔다 오라고 하는 식의 대화가 전부였다. 그렇다고 해서 서로를 잘 모르는 것도 아니었다. 빤한 동네에 빤한 얼굴들이었으니까… 그래서 우리는 서로 속 깊은 대화를 나눈 적이 없었음에도 서로 잘 아는 사이라고 생각했다. 오다가다 만날 때 나누는 그런 무심한 대화는 우리가 친하다는 사실을 전제로 하고 있었다. 적어도 나는 그렇게 생각했다.

"뭔데 이거, 편지가?"

"어."

"이걸 내한테 말라꼬(나에게 뭐하려고) 주는데?"

… 딱 보면 모르나? 사귀자고 주는 거지! 알면서 자꾸 그러지 마라! 차마 그 말은 하지 못하고 미적거리자 그 아이가 이렇게 말했다.

"니는 공부 열심히 해라, 이런 거 쫌 하지 말고, 알았나?"

내가 상상하던 대화는 이런 게 전혀 아니었다. 그 아이는 내가 자기 동생이나 되는 것처럼 그렇게 말했다. (아닌 게 아니라 그 아이에게는 남동생이 둘 있었다.) 나는 뭐라고 대답할 말이 없었다. 그래서 이렇게 대답하고 돌아섰다.

"공부하고 있다, 그거나 읽어 봐라."

결국 나는 그 아이에게서 답장을 받지 못했고, 내가 가지고 있던 목록의 맨 꼭대기에 올라 있던 그 아이의 이름을 지워야 했다. ●

2
장

똑딱선 기적 소리 ‥ 그리움

●

책받침(책ㅈ)과 민책받침(ㅈ)

고등학교에서 내가 가입한 문예반 동아리의 이름은 '태동기문학 동인회'였다. 태동기는 어머니의 태 안에서 태아가 활발하게 움직이듯이 그렇게 새로운 탄생의 기운이 싹트는 시기라는 뜻이었고, 나는 그 이름이 무척 마음에 들었다.

우리 문예반에서는 해마다 학교 바깥에서 시화전을 열었다. 이런 전통은 우리 학교뿐만 아니고 문예반이 있는 다른 몇몇 남녀 학교에서도 마찬가지였는데, 각 학교의 문예반원들은 다른 학교 문예반의 시화전에 놀러 가서 작품을 보고 품평도 하고 또 마음이 통하는 사람끼리 연락을 이어가기도 하면서 사교의 폭을 넓히곤 했다. 또 이 시화전 준비는 시작부터 끝까지 학생들이 준비를 했기에 (시는 물론 문예반원이 썼지만 배경 그림과 글자는 미술반원들이 그리고 또 써 주었다), 문예반원들에게 시화전은 자부심과 성취감 그리고 기대감이 한껏 부풀어 오르는 대단한 행사였다.

1학년 태동기 시화전 때였고, 장소는 대구 YMCA 건물이었다. 개막 당일에 우리 문예반원들은 수업이 끝나자마자 부리나케 그곳으로 달려가 분주하게 마지막 점검을 했다. 건물 1층 입구에 방명록을 둔 접수대를 뒀고, 1층의 복도 벽에는 시화를 걸었다. 이런 경험이 난생 처음인 우리 1학년들은 2학년과 3학년 선배들이 시키는 대로 부지런히 뛰어다니면서 마지막 단장을 했다. 그리고 학교 수업을 마친 학생들이 이제 곧 들이닥칠 무렵이었는데, 건물 바깥에서 최종 점검을 하던 2학년 선배가 다급하게 들어오면서 3학년 선배에게 말했다.

"형! 제서(題書)의 한자가 틀렸는데요?"

"무슨 한자가 틀려?"

"'대건'할 때 '건' 자가 틀렸다고요."

대건은 가톨릭재단 소속의 우리 고등학교 이름으로, 우리나라 최초의 신부님인 김대건(金大建) 신부님의 이름을 딴 것이다. 우리는 우르르 밖으로 나가서 그 제서를 보았다.

'大建高 胎動期 詩畵展'

정말 그랬다. 건물 입구에 크게 세로로 써서 붙인 그 붓글씨 제서에서 대건의 '건' 자가 민책받침 부수가 아닌 책받침 부수로 되어 있었다. '大建高'라야 맞는데 '大建高'로 되어 있었던 것이다. 그건 작은일이 아니었다. 학교 이름을 틀리게 적는다는 것은 있을 수 없는 일이었다.

그런데 이상한 점은, 그 제서를 쓴 사람은 우리학교의 나이 지긋한 윤리 교사이자 학생 상담 교사로 학생들 사이에서도 신망이 있었으며, 또 서예의 대가로도 알려져 있던 분이었다. 이 선생님은 소아마비로 다리가 불편해서 지팡이를 짚고 다녔는데, 그런 모습이 우리에게는 범접하기 어려운 어떤 아우라로 작용하기도 했다.

그런 분이 학교명의 한자를 틀리게 썼다는 게 이상했다. 우리는이 문제를 어떻게 해야 할지 고민한 끝에 그 제서를 떼어내기로 결정했다. 아무래도 선생님이 착각했고, 이제 곧 관람객이 몰려올 텐데그 잘못된 이름으로 손님을 맞을 수는 없다고 판단했던 것이다.

"경식아, 니가 따내라(네가 떼어내라)."

선배의 지시를 받고 나는 의자를 밟고 올라서서 그 제서를 떼어냈다. 그런데 마음이 급해서 그랬던지 제서를 쓴 화선지의 모퉁이가 한

부분이 쭉 찢어지면서 글자 하나를 조각내 버렸다. 그렇지만 나는 거기에 별로 마음을 쓰지 않았다. 어차피 잘못 쓴 것이고 두 번 다시 못 쓰는 것이니 쓰레기나 다름없었으니까. 그래서 떼어낸 제서도 아무렇게나 접어서 구석에 처박아 두었다. 그리고 그때쯤 서서히 많이들 몰려오기 시작하는 관람객을 안내하고 맞이하는 일을 했다. 그건 우리 1학년에게 맡겨진 일이었다.

그런데 얼마 뒤에 2학년 선배가 나를 불렀다.

"윤리 선생님이 오셨는데 큰일났다, 빨리 가 봐라."

화가 나서 펄펄 뛴다고 했다. 시화전 격려차 왔다가 자기가 쓴 제서가 건물 입구에 붙어 있기는커녕 찢긴 채로 아무렇게나 구겨져 있는 것을 보고 그렇다고 했다. 누구 짓이냐는 호통에 선배들이 나를 지목한 모양이었다. 찢은 건 내가 맞지만, 나는 선배가 시켜서 했을 뿐인데... 선생님은 얼마나 화가 많이 났던지 턱까지 덜덜 떨었다. 이때 선생님이 했던 말의 요지는 이랬다.

"이 글자는 원래 책받침 부수였다가 민책받침 부수로 바뀌었으며 사람 이름을 쓸 때에는 책받침 부수를 쓰기도 한다. 설마하니 내가 학교 이름을 몰라서 그렇게 썼을까? 나에게 물어보고 판단을 할 일이지, 어떻게 너희들이 멋대로 판단을 하느냔 말이야. 설령 내가 실수로 잘못 썼다고 한들, 그 제서를 함부로 찢어내고 구기는 행동은 나를

모욕하는 일일 뿐만 아니라, 그런 행동 자체가 사람에 대한 예의가
아니다."

　듣고 보니 모두 옳은 말이긴 했지만, 나 혼자 그 비난을 모두 뒤
집어쓰는 게 억울했다. 비겁한 선배들! 나는 자기들이 시켜서 했을
뿐인데! 또, 만일 김대건 신부님이 자기 이름의 한자를 누가 '金大建'
이 아니라 '金大建'으로 써도 괜찮다고 했을까, 그런 생각을 했다. ●

폐
결
핵
의

기
억

김정봉. 어릴 때 동네에서 단짝으로 놀면서 함께 초년(初年)의 강을 건넜던 친구다. 말도 조리 있게 잘했고, 태권도 검은 띠까지 땄으며, 중학교에 가서는 기타도 좀 쳤던 친구이다. 그 아이와 나는 둘 다 눈이 커서 둘이 함께 이발소에 가면 이발사 아저씨로부터 형제냐는 소리를 듣기도 했다. 우리는 또 서로에게 경쟁의식을 가지고 있어서 중요한 걸 놓고 싸웠을 뿐만 아니라 아무것도 아닌 걸 놓고 싸우기도 했다.

예를 들어서 온 동네 여자아이들을 예쁜 순서로 함께 번호를 매기고서는 서로 1번을 차지하겠다고 싸웠다. 그런데 이 순번이 수시로 바뀌곤 했는데, 한번은 녀석이 자기가 좋아하는 아이를 굳이 2번으로 매기고서는 1번을 나에게 양보하고 2번은 자기가 하겠다는 식의 잔꾀를 쓰기도 했다.

중학생이 되어서는 좀 더 고상한 이야기들을 주제로 해서 싸웠다. 우리는 수성들판을 가로질러 등교하면서 세상의 온갖 이야기를 다 나누었다. 감자와 고구마 가운데 어느 게 더 맛있는지 또 그 이유가 무엇인지 우리는 열렬하게 토론했다. 나는 고구마가 더 맛있다고 했지만 녀석은 감자가 더 맛있다고 했다. 고구마는 물 없이는 목이 메서 먹기 어렵지만 감자를 채 썰어서 기름에 달달 볶아서 소금을 뿌리면 얼마나 맛있느냐고 했다. 그래서 내가 지고 말았다.

또 우리는 침이 더러운지 더럽지 않은지를 놓고도 싸웠다. 나는 입에 있을 때에는 안 더럽고 밖에 나오면 더럽다고 했지만, 녀석은 같은 침이 안에서는 깨끗하고 밖에서는 더럽다는 게 말이 안 된다면서, 침은 밖에 나와서도 더럽지도 않다고 주장했다. 그리고 이 주장을 증명하기 위해서 자기 팔등에 침을 뱉은 다음에 그 침을 다시 자기 입으로 핥아 먹었고, 결국 나는 침은 어떤 경우에도 깨끗하다는 걸 인정해야만 했다.

그런데 중학교 2학년 때부터 녀석과 점점 멀어졌다. 녀석은 '노는 아이들'과 본격적으로 어울리며 그때부터 술, 담배와 그 밖의 나쁜 것들에 젖어들었고, 영 그 길로 끝까지 갔다. 우리 동네에서 가장 부자였던 녀석의 집이 무슨 일이 있었던지 그즈음에 갑자기 몰락했고, 녀석의 집은 다른 곳으로 이사했다.

내가 대학생이 되었을 때 녀석은 교회에 다닌다고 했고, 몸이 많이 아프다고 했다. 아닌 게 아니라 녀석은 삐쩍 마르고 병색이 완연했다. 그리고 얼마 뒤에 녀석이 영영 가버렸다는 소식을 다른 친구를 통해서 들었다. 녀석이 앓았던 병은 폐결핵이었다.

……

"우하엽에 석회화된 육아종이 있습니다. 과거 염증 흔적으로 임상적으로 특별한 의의는 없으나 정기적인 경과 관찰이 필요합니다."

건강검진을 받을 때마다 소견서에 나오는 말이고, 폐결핵 진단을 받거나 치료를 받은 적이 없다는 내 말에 의사는 나도 모르게 폐결핵에 걸렸다가 나은 흔적이라고 했다. 설마 어린 시절의 친구 정봉이에게서 그 병이 옮았을까마는 '폐결핵'이라는 단어를 접할 때마다 그 친구 얼굴이 떠오른다. 그 친구를 마지막으로 봤을 때 그 친구는 기타를 치면서 김정호의 '하얀 나비'를 불렀다. 그때 나는 이미 그 만남이 어쩌면 마지막 만남이 될지도 모른다는 생각을 어렴풋이 했었다. 그만큼 그 친구의 건강 상태는 나빠져 있었다.

음 생각을 말아요 지나간 일들은
음 그리워 말아요 떠나갈 님인데
꽃잎은 시들어요 슬퍼지지 말아요
때가 되면 다시 필 걸 서러워 말아요('하얀 나비' 1절)

내가 그 친구를 위해서 해 줄 수 있는 게 아무것도 없었고, 그래서 마음이 아프고 미안했다. 그때 나는 우리의 운명을 그렇게 아프게 갈라놓은 그 몇 년 세월의 잔인함을 생각했고, 또 중학교 때 녀석이 '노는 아이들'과 어울릴 때 내가 녀석을 어떻게든 붙잡아줬다면 달라지지 않았을까, 녀석이 그렇게 된 것의 책임을 군이 따지자면 나도 어느 정도의 비난을 받아야 하는 게 아닐까 생각했다.

그러나 지금 돌이켜보면, 초년의 우리 인생을 덮쳤던 정체를 알 수 없는 그 거대한 물길의 방향을 내가 무슨 수로 돌려놓을 수 있었겠는가. 그것은 나의 실수가 아니었다. ●

서울여자판타지

　정말 큰일이었다. 서울 여자아이들이 모두 나를 좋아하는 것 같았다. 단순한 짐작이 아니라 확실한 증거가 있었다. 1980년 대학교 1학년 때, 개나리에 이어서 교정에 벚꽃이 만발하던 무렵의 일이다.

　이상하게도, 나에게 말을 붙이는 여자아이들이 하나같이 다 그렇게 애교가 넘칠 수가 없었다. 나를 좋아하지 않는다면 말 한마디를 하더라도 굳이 그렇게 애교를 듬뿍 담을 리가 없었다. 내가 가진 상식으로 판단하자면 확실히 그랬다. 서울 여자아이들이 모두 나를 좋아했다. 까딱하다간 사회 문제가 생길 수도 있었다. 그래서 나는 한동안 머리를 감지 않고 다니기도 했다. 내 매력 지수를 억지로라도 떨어뜨리려던 고육지책이었다. 그러나 당연한 일이지만, 그럴 필요는 전혀 없었다.

그때까지 나는 평생 경상도에서만 살았고, 서울말을 하는 사람과 대화를 나눠 본 경험도 손에 꼽을 정도였다. 어린 시절의 '작은엄마'와 초등학생 시절의 서울서 우리 동네로 이사를 온 남자아이(이 아이를 우리는 '서울내기 다마내기 맛좋은 고래고기!'라는 가사의 노래를 부르며 놀려먹었다) 그리고 서울에서 살다가 왔다는 고등학교 문예반 선배 권태형 형... 그 정도가 다였다. 텔레비전 드라마에 나오는 서울 사람 말씨도 현실 구어체와 많이 달랐다. (영화만 하더라도 대사가 현실 구어체로 완전히 바뀐 게 1990년대였으니까.) 그러니 내 귀에 서울 여자아이들의 말씨가 그렇게나 신기하고 예쁘게 들린 것도 이상한 일은 아니었고, 또 그만큼 서울 여자아이들이 예쁘게 보인 것도 이상한 일이 아니다.

게다가 그때 나는 서울 사투리와 강원도 사투리와 전라도 사투리를 전혀 구분하지 못했으니, 내 귀로 판단하는 여자아이는 경상도 아이가 아니면 모두 서울 아이였고, 그러니 서울 여자아이는 오죽 많았을까! 또 그렇게나 많은 여자아이들이 모두 나를 좋아한다고 생각했으니, 얼마나 가슴이 설레고 또 어깨가 무거웠을까!

일장춘몽으로 끝나버린 스무 살 청춘 촌놈의 서울 여자 판타지가 안쓰러울 뿐이다.

그러나 그 뒤에 나는, 애교 많은 서울 말씨를 쓰고 또 정말로 나를 좋아하던 서울 여자를 만나서 결혼했다. ●

진로결정 2 :: 경영학과

"대학교에 입학할 때 왜 국문과가 아니라 경영학과를 지원했어?"

사람들이 가끔 나에게 묻던 말이다. 나는 경영학과를 졸업했지만, 곧바로 이어서 대학원에서 국문학을 전공했고, 또 그 뒤로도 회사에 취직해서 월급을 받은 적이 없이 평생을 어쨌거나 글을 쓰는 일을 업으로 삼아서 사람들을 만나고 또 가계를 꾸리며 살았기 때문이다.

그 질문을 한 겹 벗겨 보면, 어차피 평생 글을 쓰면서 살 텐데 경영학과에서 보낸 4년이 허송세월이 아니었나, 그러니까 애초에 경영학과를 지원한 게 실수가 아니었나 왜 그런 실수를 저질렀나 하는 안타까운 마음이 보인다. 혹은 경영학을 공부하던 중에 어떤 엄청난 사건을 겪고 이 사건이 계기가 되어 국문학으로 전공을 바꾼 게 아닐까, 그 엄청난 사건은 무엇일까 하는 호기심 때문일 수도 있다.

경영학과를 선택하게 된 과정은 단순했다. 일단 내가 이과가 아니라 문과였고, 내가 받은 예비고사 성적이 국문학과보다는 경영학과에 맞았으며 (정확하게 말하면, 국문학과보다 '더 나은' 경영학과를 지원해서 합격할 수 있는 성적이었으며), 또 사람들이 경영학과를 졸업하면 돈을 잘 벌 기회가 많이 열려 있다고 했으며 그 말을 내가 곧이곧대로 들었기 때문이다. 그러니까 내가 경영학과를 지원한 것은 그때 기준으로 보면 우연이 아니라 필연이었다.

그 필연은 또 다른 상황에서 우연인 듯 필연인 듯 대학원 국문학과 진학으로 이어졌다. 하지만 그렇다고 해서 영원히 버리게 될 전공학과인 경영학과에서 보낸 그 4년의 시간을, 그 질문을 하는 사람들 짐작처럼 허송세월이었다고 인정하고 싶지는 않다. 자기가 저지른 잘못을 끝끝내 인정하지 않으려는 못된 아이의 뒤틀린 심정일지도 모르겠지만, 적어도 번역가로서 경제경영 서적을 전문적으로 번역할 기본적인 소양을 그때 연마했으니까 말이다. ●

진로결정 3 : 대학교 연극반

대학교에 입학했을 때 교정에는 눈에 잘 띄는 곳마다 동아리 모집 포스터가 붙어 있었다. 기타반, 합창반, 연구반, 독서반 등 온갖 동아리 모집 포스터가 붙어 있었지만 어쩐 일인지 나는 별다른 고민을 하지 않고 연극반을 선택했다. 아무 동아리도 선택하지 않을 자유가 있었지만 굳이 나는 연극반을 선택한 것이다.

그때까지 내가 본 연극이라고는 딱 한 편뿐이었다. 고등학생 시절 대구 YMCA 건물에서였다. 정식 극장의 정식 공연이 아니라 문학과 관련된 어떤 행사의 사전 프로그램이었고 1인극이었다. 어떤 남자가 유모차를 끌고 육교 위에서 관객을 상대로 해서 계속 얘기를 하는 연극이었다. (안타깝게도 내용은 기억이 나지 않는다) 무대 장치도 따로 없었고, 남자가 유모차를 끌고 등장해서는 거기가 육교 위라고 하니 그런가 보다 했다.

내가 연극반을 선택한 것은 그 1인극의 기억이 워낙 강렬했을 수도 있고, 혹은 내면의 무언가를 표현하고 싶은 욕구가 있어서 그랬을지도 모른다.

나는 친구 한 명과 함께 학생회관 2층에 있는 대학교 총연극회 동아리방으로 찾아갔다. 그때에는 단과대학교 연극반이 모여서 총연극회를 구성하고 있었고, 총연극회 단위에서 신입회원을 모집하고 있었다. 그런데 우리를 맞아준 선배는 뭐가 그리 바쁜지 정신이 없었다. 소속대학과 이름을 적은 뒤에 그냥 가라고 했다. 아닌 게 아니라, 그 와중에도 연극반 회원인 듯한 사람들이 갑자기 우르르 몰려오더니 또 금세 우르르 몰려나갔고, 접수를 받았던 선배가 자기도 나가봐야 한다면서 일어났다. 그 선배는 연극반에 들기로 한 건 정말 잘한 선택이라면서 다시 한 번 손을 내밀어 악수를 청했다.

포스터에는 대대적이면서 따뜻한 환영을 해 줄 것같이 써 놨지만, 어쩐지 전혀 그런 분위기가 아니었다. 다들 뭐가 그리 바쁜지 정신이 없었고, 신입회원은 거들떠보지도 않았다. 김이 새는 느낌이었다. 아닌 게 아니라 분명히 소속과 이름을 가르쳐줬는데도 연극반에서는 연락이 오지 않았고, 나는 굳이 다시 찾아가지도 않았다. 일종의 배신감 같은 걸 느꼈기 때문이다. 총연극회 동아리방을 함께 찾아갔던 친구는 연극반에는 예쁜 여학생이 없다면서 다른 동아리를 찾아갔다. (나중에 알고 보니 그때 연극반은 공연 준비로 정신없이 바쁠 때였다. 1980년 3월이었고 연극반은 모든 행사에서 판을 벌였고 시위의 선발대 역할을 했으니까.)

그러다가 5월에 휴교령으로 학교가 문을 닫았고, 학교는 9월에야 문을 열었다.

그런데, 경영대학 연극반에 나보다 1년 먼저 가입해 있던 친구가 (그 친구는 재수를 하지 않았다) 연극반에 가입하라고 했다. 그 친구가 연극반에 가입해 있었는지도 몰랐는데, 봄에 분명히 가입 신청을 했었는데 이제 와서 새삼스럽게 가입하라고 하니 괜히 심술이 나서 안 한다고 했다가, 나중에야 못 이기는 척하고 연극반에 들어갔다. 그렇게 해서 나는 연극반 회원이 되었다.

그 뒤로 나는 철마다 대본을 써서 공연을 했다. 각색을 하기도 했고, 창작을 하기도 했다. 졸업 후에도 경영대학 연극회에서 대본을 내가 직접 쓰고 또 연출도 했다. 그때 우리 과를 담당하던 형사는 졸업을 하고도 왜 또 들락거리냐면서 눈을 흘겼다. (당시에는 정보과 형사가 대학별로 담당을 맡아서 학교에 상주했다.)

나는 연극반에 있으면서 농촌활동을 했고 사회 문제를 공부했고 이것을 연극 작품으로 만들었다. 그렇게 소위 '운동권'이 되었고, 이 활동은 나중에 학교 바깥으로까지 이어져서 노동자들을 만났고, 노동자들과 연극을 만들었고, 또 문화운동 단체에 가입해서 '이 시대의 문화운동을 책임진다'는 턱없이 무거운 책임을 자임하고 살았다.

그리고 희망이 절망으로 바뀌는 경험을 했고 또 그 절망 속에서 희망을 꿈꾸며 살았다. 그러다 보니 어찌어찌해서 지금처럼 작가로 또 번역가로 평생 글을 쓰면서 살게 되었다.

… 그런데, 어쩌다가 내 인생의 경로가 이렇게 전개되고 말았을까? 이것 말고 다른 멋진 인생을 살 수도 있지 않았을까?

1980년 9월에 학교가 다시 문을 열었을 때 그 친구의 연극반 가입 권유를 뿌리쳤어야 했다. 더 거슬러 올라가서, 애초에 3월의 그 어느 날에 총연극회 동아리방을 찾아간 게 실수였다. 아니, 고등학생 시절 대구 YMCA 건물에서 유모차가 소품으로 나오는 그 1인극을 보지 말았어야 했나?

그러나 그 실수 덕분에 나는 아름다운 사람들을 만났고, 아름다운 눈물과 아름다운 아픔을 경험했다. 그것은 아름다운 실수였다. ●

서울 여자아이는 못됐더라?

대학교 2학년 여름방학, 농촌활동을 준비하던 때였다. 내가 속해 있던 동아리인 총연극반의 농촌활동은 낮에는 일손을 돕고 저녁에는 그 지역에 전승되는 민요나 탈춤을 배우는 프로그램들로 하루하루의 일정이 짜여 있었다. 몇 개의 단과대 연극반이 하나로 묶여서 한 지역을 맡는 식이었고, 지역별로 나뉘어서 어떤 지역에서는 탈춤을 배우고 어떤 지역에서는 민요를 배우는 식이었다. 그리고 당시에 실무 집행 책임은 3학년이 졌고, 2학년은 3학년 지도부의 손발이 되어서 뒷

바라지를 했으며, 1학년은 열심히 따라가기만 하면 되었다.

조심해야 할 언행 등에 대한 사전 교육과 준비가 끝났고 다음날부터 활동이 시작될 예정이었으며, 그날엔 선발대가 해당 지역으로 출발하기로 되어 있었다. 그런데 나와 같은 조에 포함되어 있던 2학년 여자아이가 자기 대신 내가 선발대로 가면 안 되겠느냐고 했다. 마을의 청년을 만나서 무슨 논의를 해야 하고 또 몇 가지 사항을 전달하고 또 전달받고 필요한 준비를 하기만 하면 되었다. 그다지 어려운 일도 아닌데 아파서 못 가겠다는 것이었다, 내 눈에는 멀쩡하게만 보였는데… 그 아이가 못 간다면 내가 대신 가야 했지만, 나는 다른 일을 해야 해서 그럴 수도 없었다.

"아프다고? 괜찮아 보이는데?"

"그래도 혹시 실수하면 어떡해."

"실수를? 실수할 게 뭐가 있다고 그래?"

여자아이는 대답 대신 겸연쩍게 웃기만 했다, 통증을 참느라 얼굴을 찡그리면서.

"도대체 어디가 아픈데 그래?"

여자아이는 말을 않고 나를 바라보기만 했다. 아마도 속으로는 '뭐 이런 녀석이 다 있을까?' 하고 말했을 것이다. 그때만 하더라도 생리통이라는 단어는 여자아이가 남자아이 앞에서 스스럼없이 말할 수 있는 그런 단어가 아니었다.

"도저히 못 갈 정도로 그렇게 많이 아파?"

결국 여자아이는 한참 동안 참고 있었던 말을 뱉어냈다.

"그래, 진짜 많이 아프다! 허리가 아파서 고꾸라질 것 같다, 이제 됐니?"

벌컥 화를 내고 돌아서는 그 아이의 뒷모습을 바라보면서 나는 이런 생각을 했다.

…아, 서울 여자아이는 말만 예쁘게 하지 못됐기는 진짜 못됐구나.

그게 생리통인 줄은 잠시 뒤에 3학년 선배가 일러줘서 알았다. 나는 생리통이 그 아이를 그렇게 아프게 하는 줄 정말 몰랐다. 생리 통으로 아플 것이라는 건 생각도 하지 못했고, 설령 생각했다고 한들 그게 그렇게 아픈지 몰랐다. 두통은 잘 알았고 치통은 경험해 본 적은 없어도 상상할 수 있었지만, 생리통은 진통제 선전 문구에서만 보았 을 뿐 상상할 생각조차 해보지 않은 것이었다.

무지 때문에 자기가 실수를 했다는 사실조차 깨닫지 못할 때에 는 그것으로만 끝나는 게 아니라, 보너스로 잘못된 편견까지 달라붙 고 만다.

…아, 서울 여자아이는 말만 예쁘게 하지 못됐기는 진짜 못됐구

나.

이 편견이 또 다른 실수를 부르고, 또 다른 편견이 생기고...

무지로 인한 실수는 무지를 깨우쳐야만 반복되지 않는다. 그런
다음에야 비로소 공감도 가능하겠지. ●

A+ 학점

대학생 시절의 여름, 전방입소교육을 받으러 갔을 때다. 전방입소교육은 대학생이 최전방 군부대에서 1주일의 군사 훈련을 받는 것으로써 교련 과목의 학점을 취득하는 교과 과정이었다.

교육 일정은 단과대별로 순차적으로 진행되었는데, 내가 속한 경영대학 입소 일정은 1학기가 끝나자마자 바로였는데, 문제의 그 친구가 속한 인문대학 입소 일정은 그보다 한 주 뒤였다.

그런데 이 친구가 자기는 학기말 시험이 끝나는 대로 빨리 대구로 내려가야 할 중요한 일이 있다면서, 나더러 입소교육을 바꿔서 가자고 했다. 그러니까 내가 인문대학 최○○가 되고 자기가 경영대학 이경식이 되자는 것이었다.

그 친구의 그 중요한 일이 무엇인지 잘 알았기에 나는 그렇게 하기로 했다. 그래서 나는 백골부대였던지 청성부대였던지 두 부대 가운데 하나에서 (다른 한 곳은 다른 학년 때 갔던 곳이다) 인문대학 친구들과 최○○ 행세를 하면서 함께 훈련을 받았다.

그리고 어느 날엔가 설문지를 (어쩌면 시험지였는지도 모른다) 제출하고 나서 점심을 먹다가 문득 그 생각이 났다. 작성자 성명란에 최 아무개로 적어야 할 이름을 이경식으로 적었다는 사실이... 그래서 점심을 먹는 둥 마는 둥하고 담당 병사를 찾아갔다.

"이름을 잘못 적은 것 같아서, 고쳐 적으려고 왔습니다."

그 병사는 고개를 갸웃하며 나를 바라보았다. 하긴 시험지에 자기 이름을 잘못 쓰는 실수는 유치원생도 하지 않는 실수니 이상하긴 이상했을 것이다.

"어떻게 잘못 썼습니까?"

"제 이름이 이경식이 아닌데 이경식이라고 썼습니다, 최○○으로 고쳐야 합니다."

나를 바라보던 그 병사의 황당한 눈빛을 나는 지금도 잊지 못한

다.

　나는 그 친구의 그 학기 교련 성적을 B밖에 받아 주지 못했지만, 그 친구는 나 대신 A+를 받아 주었다. 대학교 4년 동안 내가 받았던 유일한 A+ 학점을 그 친구가 받아 준 것이다. 이렇게 좋은 친구가 내 곁에 있다는 게 얼마나 좋은가! (아닌 게 아니라, 내가 저지른 온갖 실수로 빚어진 온갖 잘못을 대신 떠맡아 준 든든한 사람들이 주변에 있었기에 나는 지금까지 '멀쩡한 사람'으로 행세하며 잘 살고 있다. 고마운 일이다)

　그런데 그 친구가 빨리 대구로 내려가야 했던 중요한 일은 그즈음에 그 친구가 새로 사귀던 여학생을 하루라도 일찍 만나는 일이었다. ●

내
인
생
의
오
발
탄

또 한 번의 대학생 전방입소교육 때 일이다. (이때에는 최○○라는 이름이 아니라 이경식이라는 이름으로 교육을 받았다.)

사실 나는 '군사놀이' 이런 거 무척 좋아했다. 어릴 때 전쟁놀이 한다면서 동네 뒷산에서, 오리나무를 쪄서 창이나 몽둥이로 만들고 활과 화살로 무장을 해서 옆 동네 아이들과 그게 패싸움인지도 모르고 싸우곤 했다, 전쟁놀이의 짜릿한 전율을 느끼면서... 못을 갈아 만든 화살촉을 매단 화살이 한 녀석의 종아리에 박히고 또 한 녀석의 눈가가 몽둥이에 맞아서 찢어지는 바람에 동네에서 어머니들 사이에서 시끄러운 일이 벌어지기도 했지만, 그런 기획 행사는 우리 사이에서 심심찮게 벌어졌을 정도니까 말이다.

그리고 마침내 기다리고 기다리던 전방입소교육의 꽃인 사격 훈련 시간이 되었고, 우리는 사격 훈련장에 집결했다.

그런데 무슨 절차가 그렇게 긴지 갑갑증이 나서 미치겠더라. 총을 잡고, 안전장치 풀고, 호흡을 멈추고, 조준하고, 어쩌고... 사실 그런 내용은 사격대에 엎드리기 전에 이미 교육을 받았고, 또한 반복적인 이미지 훈련으로 정확하게 숙지하고 있었다. 그래서 나는 진작부터 표적을 조준한 채 발사 지시가 떨어지기만을 기다렸다. 방아쇠에 갖다 댄 손가락을 조금만 움직이면 명중시킬 수 있는데, 조교의 말은 아직도 한참 남았고... 가늠쇠 속에서 표적이 너무도 크고 선명하게 들어오는 순간, 탕! 나는 방아쇠를 당겨버렸고, 그 순간, '누구야!' 하는 고함소리, '다들 총 내려놔!', '총 내려놓고 일어나!' 젠장, 망했다!

결국 나는 열외되어 사격장 지붕 기둥에 매달렸다. 그것까지는 좋았다. 빨리 끝내고 원위치해서 사격만 하면 되니까. 그런데 내려오란 말을 않잖아. 두 번째 사격 때에는 나에게도 기회를 줄 줄 알았는데, 젠장, 당시 사격 훈련장에 있던 소령인가 하는 놈, 진짜 때려죽이

115

고 싶도록 밉더라, 나도 쏘고 싶었는데!(*졸저 〈1960년생 이경식〉에서)

　　오발탄을 쏜 게 첫 번째 실수였다면, 나에게 기어코 사격 기회를 허락하지 않았던 그 지휘관을 못나게도 미워하고 욕하면서 내 잘못을 덮으려 한 게 두 번째 실수였다. 돌이켜보면, 지금껏 나는 이런 책임 떠넘기기 실수를 얼마나 많이 저질렀던가!　　　●

전공필수 포트란 강좌

포트란 강좌는 3학년 때 듣는 과목이었고 전공필수 과목이었다. 경영학과 학사 학위를 받고 졸업하려면 이 과목을 필수적으로 이수해야 한다는 뜻이다. 그런데 그때 나는 컴퓨터 프로그래밍을 배우는 이 과목에 전혀 흥미를 느끼지 못했다. 그래서 자주 수업에 빠졌는데, 그때마다 같은 과의 친구 조○○에게 대리출석을 부탁했다. 이 친구는 처음 몇 번은 대리출석을 잘해 주다가 어느 때부터 마음을 바꾸었다. 대리출석을 안 하겠다는 것이었다.

"아무리 생각해도, 친구가 나쁜 길로 걸어 들어가는 걸 내가 도와주는 것 같아서 안 되겠다. 앞으로는 너 대리출석 안 해 줄 테니까 F 받기 싫으면 출석해라."

농담인 줄로만 알았는데 진담이었다. 그 친구가 나에게 대리출석 하지 않았으니까 다음에는 꼭 출석하라고 했을 때에도 그 말을 농담으로만 들었다. 그 친구는 그렇게라도 해야 내가 수업에 들어오리라 생각하며 대리출석을 해 주지 않았고, 나는 그 친구가 설마 그렇게까지 할까 하는 생각으로 출석하지 않았다. 결국 나는 F 학점을 받고 말았다.

그리고 다음해 나는 다시 포트란 강좌를 신청했다. 이번에도 F를 받으면 졸업을 못 하니, 무슨 일이 있어도 F를 받으면 안 되었다. 열심히...는 아니지만 그래도 나름대로 충실하게 수업을 들었고 (F 학점을 받지 않을 범위 안에서는 여전히 수업을 여러 번 빼먹었다는 말이다) 또 기말시험을 대신하는 과제도 깔끔하게 해결했다. 그 과제를 받은 직후에 우연히 공대 전산학과의 대학원생이던 연극반 동아리 선배를 만났다가 포트란 강좌와 관련된 여차저차 하소연을 하면서 기말시험 대신으로 과제물을 내야 한다고 했더니, 이 선배는 그런 거면 진작 자기를 찾았어야지라면서 천공하는 것에서부터 제출까지 자기가 다 알아서 해 줄 테니까 아무 걱정 하지 말라고 했다.

"표시나게 너무 잘하면 안 됩니다."

"알았어!"

그런데 나중에 성적이 나온 걸 보니까 D였다. 전산학과 대학원생이 작성한 과제물인데 D밖에 받지 못하다니, 말도 안 되는 얘기였다. 그 선배에게 어떻게 된 거냐고 물었더니, 그럴 리가 없다면서 이렇게 말했다.

"우리가 쓰는 천공카드가 학부생들이 쓰는 카드와 달라서 그런가?"

지금도 수수께끼이지만, 그래도 나 같은 엉터리 학생에게 F 학점을 주지 않고 무사하게 졸업을 시켜 준 그 교수님이 고마울 따름이다. ●

외상택시비

"이경식 학생! 이경식 학생!"

내 이름을 외치는 남자의 소리가 멀리서부터 들렸다가 점점 가까워지고 있었다. 아침부터 골목길에서 들리던 그 소리를 처음에는 달걀이나 과일을 하는 행상의 호객 소리로 들었다.

"이경식 학생! ○○대학교 이경식 학생!"

나를 부르는 목소리인 줄은 약간의 시간이 더 지난 뒤에야 알아차렸다. 그리고 또 잠시, 도대체 누가 나를 저렇게 큰 소리로 불러대는지 의아했다. 그러다가 그 목소리가 다시 멀어질 때쯤 정신이 번쩍 들었다. 그분이구나...! 후회가 물밀 듯이 밀려왔다. 왜 그렇게 술을 많이 마셨는지 모른다.

설령 술을 많이 마셨더라도 지키지 못할 외상 거래는 하지 말았어야 했다. 그리고 또 설령 외상 거래를 했다고 하더라도 진작 연락해서 갚았어야 했다. 그 일이 있은 지 벌써 여러 날이 지나도록 나는 아무 조치를 취하지 않고 있었다. 순전히 게으름 때문이었다. 외상에 대한 담보로 맡긴 학생증은 돌려받지 않아도 상관없었다. 도서관에 드나들 일도 없었고, 정 필요하면 분실신고를 하고 다시 만들 수도 있다고 생각했으니까. 그러다가 결국 그분이 나를 찾아오게 만들고 말았다. 사실 나는 그분이 그렇게 내 자취방이 있는 남부경찰서(지금의 금천경찰서) 건너편 동네의 골목을 누비면서 내 이름을 외치고 다니며 나를 찾으리라고는 상상도 하지 못했다.

그분은 택시 운전사였고, 술에 취한 나를 자취방이 있는 근처까지 태워 주고는, 차비가 없다면서 학생증을 건네며 전화번호를 주면 꼭 연락해서 갚겠다고 한 내 말을 믿어 준 바로 그 사람이었다.

"이경식 학생, 없나요? 이경식 학생!"

어느새 목소리는 제법 멀어져 있었다. 나는 후다닥 일어나서 돈을 챙겨 뛰어나갔다. 약속을 못 지켜서 아저씨에게 미안하다는 마음

121

보다는 동네 사람들에게 창피하다는 마음이 앞섰다. 내 이름을 동네 사람들이 다 알도록 고래고래 소리 질러서 내가 돈을 가지고 나오지 않고는 못 배기게 만들면서까지 외상 택시비를 받으려는 그 아저씨의 악착같은 심보에 화가 났다.

　… 치사하게 진짜!

　그런데 그 아저씨 앞에 섰을 때, 이야기는 예상하던 것과 전혀 다른 방향으로 전개되었다. 그 사람은 우리 아버지들 또래의 중년 남자였고, 나를 보고는 다짜고짜 화를 냈다.

　"그래서 되겠어? 대학생이 말이야, 시골에서 올라와 자취하며 공부를 한다면, 부모님을 생각해서라도 열심히 공부를 해야지, 술을 마시고 인사불성이 되어서, 그게 뭐 하는 짓이야!"

　알고 보니 그분이 그날만 우리 동네에 왔던 게 아니었다. 다른 날에도 왔다가 허탕을 쳤었던 터라, 그날은 일부러 아침 시간대에 맞춰서 와 봤다고 했다. 그리고 학생증이 대학생에게는 꼭 있어야 하고 없으면 낭패를 당한다는 생각에 걱정이 되어서, 꼭 나를 찾아서 돌려주려 했다고 했다. 내 이름뿐만 아니라 대학교 이름까지 고래고래 고함지른 것도, 내가 만일 집에 없더라도 나를 아는 누군가가 알아보고 나와 주기를 기대하는 마음에서 그랬다고 했다.

　"게다가, 남자가 한번 약속을 했으면 무슨 일이 있어도 약속은 지켜야지! 돈이 없으면 돈이 없다고 정정당당하게 말을 하든가! 쩨쩨하게 그게 뭐야?"

"죄송합니다."

"생판 남인 내가 봐도 속이 상하는데, 학생 부모가 이런 모습을 보면 얼마나 속이 상할지 생각해 봐."

나는 그저 두 손을 공손하게 모아 쥐고 손가락을 꼼지락거리기만 할 뿐이었다. 입이 열 개라고 할 말이 없었다. 해결되지 않은 온갖 문제를 너저분하게 늘어놓고 살던 내 생활은 그때의 내 행색, 불결한 두발 상태나 꾀죄죄한 옷으로도 충분히 짐작되었으리라. 그래서 그랬던지 외상 택시비는 한사코 받지 않았다.

그분은 아버지의 심정으로 나를 바라보며 연민과 동정과 조언을 베풀었다. 나는 부끄러워하고 반성했다.

그러나 정확하게 말하면, 생각으로만 부끄러워하고 반성했다. 그분의 바람과는 달리 나는 그 뒤로도 쉽게 변하지 않았기 때문이다. 결코 진심으로 부끄러워하거나 반성하지 않았다. 하긴 자식을 생각하는 마음이 세상의 모든 자식에게 통할 수 있다면 세상에는 게으른 사람도 약속을 지키지 않는 사람도 꾀죄죄한 사람도 나쁜 사람도 없을 것이다.

그러나 그분의 따뜻한 마음은 오랜 세월 동안 내 마음에서 사라지지 않았다. 그리고 나를 인도하는 수많은 지침 가운데 하나가 되었다. 아마도 그분과의 그 우연한 만남과 그 따뜻한 마음이 내 인생에서 없었더라면, 지금의 나는 지금보다 더 형편없을 것이다. 조지 엘리엇도 쉰 고개를 넘어서 인생의 이런 이치를 깨달았을 테고, 그래서 소설 〈미들마치(Middlemarch)〉에서 이렇게 썼지 싶다.

"세상이 점점 더 좋아지는 건 부분적으로는 전혀 역사적이지 않은 자잘한 행동들 덕분이다. 그리고 지금까지 그랬을 수도 있었던 것처럼, 당신이나 내가 세상을 살아가는 일이 그다지 고약하지 않을 수 있었던 것의 절반쯤은, 남에게 드러나지 않은 인생을 충실하게 살았으며 지금은 아무도 찾지 않는 무덤에 편안히 잠들어 있는 수많은 사람 덕분이다."

고가도로가 있는 초현실주의 풍경

　문득 정신을 차리고 보니 고가도로 아래를 걷고 있었다. 차가 많지 않은 걸 보니 밤이 깊은 시각인 게 분명했다. 시계를 보니 두 시가 다 된 시각이었다. 지갑도 있었고, 가방 대신 메고 다니던 초록색 색(sack)도 내 등에 그대로 붙어 있었다. 그리고 나는 추워서 덜덜 떨면서 어디인지도 알 수 없는 곳에서 목적지도 없이 그냥 걷고 있었다.

　내가 기억하는 필름의 마지막 장면은, 경영학과 체육대회가 끝난 뒤 친구들과 쫑파티를 마치고 집에 가려고 289번 버스를 타는 장면이었다. 거기에서 내가 내려야 할 정류장은 기껏해야 두세 개밖에 되지 않았고, 그때 시각은 채 10시도 되지 않았다. 그러니까 그 10시부터 다음날 새벽 2시까지 필름이 끊어진 것이었다. 그 네 시간 동안 도대체 어디서 무얼 하다가 어디인지 알 수도 없는 장소의 고가도로 아래의 인도를 걸어가고 있었던지 도무지 기억이 나지 않았다.

고가도로 아래, 드물게 지나가는 자동차들, 사람 하나 보이지 않는 길, 그리고 추워서 덜덜 떨면서 무작정 걸어가는 나... 택시 운전사는 거기가 문래동이라고 했다. 문래동이면 지난 여름방학 때 공장 경험을 했던 기계제작 공장이 있던 곳이었다. 주변에 '마찌꼬바'라는 일본말로 일컬어지는 작은 공장이 줄지어 늘어서 있던... 하지만 아무리 생각해도 사라진 네 시간 동안의 내 동선, 결국 문래동까지 이어졌던 그 동선은 끝내 떠오르지 않았다. 그 초현실주의적인 풍경과 맥락 없는 스토리 속에서 문득 이런 생각이 들었다.

...아, 이러다가 죽겠구나.

술에 취해서 필름이 끊어진 적은 여러 번 있었지만, '이러다가 죽겠다'는 생각이 들었던 건 그때가 처음이었다. 나는 죽고 싶지 않았다. 딱히 하고 싶은 일이 있다기보다 죽는다는 사실 자체가 무서웠다. 그야말로 동물적인 수준에서 죽음의 공포를 느꼈다. 대학교 4학년이던 스물네 살의 그 가을 이후로 나는 술 먹고 필름이 끊어지는 실

수를 두 번 다시 하지 않았다, 적어도 예순한 살까지는.. ●

어머니와 찹쌀밥

결혼하기 전에는 내가 대구 집에 다녀갈 때마다 어머니가 찹쌀밥을 내놓았다. 그것도 고봉밥으로. 찹쌀밥이 담긴 밥그릇은 쉽게 바닥을 드러내지 않았다. 그래도 나는 열심히 먹었다. 그게 내 능력으로 할 수 있었던 몇 되지 않던, 그리고 그나마 가장 손쉬운 효도였으니까. 그런데 내가 그 밥그릇을 다 비우면 다음 식사 때 밥그릇에 담긴 찹쌀밥의 양은 더 늘어나 있었다. 그러다 보니 어머니의 찹쌀밥은 내가 감당할 수 있는 한계보다 언제나 많았다. 결국 숟가락질의 속도

가느려지고 어느 틈엔가 나는 슬그머니 숟가락을 내려놓는다.

"좀 이따가 먹을게요."

"야는(얘는)! 젊은 아(아이)가 그것도 다 못 먹나?"

객지에서 자취를 하고 살고 있었으니, 그것도 건강에는 한심할 정도로 무심하고 게으르게 살았으니, 아무래도 몰골이 초췌했을 것이다. 자식의 마르고 푸석한 얼굴을 보고 어머니는 조금이라도 더 먹이고 싶었을 것이다.

"찹쌀밥을 먹으면 골이 민다고 했다, 마이 묵어라(많이 먹어라)."

찹쌀밥을 내놓을 때마다 하던 말이다. '골이 민다'는 말이 머리의 골을 채우고 있는 뇌수가 빽빽해진다는 뜻인지 혹은 골다공증 환자의 푸석한 뼈 조직이 단단하고 매끈하게 메워진다는 뜻인지 알 수 없었다. 그래서 한 번은 어머니에게 그 말뜻이 무엇이냐고 물었다.

"나도 모린다(모른다). 예전에 집안에 어른들이 하시던 말씀이다. 따지지 말고 어서 묵어라."

어머니는 겸연쩍게 웃으면서 그렇게 말했다. 지금도 나는 '골이 민다'는 말의 뜻을 정확하게 모른다. 찹쌀의 구체적인 효능도 모른다. 그러나 찹쌀의 효능은 전혀 중요하지 않았다. 설령 어머니가 믿었던 '골이 민다'는 찹쌀밥의 효능이 이론적으로나 학문적으로 잘못된 것이라도 상관이 없었다. 따지지 말고 맛있게 많이 먹기만 하면 되었다. 그렇게 어머니를 흐뭇하게 해 주기만 하면 되었는데, 굳이 성분과 효능을 따지면서 '골이 민다'는 게 무슨 뜻이냐고 물었던 속마음은, 찹쌀밥이 일반 쌀밥과 다르지 않음을 확인하고, 그래서 굳이 찹쌀밥을 힘겹게 꾸역꾸역 먹지 않아도 되는 핑계를 찾고 싶어서, 아주 작은 꼬투리라도 잡겠다는 것이 아니었을까?

그 뒤로 30년 가까운 세월이 지나서, 이제 내 자식이 그때 내 나이만큼 컸고, 이 아이에게 조금이나마 몸에 좋은 것을 먹이려 하다 보니, 그때 어머니의 심정뿐만 아니라 '골이 미는 것이 무슨 뜻'이냐고 물었던 내 무의식 속의 의도가 무엇이었는지도 확실히 알 것 같다.

아내가 기관지에 좋다는 어떤 식물의 즙을 아들에게 먹이려고 팩으로 포장된 제품을 샀다. 아들은 아침에 집을 나설 때마다 싫은 내색 하지 않고 몇 번은 곧잘 받아먹더니, 어느 날 아침에는 이렇게 물었다.

"그런데 이거 성분이 어떻게 돼요? 믿을 만한 겁니까? 유기농이라고 하면서도 말만 유기농이고 사이비들 많던데... 그런 거 아니에요?"

아들이 따지자 아내는 말했다.

"따지지 말고 먹기나 해라."

아들이 했던 질문에 담긴 속마음은 그 즙을 먹고 싶지 않다는 뜻이었다. 아들은 즙의 성분이든 뭐든 따져서, 자기의 식습관과 신체 활동 주기에 비춰봐서 그 팩 포장 식물 즙이 자기 건강에 도움이 되지 않을 수도 있음을 얘기하고 싶었던 것이다. 그래서 결국에는 그 쓴맛을 멀리 물리치고 싶었던 것이다. 본인이 의식하든 의식하지 않든 간에.

아들은 내가 30년 전에 했던 실수를 반복하고 있다. 따지지 말고 엄마가 주는 대로 그냥 웃는 얼굴로 먹기만 하면 좋을 텐데... ●

불량라이터

1986년 9월의 어느 토요일 이른 오후, 대학로.

서슬 푸른 군사독재정권 시절이었고, 그날 그 시각에 내가 속해 있던 문화단체에서 기습시위를 하기로 계획되어 있었으며, 그 시위 주동을 나와 또 다른 회원 한 명이 하기로 계획되어 있었다. 그날의 시위는 형식적으로는 문화예술단체답게 '통일굿 한마당'이라는 이름을 붙이고 그 이름으로 유인물을 준비하긴 했지만 전두환 정권을 규탄하는 민주화 시위였다.

주말마다 '차 없는 거리' 제도가 시행되던 터라서, 자동차가 다니지 않는 도로와 도로변에는 우리 단체의 회원들을 비롯해서 알음알음으로 시위 계획을 전해들은 사람들이 삼삼오오 모여서 곧 있을 시위를 기다렸다. 차 없는 대학로 거리의 낭만을 즐기러 온 사람이 누구인지 혹은 시위에 참가하려고 온 사람이 누구인지는 금방 알 수 있었다. 연인 행세를 하고 있지만 바싹 마른 입술에 잔뜩 긴장한 얼굴로 괜히 두리번거리는 남자와 여자, 괜히 시계를 자꾸 쳐다보는 사람, 별로 바쁠 것 같지 않은데 바쁘게 걸어갔다가 다시 바쁘게 걸어오기를 반복하는 사람, 높은 곳에 서서 사람들이 움직이는 흐름을 파악하는 사람, 이들이 바로 시위에 참가하려는 사람들이었다. 이들은 과연 시위의 첫 구호가 어디에서 어떤 방식으로 튀어나올지 궁금해하면서 두리번거렸으며, 수많은 사람 가운데 누가 사복경찰인지 파악하려고 애썼으며, 또 사복경찰들이 덮칠 때 어디로 도망칠지 미리 동선을 그리고 있었다.

　아닌 게 아니라 그때의 시위는 기습적일 수밖에 없었다. 시위가 시작되면 사람들 사이에 섞여 있던 사복경찰과 멀지 않은 곳에서 대기하던 경찰 기동대가 눈 깜짝할 사이에 시위 참가자를 체포하고 진압해 버렸으므로, 최대한 허점을 파고들 수 있도록 기습을 해야만 시위를 조금이라도 오래 끌 수 있었다. 그랬기에 우리는 어쨌든 간에 시위를 오래 계속하는 것에 초점을 맞추었다. 적어도 주동자인 나와 다른 한 친구가 될 수 있으면 오랫동안 잡히지 않아야 했다. 잡히지 않고 '독재 타도!'와 '전두환 물러가라!'의 구호를 계속 외칠 수 있어야 했다.

그래서 우리는 입체적인 시위를 계획했다. 우선 한 사람이 학림다방 건물의 옥상으로 올라가서 구호를 선창하며 연설을 하기로 했다. 옥상으로 통하는 문이 평소에는 늘 잠겨 있었기에, (건물 주인에게 문을 열어 달라고 할 수는 없었고) 학림다방의 화장실 창문을 통해서 건물 외벽을 타고 옥상으로 올라가야 했다. 진입이 어려웠던 만큼 경찰에 체포되기까지의 시간도 그만큼 벌 수 있을 것이라는 게 우리의 계산이었다.

그리고 나머지 한 사람은 도로 한가운데서 '동을 뜨기로'(주동자로 나서기로) 했다. 이 사람도 체포되는 시간까지 최대한 오래 버티기 위해서 불을 붙인 횃불을 휘둘러서 접근하는 기동대나 사복 경찰을 막기로 했다. 그렇게 입체적으로 시위를 벌이면, 시각적인 효과도 클 것이고 무엇보다 시위 시간을 길게 끌 수 있으리라고 기대했다. 옥상 진입은 나보다 어리고 한층 날렵해서 화장실 창문을 통해서 건물 외벽을 타고 옥상으로 잘 올라갈 것 같은 친구가 맡기로 했고, 나는 횃불을 들기로 했다. 하루 전에 우리는 그 모든 동선을 확인했다.

마침내 약속했던 시각, 학림다방 건물 옥상에 그 친구가 나타나서 구호를 외치며 유인물을 허공에 뿌렸다. 유인물이 날리는 순간, 대학로에 있던 사람들이 모두 그 건물 앞으로 뛰었다, 구호를 따라 외치려고, 혹은 그런 사람을 붙잡으려고... 한 무리의 사람이 그 건물 입구로 들어가는 게 보였다. 사복경찰이었다. 이제 내가 나설 차례였다. 계획했던 대로 준비되어 있던 횃불이 누군가의 손을 거쳐서 내 손으로 건네졌고, 기름이 흠뻑 젖은 그 횃불에 불을 붙인 뒤에 들고 나서면 되었다. 나는 주머니에서 라이터를 꺼냈다. 그런데...

틱, 틱...

불을 켜려고 몇 번이나 엄지손가락으로 일회용 라이터의 휠을 돌려도 불이 켜지지 않았다.

틱, 틱, 틱...

험상궂은 얼굴 두엇이 내 쪽으로 달려오는 게 보였다. 사복경찰이었다.

... 망했다!

그렇게 허무할 수 없었다. 다른 건 다 확인을 해놓고 라이터를 확인하지 않았다니! 나 때문에 그렇게 꼼꼼하게 세웠던 계획이 망쳐지다니!

그런데 그때 라이터를 켠 누군가의 손 하나가 쑥 나왔고, 라이터에 불이 켜졌고, 횃불에 불이 붙었다. 그렇게 해서 나는 계획했던 대로 횃불을 빙빙 돌리면서 대학로 한가운데를 뛰어다닐 수 있었다. 만일 그때 나 대신 횃불에 불을 붙여 준 그 사람이 없었다면 어떻게 되었을까? 얼마나 망신스러웠을까? 내 디테일의 실수를 커버해 준 누군지 모를 그 사람의 디테일이 고맙다.

덧붙이자면... 나는 불이 붙은 횃불을 달려오는 경찰들 앞으로 내밀고 흔들었고, 구호를 외치기 시작했다. 비록 얼마 버티지 못하고 제압되고 말았지만, 그래도 계획했던 만큼은 충분히 오래 시간을 끌었다. 그리고 건물 옥상의 그 친구는 경찰이 좀처럼 진입하지 못한 덕분에 (혹은, 그 바람에) 오랫동안 아무런 제지도 받지 않은 채 구호를 외치고 연설을 했다. 할 얘기도 다 떨어지고 이제 그만 내려가고 싶은 마음이 굴뚝같았지만 그때까지도 경찰이 옥상으로 올라오지 않아서 미치는 줄 알았다고 했다.

그 친구는 시위 주동자의 대우를 제대로 받으며 경찰 순찰차를 타고 연행되었지만, 나는 '닭장차' 안에서 나 때문에 불에 그슬릴 뻔했다는 기동대원들에게 두들겨 맞으면서 연행되었다. ●

나쁜 선배

1980년대 후반이었다.

"우리 진영이를 잘 지도하셔서 나쁜 쪽으로 빠지지 않도록 잘 부탁드립니다."

진영이의 어머니가 내 손을 붙잡고 그렇게 말씀하셨다.

진영이와 나는 노동자문화운동연합이라는 문화단체의 회원이었고, 그때 우리는 내가 대본을 쓰고 연출한 〈동팔이의 꿈〉이라는 연극을 가지고서 노동조합의 요청을 받아서 순회공연을 다니고 있었다. 노동자의 파업투쟁과 노동자의 일상을 다룬 이 연극의 공연장은 일반적인 극장이 아니라 회사의 마당이 되기도 했고 강당이 되기도 했다. 배우 두 사람이 전체 극을 이끌어가는 2인극이었는데, 배우 두 명과 고수(鼓手) 한 명 해서 총 세 명만 있으면 어디에서든 간편하게 공연을 할 수 있도록 기동성을 살린 연극이었다.

그때 우리는 배우 두 명과 고수 그리고 행정 및 연락 담당자 한 명과 나, 이렇게 모두 다섯 명이 어떤 노동현장에 가서 공연을 했는데, 마침 그곳이 진영이의 어머니가 계신 집에서 멀지 않아서 진영이는 어머니에게 인사도 드릴 겸 같이 가자며 우리를 이끌고 갔다. 아마도 진영이는 오래 뵙지 못한 어머니를 그렇게나마 뵈면서 아들이 건강하게 잘 지내고 있음을 보여주고 싶었을 것이다.

그런데 어머니는 진영이가 학교를 졸업해 놓고서는 취직도 하지 않고 노동조합의 요청을 받아서 배우로 순회공연을 다니는 줄은 전혀 모르고 계셨다. 그저 선후배 사이인 우리가 우연히 집에 들른 줄로만 아셨다. 진영이가 그렇게만 말씀을 드렸고, 어머니는 아들의 말을 곧이곧대로 믿으셨기 때문이다. 아들을 걱정하는 어머니의 마음을 잘 알기에 진영이는 일부러 자기가 무슨 일을 어떻게 하고 있는지 자세하게 이야기하지 않았던 것이다. 아닌 게 아니라 그런 사정은 나도 마찬가지였다.

"제가 다 잘 알아서 하고 있으니까 이 아들을 믿고 아무 걱정 하지 마십시오!"

아마 진영이도 분명 나처럼 그렇게만 말했을 것이다.

대학교 연극반 후배이기도 했던 진영이는 학교를 졸업하고 대개 그러는 것처럼 대기업에 취직을 할 수도 있었지만 그렇게 하지 않았다. 내가 그랬고 또 다른 선배나 동기가 그랬듯이, 배우를 하겠다고 극단 활동을 했으며 또한 민주화운동을 하겠다고 문화운동 단체 회원으로 활동하고 있었다. 그리고 그 활동의 일환으로 우리는 연극을 만들어서 순회공연을 하며 노동운동을 지원하고 있었다. 그런 상황에서 진영이의 어머니가 내 손을 잡고는 자기 아들이 '나쁜 쪽'으로 빠지지 않도록 '선배님'이 잘 이끌어달라고 하셨던 것이다.

어머니가 말씀하셨던 '나쁜 쪽'은 사회생활의 일반적인 경로에서 벗어나는 것이었다. 그러니까 취직을 해서 '정상적으로' 살아갈 생각은 하지 않고 연극을 한답시고 혹은 민주화운동을 한답시고 '철없이' 엉뚱한 짓을 하지 않도록 내가 잘 지도해달라는 게 어머니의 말씀이었지만, 어머니의 표현대로 하자면 사실 나는 진영이를 그 '나쁜 쪽'으로 유도하는 데 단단히 한 몫 거들고 있는 셈이었다. 어머니는 미처 알지 못하셨지만, 나는 나쁜 선배였다.

이런 나쁜 선배와 동료들에게 정성이 담긴 맛있는 점심을 먹인 뒤에 어머니는 나에게 따로 이렇게 말씀하셨다.

"선배님이 우리 진영이를 잘 지도하셔서 나쁜 쪽으로 빠지지 않도록 잘 부탁드립니다."

그 말을 듣는 순간 머리가 하얘졌다. 내 어머니가 생각났기 때문이다. 어머니도 누군가에게는 그런 말을 하고 계실 게 분명했다. 그러겠노라고 대답을 하긴 했지만 마음은 영 불편했다.

그러나 나는 진영이 어머니에게 했던 그 약속을 지키지 않았다. 진영이에게 당장 연극이고 운동이고 나발이고 다 때려치우고 어머니 바람대로 좋은 직장에 취직하라고 설득을 하거나 윽박지르거나 하는 노력을 나는 단 한 번도 하지 않았다. 그저 어머니가 나에게 했던 그 부탁을 진영이에게 조용히 들려줬을 뿐이다. 들려줬고, 우리 둘은 멋쩍은 웃음을 나누었다.

하긴 어머니의 간절한 바람도 진영이의 결심을 꺾어놓지 못했는데, 설령 내가 그렇게 하려고 했다 치더라도 어찌 진영이의 인생행로를 그 시점에 내가 바꾸어놓을 수 있었겠는가? 진영이 어머니에게 했던 약속을 지키지 않은 것은 미필적 고의 차원의 실수였다. 그리고 진영이는 나의 이 실수와 아무런 상관없이 그 뒤로도 힘든 배우의 길을 뚜벅뚜벅 걸어갔고, 지금은 누구나 다 알아주는 멋진 배우이자 영화감독이 되어 있다. 어머니도 자랑스러워하실 것이다.

……

...이렇게 끝이 나야 깔끔하다.

그런데 이야기는 그렇게 끝나지 않았다. 진영이에게 원고를 보여주며 사실을 확인하는 쓸데없는 짓을 한 게 잘못이었다.

진영이는 원고를 읽어 보고는 껄껄 웃으면서 이렇게 말했다.

"형이 그걸 모르셨구나!"

"그거?"

"그거!"

"그게 뭔데?"

어머니와 아버지 두 분은 모두 아들이, 노동자를 관객으로 하는 연극이든 뭐든 간에 연극을 하고 다니는 걸 얼마나 다행으로 여기셨는지 모른다고 했다. 진영이는 이미 그 전에 민주화운동을 하다가 한 차례 감옥에도 갔다 왔고, 게다가 운동권에서 민주화를 부르짖으며 분신을 하는 사람들이 꼬리를 물고 이어졌던 뒤끝이었으니, 두 분이 보시기에는 데모를 주도하고 앞장서다 어딘가에서 죽는 것보다는 차라리 배우로 사는 게 무척이나 다행스러웠을 것이다. 게다가 이 막내아들의 장래희망이 고등학교 시절부터 영화감독이었고, 당신들도 그 꿈이 이루어지길 기대했으니... 진영이 말은 그랬다.

하지만 그래도 어머니의 마음은 다르지 않았을 것이다.

"선배님이 우리 진영이를 잘 지도하셔서 나쁜 쪽으로 빠지지 않도록 잘 부탁드립니다."

나에게 그렇게 말씀하셨던 어머니는, 눈에 넣어도 아프지 않을 막내아들이 연극을 한답시고 옷도 추레하게 입고 다니면서 평생을 낭비하는 일이 일어나지 않길 바랐을 것이다. 어떻게든 좋은 직장에서 좋은 대우를 받으면서 번듯하게, 남에게 꿇리지 않고 당당하게 허리를 펴고 살기를 바랐을 것이다, 내 어머니가 그랬던 것처럼. 그래, 이제 원고의 마지막을 다시 정리하자.

……

진영이는 어머니의 기도 덕분에 지금 누구나 다 알아주는 멋진 배우이자 영화감독이 되어 있다. 어머니도 자랑스러워하실 것이다, 내 실수와 상관없이. ●

만화방 그 친구

"야, 박○○! 내다, 경식이!"

"...누구신지요?"

"내다, 이경식... 모르겠나?"

"잘 모르겠는데요?"

"박○○이 아닙니까?"

"맞는데요."

"○○초등학교 다녔지요?"

"예. 근데 누구라고요?"

"이경식, 6학년 때 한 반..."

"모르겠는데요..."

"나는 만화방 그 집도 기억하는데..."

"어... 만화방...은 맞는데... 누군지 진짜 기억이 안 나네요."

"아... 그렇습니까?"

"예, 미안합니다."

1993년 8월 7일부터 11월 7일까지 93일 동안 대전광역시에서 열린 국제박람회, 대전엑스포장에서 나누었던 대화이다. 둘째 아이의 첫돌이 지났을 무렵이었는데, 궁핍하게 살던 서른네 살의 나에게 연극하던 선배가 KBS의 엑스포라디오방송국의 일자리를 마련해 주어서 구성작가로 거기에서 일했다.

그때 그 친구는 한 대기업의 홍보 부스 담당자였고, 깔끔한 정장 차림이었다. 어린 시절에도 옷차림과 이목구비가 단정했던, 그러나 어딘지 모르게 눈빛에 자신감이 없었으며 큰 소리를 내면서 웃은 적이 한 번도 없었던 친구였다.

"기억이 안 나네요, 미안해서 어쩌죠?"

그 친구는 진심으로 미안해했고, 나는 괜찮다고 하고 돌아섰다.

나로서는 시간이 남아돌았기에 마음만 먹었다면 얼마든지 그 친구의 기억 속에서 잃어버린 과거를 끄집어내 줄 수 있었다. 그러나 굳이 그렇게 과거를 캐내고 싶지 않았다. 정확하게 말하면, 어쩐지 우울하고 음습한 초겨울의 그 기억을 굳이 그 친구에게 상기시키고 싶지 않았다.

그때 그 친구의 집은 만화방을 하고 있었고, 아버지는 없었고 어머니만 있었다. 정확하게 말하면, 아버지는 본처와 살고 있었고 그 친구의 어머니는 살림집이 딸린 만화방을 하면서 아들과 함께 살고 있었다.

그 친구의 집은 내가 학교에서 집으로 돌아가는 길목에 있었기 때문에 나는 자주 그 친구의 집에서 놀았다. 만화도 함께 보고 밥도 같이 먹기도 하고... 그러면서 우리는 아버지가 따로 살림을 차려서 산다는 그 사실에 서로에게 연민을 느끼며 속 깊은 이야기를 나누었다. 아버지가 밉다, 아버지처럼 무책임한 남자가 되지 말자, 뭐 그런 이야기들을 그 친구의 좁은 방에서 혹은 가게 밖에서 뜨거운 호떡을 호호 불어가면서 나누었다. 날이 어두워지고 깜깜해지면 나는 죠리퐁 과자 한 봉지를 사서 한 주먹씩 입안으로 털어 넣으며 집으로 돌아가곤 했다, 그 달콤쌉쌀한 맛을 느끼며, 그 친구와 나눈 대화들을 곱씹으며, 초겨울의 쌀쌀한 한기에 몸을 떨면서, 남들과 다르게 아버지가 없는 집으로...

다시 만난 그 친구의 깨끗한 외모와 밝은 얼굴을 뒤로하고 돌아서면서 나는 안도의 한숨을 쉬었다.

…모든 게 다 잘 풀렸나 보다. 행복하게 잘 사나 보다.

하지만 아무리 그렇다고 하더라도, 어떻게 그 일들을 잊을 수 있단 말인가? 아픈 가족사의 내밀한 이야기를 나누며 우리 앞에 놓인 불안한 미래를 그토록 진지하게 고민하던 그때의 그 모든 장면과 인물과 대화를 어떻게 까맣게 잊어버릴 수 있단 말인가?

잊고 싶은 기억을 선택적으로 잊어버리는, 그래서 마음의 행복을 추구하는 자동적인 심리적 기제의 결과이겠지. 불행했던 나날, 음습하기만 하던 과거의 아픈 상처들을 들춰봐야, 이제는 딱지가 앉아 통증이 느껴지지 않는 그 상처에 굳이 생채기를 내봐야 좋을 게 없을지도 모른다. 아무튼 그 친구를 아는 척 하고 나선 것은 나의 실수였다. 그 친구는 다행히 나를 기억하는 실수를 저지르지 않았다. 그 뒤로도 우리는 서로를 찾지 않았다. 나는 멀찍이 서서 그 친구가 있을지도 모를 부스를 가끔씩 쳐다보기는 했다. (혹시 그 친구도 나 몰래 멀찍이서 나를 지켜봤을까?)

그런데 왜 나는 그 기억들이 그 친구처럼 지워지지 않았을까? 너무도 큰 상처라서 지워지지 않는 것일까 아니면 그 시절의 그 모습들이 너무도 처연하게 아름다워 지워버리기에는 너무 아까워서 그런 것일까? ●

안산의 이별주

산닭자전골 시켜놓고 이별주를 마신다

세상은 우습고 할일은 없어 건달로 떠돌던 휘경이 아빠, 자식들 카나니 마음잡고 살아보겠다고 시작한 세차장 일 년도 못 돼 반 넘게 털어먹고, 안산 토박이 촐부 지독한 건물주 때문에 그나마 남은 반도 아래져래 떼이고, 비빌 언덕 찾아 본가가 있는 파주로 돼지 키우러 가야 하는데

- 맛있죠? 최급나다 최고! 뭐 하세요, 한 잔 받으셔야죠 형님.

- 아, 차영이 아빠도 뭐해, 잔 들라니까

147

- 예 알겠심더, 크으!.

- 얼굴 좀 펴라니까!

- 예, 예 괜찮심더 기분 좋심더

기분이 좋을 리가 있나, 인정이 하도 넘쳐서 서준 친구 보증이 잘못되어 모레까지 오백만원 마련하지 못하면 아파트가 날아간다는데, 어제도 차형이 엄마가 그 친구 집에 닦달 전화 했다고 얼굴을 붉혔다는 차형이 아빠

- 형님요, 그래도 아래 산낚지천골 사려놓고 형님들하고 술 마시니까 기분은 마 좋심더, 제 잔 받으이소

대학 때까지 하던 축구 잡어치우고 이것저것 들었다 놨다 하면서 자빠온 이골 난 백수생활, 그래도 아들 딸 남매 거두는 정은 알뜰히도 끔찍해 얼마나 물고 빠는지 우리 17동에선 소문이 나 있다

- 말양에 내려가 모친 도와드리지 그래, 애들 더 크기 전에 기반은 잡아야지.

- 마, 그 생각도 합니다만 우리 할마씨하고 내하고는 술장사하는 방법이 완전히 달라서 말입니다...

- 그래, 그럴 참이었으면 벌써 그랬겠지, 그렇지만 산다는 건...

빈 소주병이 수없이 쌓이도록 그 말만은 하지 않았다

휘형이 아빠는 파주에 콩비지 맛있는 집 있다는 말을 몇 번이나 되풀이하고, 졸다 깨다 하는 불판 위로 차형이 아빠의 젓가락이 쉼 없이 들락거리며 눌어붙은 낙지다리를 긁고 있다

- 멀리 있어도 가끔씩은 봅시다, 진짜

- 그래야지요, 꼭 그라입시다, 드이소 형님

- 자, 위하예!

할 일 없는 家長들 셋이서 술을 마신다, 남들 다 자는 밤에, 늦도록

1990년대 초반, 아이들이 아직 어릴 때 안산의 어느 아파트에 살던 젊은 시절의 일기다. 이민용 감독이 연출한 영화 〈개 같은 날의 오후〉의 시나리오를 쓰면서 나는 내가 함께 살던 안산 상록수 한양아파트에서 벌어진 이야기들을 풀어 넣었다. 영화에 등장하는 태평하고 대책 없는 남자들과 유쾌하고 억센 여자들이 빚어내는 이야기들 가운데 많은 것이 그때 이별주를 마셨던 우리들의 이야기였다. 그렇게 우리는 다들 태평하고 대책 없고 유쾌하고 또 억세게 (그러니까 종합하면, 늘 무슨 일이든지 터질 정도로 역동적이고 또 재미있게) 살았다. 그런데 어쩌다가 이 그리운 얼굴들과의 인연이 끊어져 버렸는지...

그때 이별주를 마시면서 약속한 대로 우리는 나중에 파주에서 한 번 더 뭉치긴 했지만, 그 만남은 또 다른 갑작스런 이별의 장소였고, 그 뒤로 우리는 세상의 파도에 떠밀리면서 인연이 끊어졌다. 전화번호를 제대로 챙기지 못한 실수 때문에 더욱 아득하게 그리운 얼굴들이 되어 버렸다. ●

그 빛나던 트로피는 누가 가져갔을까?

30대 중반이던 1996년의 어느 날, 나는 처가에서 장모님과 둘이서 텔레비전을 보고 있었다. 텔레비전에는 대종상 영화제가 생중계되고 있었고, 당시만 하더라도 시나리오 작가라는 이름으로 살아가던 때라서 나는 관심을 가지고 지켜보았다. 솔직히 관심이 아니라 부러움이었다. 나는 언제나 저런 자리에 가서 앉아 보나 하는 부러움, 내가 하는 일의 성과를 인정받고 또 축하받고 싶은 부러움이었다.

그해 봄에 개봉했던 〈나에게 오라〉로 내 이름이 각색상 후보에 올라 있어서 영화사 사장이 시상식에 같이 가 보자고 했지만, 어차피 상도 받지 못할 자리에 들러리를 서고 싶지 않아서 안 가겠다고 했었다. 그때만 하더라도 수상자는 사전에 미리 연락을 받았으니까 말이다. 김영빈 감독이 연출한 〈나에게 오라〉는 1970년대 시골 장터를 배경으로 건달로 살아가던 열여덟 살 혹은 열아홉 살 무렵 청춘들의 이야기를 다룬 송기원의 동명 소설을 원작으로 한 영화이다.

각색상 수상자 후보가 소개되자, 그냥 건성으로만 보고 있던 장모님이 깜짝 놀라서 물었다.

"어머! 자네 이름도 나오네? 자네는 왜 안 갔어?"

수상자는 미리 다 정해져 있고, 어차피 나는 상도 못 받는데 들러리 서기 싫어서 안 갔다니까, 장모님은 실망감을 감추지 못하면서도 저런 데도 가 보고 그래야 경험이 된다고 했다. 드디어 각색상 시상식 차례였다.

"제34회 대종상 각색상! (잠시 뜸을 들인 뒤) 〈나에게 오라〉의 이경식!"

나중에 안 일이지만, 그해부터 수상자를 미리 밝히지 않고 시상식장에서 처음 밝히기로 했다고 했다. 왜 나는 그 사실을 모르고 있었지?

남자 주연을 맡았던 박상민 배우가 나 대신에 무대로 올라가서

트로피를 받았다. 장모님은 무척 좋아하셨고, 나는 그 트로피를 장모님께 보여드리겠다고 약속했다.

그런데 그 트로피가 사라져 버려 장모님과 한 그 약속을 지키지 못했다. 영화사에서는 트로피를 챙기긴 챙겼는데 누가 어디 뒀는지 모르겠다고 했다. 물어봐도 다들 모른다고 했다. 누군가가 트로피가 탐이 나서 슬쩍 가져간 모양이었다. 트로피에는 수상의 구체적인 내용을 새긴 금속판이 함께 붙어 있지 않았고 (수상자가 정해진 다음에야 비로소 그 금속판이 제작되고 주인에게 전달되었으니 그럴 수밖에 없었다), 따라서 임자가 누구인지 새겨 있지 않은 대종상 트로피는 그 자체로 보기 좋은 인테리어 소품이 될 수 있었으니까 말이다. (누군지 모르지만 그 트로피 옆에 끼고 잘 먹고 잘살아라, 에라잇!)

그 상을 받았다는 증표로 나에게 남은 물건은 수상의 내용을 새긴 작은 금속판뿐이다. 이 금속판을 나는 다른 시나리오로 받은 다른 트로피 위에다 올려두고 있지만, 그 모양이 여간 궁핍해 보이지 않는다. 좁고 비뚤어진 국외자의 마음으로 주류를 짐짓 거부하며 허세를 부리던, 궁핍하던 젊은 시절의 그 옹졸함을 나는 그 금속판을 볼 때마다 확인한다. 그 시상식에 참석하지 않은 건 분명 실수였지만, 그 실수는 우연이 아니라 필연이었다. 누가 그랬다, 모든 실수는 우연이 아니라고.

그 영화의 마지막 장면에 들어가는 자막을 나는 다음과 같이 썼었다.

"열여덟 무렵은 얼마나 아슬아슬하고 넘기 힘든 강이었던가.

하지만 돌아켜보면 얼마나 아름다운 슬픔이었나,

세월이 흐를수록 더욱 눈부신..."

그러나 지금 나는 30대 중반 무렵을 회상하면서는 이렇게 쓰고 싶다.

"30대 중반 무렵은 얼마나 자신만만하던 시절이었던가.

하지만 돌아켜보면 얼마나 옹졸하고 궁핍한 부끄러움이었나,

세월이 흐를수록 더욱 선명해지는..."

153

잔치가 끝났다고요?

1990년대 초였다. 동유럽의 사회주의 진영이 몰락한 지 오래였고, 사회주의 운동을 지향하던 운동권이 죽은 듯이 퇴조했을 때였다. 서태지와 아이들이 세상이 바뀌었음을 충격적인 춤과 노래와 패션으로 선언하면서 집 나간 아이들 어서 돌아오라고 고함을 지르던 때였고, 아울러 문화운동을 하던 나로서는 이른바 '문화 대통령'의 그 엄숙한 호통에 머리를 조아릴 수밖에 없던 때이기도 했다.

서울 외곽 위성도시의 한 전철역에서 내려 집으로 걸어가는데,

낯익은 목소리가 나를 불렀다.

"어이!"

나는 돌아보지 않고서도 그 목소리의 주인공이 누구인지 알아보았다. 그 선배였다. 80년대 중반에서 후반까지 문화운동 단체에서 이런저런 연구도 하고 기관지도 만들면서 문화운동의 정체성을 찾아나가고 또 문화운동의 정치적인 전선을 넓히는 대중운동을 하던 우리 팀을 이끌던 선배였고, 나보다는 너덧 살 많았다. 그런데 이 선배는 노태우 정권이 시작되던 무렵에 활동의 장을 다른 곳으로 옮겼다. 취직을 해서 돈을 벌면서도 활동을 할 수 있는 곳으로 간 것이다. 물론 얼마든지 이해할 수 있는 일이었다. 본인은 말할 것도 없고 집안이 너무도 가난하던 선배였기 때문이다. 그러나 너무도 황당하게도, 그 과정에서 우리 팀원에게는 그 어떤 설명이나 상의도 없었다. 그 사실을 우리는 나중에 다른 사람을 통해서 전해서 들었다. 그 선배는 아마 우리에게 미안하기도 했겠고 워낙 급하게 돌아가던 상황이라 바쁘기도 해서 어쩌다가 타이밍을 놓쳐버렸을 것이다. (지금처럼 스마트폰을 하나씩 가지고 다녔었다면 그렇게까지는 되지 않았을 것이다.) 그 뒤로는 그 선배를 만나지 못했다. 물론 피차 소식이야 서로 듣긴 했지만...

"형!"

"여기 살아?"

"응!"

섭섭한 마음을 따지자면 끝도 없었지만, 그래도 몇 년 만에 만나니 무척 반가웠다. 알고 보니 그 선배는 우리와 같은 아파트 단지, 그것도 내가 살던 아파트 동의 바로 앞 동으로 이사를 온 지 몇 달 되었다고 했다.

우리는 전철역에서 걸어서 10분쯤 되는 거리를 천천히 걸으면서 이런저런 얘기를 나누었다. 그리고 선배는 얘기 끝에 이렇게 물었다.

"너는 아직도 운동을 믿니? 아직도 사회주의가 가능하다고 보니?"

"무슨 사회주의를 말하는 겁니까?"

나는 그렇게 되물었고, 우리는 서로 다른 견해를 나누었으며, 그 과정에서 선배는 이렇게 말했다.

"취직해라, 제수씨 고생 시키지 말고. 취직해서 할 수 있는 일도 있잖아."

알겠다고만 대답하고, 따로 마음에 있던 말은 하지 않았다. 후배가 정말 그렇게 걱정이 되면, 진작 불러서 '이런저런 취직자리가 있으니 내가 알아볼게'라면서 설득하든가, 설득이 안 되면 패든가 했어야지, 혹은 가까운 시일로 약속을 잡아서 나를 설득하려 들던가 했어야 했다. 한때에는 '하나의 팀'으로 그렇게 단단하게 묶여 있던 팀의 후배를 몇 년 만에 만나서는 건빵 봉지 던지듯이 툭 던질 말은 아니었다.

그 선배와 나는 그동안 변한 서로의 모습을 애잔하게 바라보고 웃으면서 헤어졌다.

그렇게 헤어지고 몇 달 뒤였는데, 그 선배의 집 베란다 밖으로 이삿짐이 나오고 있었다. 식구들끼리 밥 한번 먹자던 약속이 아직 지켜지지 않았을 때였다. 나는 그 선배에게 이사 하느냐고 묻는 전화를 하지도 않았고, 그 선배는 나중에라도 이사했다고 전화를 하지도 않았다. 그 뒤로도 그 선배를 본 적이 없다. 그냥 스쳐 지나간 적이 있었을지는 모르겠지만.

후회가 된다. 전철역에서 우연히 만난 다음 집으로 나란히 걸어오면서 이야기를 나누고 헤어질 때 하고 싶었던 말을 끝내 하지 않은 게 후회가 된다. 그때 그 선배가, 잔치 한번 신나게 잘 했고 설거지만 남았다고 했을 때, 분명히 말을 했어야 했다. 비록 허허로운 농담이긴 했지만 그 농담에 녹아 있는 무례함, 동지애를 떠나서 인간에 대한 애정을 손님 떠난 잔칫상의 설거짓거리로 만들어버리는 그 예의 없음을 분명하게 지적했어야 했다. 그때 이렇게 말하지 않은 건 실수였다.

…우리가 운동을 한 줄 알았는데, 선배는 잔치를 했던 겁니까?●

어쩌면 이 말을 하지 못했기 때문에, 벌써 잊어버리고 말았어야 할 그 일을 아직도 기억하는지도 모른다.

홍어와 외로움

뒤집어지고 싶다

목구멍에서 항문으로 이어지는

한 줌의 소화기관을

양말 뒤집듯 확 까뒤집어

속을 드러내 보이고 싶다, 훤하게

거기에서 새로 시작하고 싶다

그런 생각을 하던 1997년의 어느 날이었다.

그날따라 왜 그랬던지 강렬한 홍어 맛이 간절했다. 성동구 금남 시장에서 금호역 쪽으로 절반쯤 가다 보면 로터리가 있는 작은 삼거리가 나오고 거기에 신금호역 쪽으로 올라가는 방향 길가에 홍어를 파는 집이 있었다. 작업실에서 내려와 퇴근하던 길에 그 집에 들렀다. 그리고 제일 센 놈으로 달라고 했다. 홍어 한 점을 와사비 간장에 찍으면 산기(酸氣)로 기포가 부글부글 끓을 정도로 센 놈이었다. 그 놈을 입안으로 넣고 또 넣었다. 입천장이 홀랑 까졌다. 그날 내가 왜 그랬는지 기억이 나지 않지만, 아무래도 외로워서 그랬던 것 같다.

누구나 외로우면 자해의 실수를 하게 마련이다. 주변에 외로운 사람이 있으면 그냥 내버려두지 말자. ●

똑딱선 기적 소리

관광회사에서 마련한 여행 상품은 편하고 싸서 좋다. 내가 직접 운전하고 다니지 않아도 되니 덜 피곤하고, 또 식사와 관광 등 모든 일정을 회사와 가이드가 알아서 처리해 주니 신경 쓰지 않아서 편하고, 게다가 비용까지 관광지의 해당 지자체가 일정 비율 지원을 해 주니 돈이 적게 들어서 좋다. 그야말로 일석삼조이다. 당일 여행 상품도 있고 1박이나 2박 여행 상품도 있는데, 한동안 아내와 나는 이런 국내 여행 상품을 즐겨 사용했다. 아내는 여행을 좋아하고 나는 (위낙 게으르고 귀찮은 걸 싫어하다 보니) 여행을 좋아하지 않는데, 이런 우리 부부에게는 그런 여행 상품이 딱 맞았기 때문이다.

그때는 1박 여행 상품이었고 여행지는 충청도 태안 인근이었다. 만리포 해수욕장에서 '만리포사랑' 노래비 앞에서 사진을 찍었고, 천리포 해수욕장에서는 2007년에 발생했던 태안기름유출 사고 때 전국의 자원봉사자들이 몰려와서 기름때로 찌들었던 해변을 말끔하게 복원했던 그 감격적인 사연들을 들으며 고난을 극복하는 우리 국민의 저력에 새삼스럽게 감동했다.

또 해군 장교로 1945년에 한국에 첫발을 디딘 뒤로 한국인의 인심과 한국의 풍광에 사로잡혀서 한국에 살기로 작정하고 한국 귀화 제1호 미국인의 기록을 세운 민병갈 씨가 1970년부터 조성한 천리포 수목원에서는 드넓은 공간을 빼곡하게 채운 온갖 종류의 아름답고 희귀한 수목을 넋을 놓고 바라보았다.

친절한 가이드 덕분에 또 다른 일행 덕분에 우리 부부는 사진도 여러 장 찍었다. 또 내가 아내를 찍어주기도 했고 아내가 나를 찍어주기도 했다. 마음에 드는 사진도 있었고 그렇지 않은 사진도 있었지만, 사진이 중요한 게 아니라 그런 공간과 시간을 오랜만에 즐길 수 있다는 게 좋았다. 그게 여행에서만 느낄 수 있는 기분 좋은 감정, '힐링'인가 싶었다. 이 맛에 사람들이 여행을 다니는구나 싶었다.

"거 봐, 여행 오니까 좋지?"

"어."

"좋으면 좋다고 말해, 좋지?"

내가 마음에 들어 하니까 아내도 좋은 모양이었다. 나에게서 '좋다'는 대답을 이끌어내려는 아내의 다그침은 이런 여행 자주 하자는 얘기다.

그리고 그날의 마지막 일정은 저녁이었다. 부슬부슬 한가롭게 비가 내리기 시작한 산 아래 고즈넉한 숙소의 1층 넓은 식당에 마련된 음식은 깔끔했고, 부지런하게 따라다녀야 했던 일정 덕에 밥맛도 좋았다. 아내보다 먼저 식사를 마친 나는 자리에서 일어나며 우산을 챙겼다.

"어디 가?"

어디 가긴, 하루 일정도 마쳤겠다, 저녁도 맛있게 먹었겠다, 마침 한가로이 부슬비도 내리겠다, 흡연하기에 딱 좋은 타이밍이 아닌가. 아닌 게 아니라 이 여행의 불편함은 흡연이었다. 어디에선들 흡연이 자유로울까마는, 특히 이 여행 상품을 이용하는 사람들의 연령층은 대부분 60대 중반 이상이고, 친구들끼리 오는 경우도 있지만 대부분 부부가 함께 왔다. 그러니 담배를 피우는 사람이 별로 없고, 혼자 담배를 피우려니 눈치가 보였다. 아직도 담배 피우는 사람이 있나 하는

쑤군거림이 들리는 것 같고, 내 몸에서 묻어날 담배 냄새에 얼굴을 찌푸리는 사람이 있을 거라고 생각하니 담배를 피우고 싶은 생각이 저절로 사라져서 하루 종일 담배를 서너 개비밖에 피우지 못했다. 그러나 지금은 완전히 자유로운 느낌이었다. 우산을 쓰고 조금만 걸어가면 아무도 없는 호젓한 공간이었고, 어스름이 깃들기 시작하는 저녁이었고, 이슬비는 내리고, 게다가 배는 기분 좋게 부르고…

우산을 펼쳐 들고 촉촉하게 젖은 경사진 보행로를 따라서 건물 바깥으로 걸어 나올 때 내 입은 나도 모르게 '만리포 사랑'을 흥얼거리고 있었다. 가볍게 통통 튀는 그 곡조를.

"똑딱선 기적 소리 젊은 꿈을 싣고서… 갈매기 노래하는 만리포라 내 사랑…"

이 노래는 전두환 정권 치하이던 젊은 시절 대학로 학림다방 옥상에서 '독재 타도'를 외치며 나와 함께 동대문경찰서로 연행되었던 후배, 지금은 대학로에서 극단을 운영하며 연극을 연출하는 후배가 젊은 시절 함께 연극을 하며 어울릴 때 맛깔나고 재미있게 부르던 노래인데, 무슨 일인지 만리포 해수욕장에서 그 노래비를 본 뒤로 계속 내 입에서 맴돌고 있었다. 호젓한 곳에 가서 혼자 큰 소리로 불러볼 생각이었다. 그런데 그 소박한 바람이 이루어지지 못했다.

우산을 펼치고 경사진 보행로를 몇 걸음 걸어가다가 미끄러진 것이다. 미끄러져 넘어지기만 해도 다행이었는데, 미끄러지면서 왼손으로 바닥을 짚은 게 잘못되고 말았다. 주변에 지켜보던 사람이 있기에 창피해서 얼른 일어나서 아무렇지도 않은 척 가던 길을 계속 걸어가긴 했지만 왼쪽 팔의 상태가 좋지 않았다. 팔을 들려고 해도 아파서 도저히 들 수가 없었다. 계단을 두고 왜 하필이면 그 경사로를 선택했을까 후회해도 소용없었다. 나는 마음에 두고 있던 호젓한 곳에 가서 담배를 피웠지만, '만리포 사랑'은 부르지 않았다. 그 상황에서는 아무래도 '똑딱선 기적 소리가 나오지 않았다.

다음날에는 통증이 더 심했다. 통증 때문에 팔을 조금도 들어 올릴 수 없었다. 여행에서 돌아오자마자 동네 정형외과 병원에 달려갔더니 의사는 몇 군데 엑스레이 사진을 찍어서 보여주면서 이렇게 말했다.

"회전근개가 파열되었네요."

회전근개? 난생처음 듣는 단어였다. 어깨를 감싸고 있는 힘줄인데 이게 끊어졌다고 했다. 팔에 힘을 줘야 하는 육체노동을 하는 직업이면 수술을 해야 하고, 그게 아니면 그냥 그렇게 두고 살다 보면 일상적인 활동은 어렵지 않을 것이라고 했다. 그러면서 재활 운동 열심히 하라면서 운동 자세 몇 가지를 가르쳐 주었다.

담배를 끊지 않았던 게 실수인지, 하필이면 그날 계단이 아니라

비에 젖은 그 경사로를 선택한 것이 실수인지, 애초에 여행에 나선 게 실수인지, 아니면 여행을 좋아하는 아내를 만난 게 원초적인 실수인지, 또 아니면 하필이면 그때 그 후배의 노래하던 해맑은 얼굴을 떠올린 게 실수인지...

도무지 알 수 없다. 하긴, 이제 와서 굳이 따질 일도 아니다. 십여 년이 지나고 보니까 언제인지도 모르게 팔은 다 나아 있고 '만리포 사랑'은 여전히 해맑으니까.

똑딱선 가격 소리 젊은 꿈을 싣고서

갈매기 노래하는 만리포라 내 사랑

그리고 안타까워 울던 밤아 안녕히

희망의 꽃구름도 둥실둥실 춤춘다 ('만리포 사랑' 1절)

3
장

어머니의 시조 낭송 :: 미안함

●

아
내
의
입
덧

"걱정하지 마라, 다 지나고 나면 아귀(餓鬼)처럼 막 먹는다."

"진짜?"

"우리 집사람도 아무것도 못 먹었는데, 애 낳고 나더니 잘만 먹더라, 지금은 건강하다, 아무 문제없다."

당산동의 한 국밥집에서 친구 녀석이 했던 말이다. 입덧 때문에 음식을 제대로 먹지 못하던 아내 이야기를 했더니 첫 아이 출산의 경험을 먼저 했던 그 친구는 그렇게 나를 위로했다. 그 말을 듣고 나는

171

걱정을 훌훌 털어낼 수 있었다. 굶어 죽은 귀신처럼 잘 먹게 될 것이라니 무슨 걱정을 할 필요가 있을까!

인터넷이 대중화되지 않은 시절, 내가 취할 수 있는 빈약한 정보 원천에서 그나마 소중한 정보를 얻은 나는 그날 집에 돌아가자마자 아내에게 그랬다.

"입덧 걱정은 하지도 마라. 다 지나고 나면 걸신들린 것처럼 잘 먹는다고 하더라. 지금은 아주 건강하단다."

나름대로 '아귀'를 '걸신'으로 순화시켜서 그렇게 말했다. 아무래도 '아귀처럼'보다는 '걸신들린 것처럼'이 한결 듣기 좋을 것 같아서였다. 그런데 아내의 눈꼬리가 살짝 치켜 올라갔다.

"누가 그래?"

"내 친구가... 자기 와이프가 그랬다더라."

"친구 누구?"

"있어, 고등학교 동기인데..."

"그 친구, 다시는 만나지 마."

아내의 목소리에 찬바람이 돌았다. 지금은 힘들어도 장차 아무런 문제도 없었을 것이라고, 내 딴에는 위로를 하려고 했던 말인데 얘기가 엉뚱한 곳으로 흘러버렸다.

"탕수육 사올까?"

"탕수육 얘기는 꺼내지도 마!"

아내의 타박에 나는 끽소리도 못하고 입을 다물었다.

얼마 전에 아내는 탕수육이 먹고 싶다고 했었다. 그런데 그냥 탕수육이 아니라 뉴코아백화점 안에 있는 중국집에서 만든 탕수육이 먹고 싶다고 했다. 언젠가 거기 가서 탕수육을 먹었는데, 그 맛이 생각나서 꼭 먹고 싶다고 했다. 그때 우리가 살던 집은 서울 은평구 역촌동이었고 내가 주로 다니던 사무실은 영등포구 당산동이었다. 그러니 승용차가 없던 우리로서는 강남구에 있는 뉴코아백화점은 멀고도 먼 곳이었다.

… 하필이면 그 먼 곳의 탕수육을… 그 탕수육이나 이 탕수육이나 맛은 같겠지 뭐.

그래서 나는 집 근처에 있던 중국집에서 탕수육을 배달시켰다. 그런데 아내는 그 탕수육을 앞에 두고 헛구역질만 요란하게 했을 뿐 한 점도 먹지 않았다. 먹지 않았을 뿐만 아니라 오히려 화를 내기까지 했다.

"이 탕수육이 아니잖아."

"그래도 탕수육은 탕수육이잖아."

"몰라, 저리 치워."

아내는 심지어 눈물까지 글썽거렸다.

그리고 그 일은 30년이 지난 지금까지도 나를 따라다니는, 결코 변제되지 않는 빚이 되었다. 그렇게 인정머리가 없는 사람, 아내의 고통을 이해할 줄 모르는 남편, 그게 바로 나였다.

탕수육은 다 똑같다고 생각한 게 우선 나의 실수였다. (중국집마다 탕수육 맛이 다르다는 걸 나는 나중에야 알았다.) 하지만 근본적인 실수는 아내의 고통과 호소에 공감하지 못한 태도였다. 설령 어느 중국집의 탕수육이든 다 똑같은 맛이라고 치더라도, 아내가 뉴코아 백화점 내 중국집 탕수육을 먹고 싶다면 어떻게든 아내가 먹을 수 있도록 했어야 했다. 아내가 굳이 나를 곯리려고 그랬던 게 아님이 분명한 이상 구토의 메스꺼움과 지워버리고 미친 듯한 허기를 달랠 수 있을 것이라는 정말 절실하고 간절한 믿음이자 바람이었다면, 설령 내가 이성적으로 이해할 수 없었다고 하더라도 감성적으로는 이해했어야 했다. 아픈 사람이 아프다고 호소하는데, 논리적으로 볼 때 아픈 게 아니니 걱정하지 말라고 혹은 엄살떨지 말라고 (더 심하게는, 유난떨지 말라고) 한 셈이었다, 본인이 아프다는데!

가장 소중한 사람의 고통과 호소를 알량한 논리와 이성으로만 해석하려 들었을 정도로 공감 능력이 부족하던 내가 소위 작가를 하겠다고 나섰다니... 도대체 어디에서부터 잘못되었을까? 가만, 이렇게 따지는 것도 감성보다 이성을 앞세우는 건데? ●

타
이
밍
벨
트

타이밍벨트(Timing Belt) : 자동차 엔진에서 연료와 공기가 섞인 혼합기가 엔진 내부에 들어갔다가 나오는 것을 제어하는 흡기 밸브와 배기 밸브의 시간을 조정하는 역할을 하는 벨트

아이들이 아직 어릴 때였고, 우리 가족은 하행선 영동고속도를 달리고 있었다. 동해를 향해 모처럼 나선 여행길이었고 도로에는 자동차가 많지 않았으니 운전석에 앉은 나는 콧노래가 저절로 흥얼거려졌다. 아이들도 자기들끼리 뭐라고 재잘거리며 깔깔거렸다. 그렇게 우리 차는 2차선 도로의 1차선을 신나게 달려갔다.

그런데 잘 달리던 자동차의 시동이 갑자기 툭 꺼져버렸다. 엔진 소음 대신 불안한 충격음이 연달아 들렸다. 고속도로 1차선을 달리다

가 시동이 꺼지다니, 무슨 이런 일이 다 있단 말인가! 다행히 자동차는 그 자리에 멈춰서진 않았고, 달리던 관성으로 계속 앞으로 나아가고 있었다. 그나마 다행이다 싶었다. 일단 자동차를 갓길로 붙인 다음에 세워야 했다. 비상등을 켜고 2차선으로 차선을 바꾸려 했다. 그런데 2차선을 달리던 자동차가 무슨 심통이 났던지 길을 양보하지 않았다. 우리 차를 따라오던 1차선의 다른 자동차까지 2차선으로 차선을 바꾸고는 우리 차를 오른쪽으로 추월했다. 우리 자동차의 속도는 점점 떨어지고 있었던 터라 빨리 갓길로 옮겨가야 했다. 다행히 다른 선량한 운전자가 위험한 상황임을 상황이 위험하다는 것을 알아차린 덕분에 우리 차는 무사히 2차선으로 또 갓길로 들어가서 섰다. 2차 사고가 나지 않은 건 다행이었지만, 모처럼의 나들이는 엉망이 되고 말았다.

차량 정비소의 직원은 타이밍벨트가 끊어졌다고 했다. 그 지경이 되도록 왜 교환하지 않았느냐며 혀를 찼다.

"돈 몇 푼 아끼려다가 죽습니다. 재수 없으면 고속도로를 달리던 다른 사람들까지 한 방에 같이 보내버릴 수도 있습니다."

욕을 먹어도 쌌다. 사고 차량을 일상적으로 접하는 자동차 정비공의 눈에는 너무도 명백한 실수가 사고를 늘 남의 일로만 생각하던 나에게는 잘 보이지 않았고, 또 잘 볼 생각도 하지 않았으니까 말이다. 가족에게 커다란 잘못을 안길 뻔 했던 실수였다. 미안하다. 나의 그 실수 덕분에 우리 가족은 온 가족이 함께 견인차에 들려가는 경험을 했다.

　(그래도 한마디 덧붙이자면, "이런 쉽지 않은 경험을 해 본 가족이 있으면 나와 보라고 해!" 그냥 그렇다는 말이다. 자랑으로 들어도 상관은 없지만...) ●

아내의 운전 공포증

　정말 왜 그랬을까 싶다. 그렇게 하지 말았어야 했다. 그렇게 한 것은 정말 나의 잘못된 판단이었고 실수였다.

　끝차선에서는 아무리 천천히 가도 다른 차들이 알아서 추월하니까 걱정 하지 말고 자기 차선만 똑바로 지키고 가면 된다고 했던 내 말을 아내가 곧이곧대로 듣고 고속도로 맨 오른쪽 차선을 시속 50킬로미터를 달리다가 지나가던 모든 다른 운전자에게 욕을 먹고 들어왔을 때, 나는 답답하다는 표정을 짓지 말았어야 했다.

언젠가 한번 아내가 운전하는 차의 조수석에 탔을 때에도 그렇다. 골목길에 주차해 있던 덤프트럭 옆을 조심스럽게 지나가다가 덤프트럭의 운전석 승차 발판을 살짝 건드린 뒤에 잠깐 멈추는가 싶더니 계속 그 방향으로 아주 조심스럽게 계속 긁고 지나갔을 때, "맨 처음에 우리 차의 차체가 그 발판에 걸린 걸 알았을 때 바로 후진을 했어야지, 내가 '조심!'이라고 외쳤다고 해서 조심조심 그냥 계속 긁으면서 끝까지 전진하는 게 말이 되니? 너 바보냐? 사람이었으면 어쩔 뻔 했어?'라고 핀잔을 주지 말았어야 했다.

또 아파트 지상 주차장에서 주차된 차를 빼다가 일렬주차 해 있던 차를 박아서 그 차가 뒤로 밀리면서 그 뒤의 주차면에 주차해 있던 또 다른 차를 쳤을 때에도 나는 아무리 기가 막혀도 '크크크크!' 하고 소리 내어서 웃지 말았어야 했다.

결국 아내는 운전면허증을 패대기쳤고, 그 뒤로 다시는 운전대를 잡지 않았다.

그리고 20년 가까이 지난 지금 나는 아내가 급하게 볼일을 보러 갈 때, 급한 볼일은 아니지만 날씨가 좋지 않을 때, 급한 볼일도 아니고 날씨도 좋은데 무거운 짐을 들고서 어딘가로 가야 할 때, 전철을 타기에는 멀리 돌아가서 시간이 많이 걸리는데 어쩐지 택시를 타기에는 택시비가 아깝다는 생각으로 고민할 때, 또 대형 마트에 장을 보러 갈 때, 그리고 그 밖의 수많은 경우에 나는 아내의 운전기사가 된다. 아내는 이제 굳이 운전을 배울 필요성을 전혀 느끼지 못한다.

모범운전자의 자질을 충분히 가지고 있음에도 불구하고 나의 조급함과 무분별함이 그 자질을 짓밟아버렸으니, 나로서는 돌이킬 수 없는 실수이다. 아마도 나 때문에 활짝 꽃을 피우지 못한 아내의 능력과 자질은 운전뿐만이 아닐 것이다. 미안한 일이다. 하지만 미안하다는 말로 끝낼 일은 아니다. 모든 실수가 그렇듯이 실수의 결과는 자기가 책임질 수밖에 없다.

그런데 잠깐... 나 때문에 자기 능력을 꽃피우지 못한 사람들이 아내 말고도 어딘가에 분명 있을 텐데, 그 사람들까지는 나도 책임을 지지 못하겠다. 책임을 지려 해도 내 능력 바깥의 일이라 불가능하다. 그런 사람들은 원한이 풀릴 때까지 나에게 욕을 하면 된다. 뻔뻔하다고 비난해도 어쩔 수 없는 일이다. ●

사랑하는 나의 장모님

사귀던 여자와 결혼을 약속했지만, 인사하러 간 그 여자의 집에서 문전박대를 당했다. 여자의 어머니는 나를 집 안으로 들이려고도 하지 않았다.

"얘기는 다 들었으니까 들어올 것도 없어요."

그럴 만도 했다. 좋은 대학 나왔겠다, 미모도 그만하면 괜찮고 애교 있겠다, 집안 번듯하겠다, 이런 금쪽같은 막내딸과 결혼하겠다는 청년이 대학교를 졸업했으면 얼른 취직해서 정상적으로 살 생각

을 해야지, 문학이니 연극이니 쓸데없는 짓을 한다지 않나, 설령 그

것까지는 봐준다고 하더라도, 데모는 왜 해? 운동권은 또 뭐야?

"애 아버지 오면 큰일 나니까, 빨리 돌아가슈, 얼른!"

여자의 어머니는 그렇게 내 등을 떠밀고 현관문을 닫았다. 나중

에 들으니 내가 돌아선 다음에 소금까지 뿌렸다고 했다.

그때 3층에서 2층, 그리고 2층에서 1층까지의 그 계단길이 왜 그

렇게 길고 막막했던지… 나는 그 계단을 내려오면서 다짐을 했다.

… 나중에 두고 보십시오. 이렇게 문전박대하신 걸 후회하게 만

들어드리겠습니다.

그렇게 마음속으로 복수의 맹세를 굳게 다졌다.

그러나 여자의 어머니는 나에게 복수할 기회를 쉽게 내주지 않

았다. 여자와 결혼하기 전에 내가 급성 류머티스성 관절염으로 고생

을 했었는데 (관절이 제 기능을 못하는 이 병의 증상은 예를 들어서

화장실에 가서도 앉질 못하고, 가까스로 앉아서 볼일을 보고 난 다음

에는 도무지 일어설 수 없었다), 여자의 어머니는 서울시교육원위원

회의 유능한 외과 의사 선생님을 소개해 주어서 그 지긋지긋하던 병

마에서 나를 깨끗하게 해방시켰다. 또 역시 결혼 전에 허리를 다쳤을

때에도 경동시장에서 지네를 재료로 한 명약을 지어주어서 완치될

수 있게 해 주었다.

결혼한 뒤에는 늘 웃는 얼굴로 "이 서방, 왔는가?" 하면서 반겨주었다. 그리고 고장 난 전구 갈아 끼우는 것에서부터 전자제품들의 온갖 자잘한 고장과 창문이 빡빡해서 잘 열리지 않는 것에 이르기까지 집안의 온갖 문제를 나에게 믿고 맡김으로써 한 가족으로서의 소속감을 느끼게 해 주었다. 번듯한 직장에 취직하지도 못했고 운동권과 발을 끊지도 않았음에도 말이다.

그 뒤 20여 년이라는 세월이 지난 뒤 여자의 어머니는 대장암 수술을 받았고, 그로부터 몇 년 뒤에는 다시 고관절 수술까지 받았다. 그리고 거동이 불편해져서 지금은 휠체어 신세를 지고 있다. 게다가 치매도 살짝 와서 가끔 엉뚱한 소리를 하기도 한다. 이렇게 여자의 어머니는 끝까지 허점을 보이지 않으며 내가 복수를 감행할 기회를 주지 않았다. 게다가 지금은 수십 년 전에 나를 문전박대했다는 사실조차 기억하지 못하니, 그 사실을 어떻게 후회하게 만들 수 있단 말인가!

나는 복수의 맹세를 끝까지 지키지 못할 것 같다. 지키지도 못할 맹세를 한 것 자체가 애초 실수였다.

장모님, 사랑합니다! ●

미
남
이

어린 나이였지만 녀석은 잘생기기도 했고 또 남자답게 씩씩하
고 활달하기도 했다. 그래서 우리 집에 놀러 왔던 어떤 선배가 녀석을
'미남'으로 불렀다. 아는 사람에게서 데리고 온 뒤 아직 이름조차 짓지
못하고 있던 우리는 그 녀석의 이름을 '미남'이라고 지었다. 이름을
짓고 나서 보니 참으로 잘 지은 이름이었다. 그 녀석은 시츄 종의 강
아지였다.

어릴 때 마당에 놓아 키우던 개야 키워 봤지만 아파트 실내에서

한 식구처럼 지내는 개는 처음이었다. 아내나 아이들에게는 첫 경험이었다. 아이들은 개를 키우고 싶어 여러 날을 졸라댔지만, 애초에 나는 반대했었다. 어린 시절, 키우던 개가 개장수에게 팔려서 자동차 짐칸의 철창에 실려 대문 밖으로 나가며 애처롭게 짖어대며 우리를 바라보던 그 눈빛, 그 이별이 너무도 마음이 아팠기에, 언젠가는 맞이할 이별의 아픔을 과연 아이들이나 아내가 감당할 수 있을까 싶었다.

"안 울게요, 죽거나 헤어져도 안 울게요!"

"진짜 안 울게요, 약속!"

"나도 약속!"

그렇게 해서 귀한 인연이 닿은 끝에 우리 집에 온 녀석이 미남이였다.

녀석은 활달했고 늘 장난칠 궁리와 먹을 궁리를 했다. 자다가도 누가 '밥'이라는 소리를 내기라고 하면 눈을 번쩍 뜨고 입맛을 다실 정도로 먹는 걸 밝혔다. 그리고 산책을 데리고 나갈라치면 정신을 쏙 빼놓을 정도로 난리를 쳤다. 녀석과 나 사이에는 게임이 있었다. 애초에는 게임이 아니었지만, 어쩌다 보니 녀석이 즐기게 된 게임이었다. 그것은 목줄을 풀기만 하면 기를 쓰고 도망을 치는 것이었다. 내가 잡으려고 따라가면 더욱 기를 쓰면서 달아나곤 했다. 그러다가 '밥 먹자!' 하고 고함을 지르면 달려왔고, 그때 목줄을 다시 채웠다. 그게 녀석에게는 우리가 함께 즐기는 여러 놀이 가운데 하나였다.

녀석이 두 번째 맞던 가을이었고, 추석 때 우리 식구는 녀석을 데리고 대구에 있는 본가에 갔다. 왕복 4차선 도로를 따라서 이어지는 인도에서 집으로 들어가려면, 인도에서 연결되는 20여 미터의 진입로를 걸어가야 했다. 우리집과 이웃집의 대문 그리고 우리 앞집과 이웃집의 앞집의 뒷문이 나 있는 진입로였다.

차례를 지낸 뒤 숙부들과 사촌들이 돌아갈 때였다. 그들을 배웅하려고 대문을 열었는데 마침 마당에 있던 미남이가 열린 대문 밖으로 쏜살같이 뛰어나갔다. 나는 녀석을 부르며 빠르게 따라갔다.

"미남아!"

뒤를 돌아보고 내가 따라오는 걸 본 녀석은 더 기를 쓰며 달아났다. 진입로 끝에는 인도가 있고, 인도 너머는 바로 도로였다. 녀석이 그리로 뛰어들면 큰일이었다.

"미남아! 안 돼! 밥 먹자!"

나는 녀석을 잡으려고 있는 힘껏 달려갔고, 녀석은 신이 나서 달아났다. 대구에서도 우리의 게임이 시작된 것이다. 그러나 그 게임은 너무도 금방 끝나버렸다. 진입로를 빠져나간 녀석은 인도를 단숨에 가로질러 도로로 뛰어들었고, 중앙선을 채 넘기도 전에 달려오던 승용차가 녀석을 덮쳐버렸다. 그걸로 끝이었다.

녀석에게 목줄을 채우지 않은 채 대문을 연 게 실수였고, 그보다 근본적으로는 위험한 게임을 놀이로 인식시켰던 게 실수였다. 실수인지도 몰랐던 그 실수로 녀석을 멀리 떠나보내고 말았다. 사람이든 동물이든 혹은 해야 하는 일이든 간에 무언가를 책임지려면 그 사람, 그 동물, 그 일에 대해서 잘 알아야 한다. 그런데 나는 그런 것들을 알려고 하지도 않았다. 나는 반려견의 기본적인 습성과 버릇 및 그런 것들에 어떤 위험이 도사리고 있는지 알지도 못하면서 다 안다고 생각했다.

미안하고 또 보고 싶다. 벌써 20년 가까이 된 일이지만, 그 동안에도 나의 무지와 오만이라는 실수는 얼마나 많은 소중한 것을 파괴했을까? ●

카톡 오배달

··· 이따 저녁때 뵙겠습니다. 반가운 첫 식사, 기대합니다.

그렇게 써서 보낸 카카오톡이 엉뚱한 사람에게로 날아갔다. 그때만 하더라도 상대방에게로 이미 날아간 카카오톡의 메시지를 지우는 기능이 없었다. 게다가 이 메시지는, 내가 가지고 있는 전화번호의 주인들 가운데에서 그 메시지를 받고 가장 기분 나빠할 바로 그 사람에게로 날아갔다. 나에게 일어나면 어떡하나 하고 우려하던 카톡 오배달 사고, 그러나 늘 예감하던 그 일이 결국 나에게 일어나고 말았다.

내가 그 메시지를 보내려고 했던 사람은 신임 관리소장이었고, 그 메시지를 잘못 보낸 사람은 전임 관리소장이었다.

아파트에 입주하면서 처음부터 함께 했던 관리소장이 개인적인 일로 어쩔 수 없이 그만두게 되어서 새로 카리스마가 넘치는 젊은 여성 관리소장을 맞아들였었다. 그런데 이 분이 우리 동대표들이 가졌던 기대에 미치지 못했다. 전임 관리소장이 아파트 살림을 워낙 꼼꼼하고 또 헌신적으로 잘 살았기 때문에 상대적으로 '부족하다'는 느낌이 더 들었을지도 모르지만, 아무튼 그렇게 해서 계약 기간이 끝난 뒤에 이런저런 과정을 거쳐서 관리소장이 다른 분으로 교체되었다.

… 실수하셨네요.

내가 미처 메시지를 잘못 보내서 미안하다는 메시지를 추가로 보내기도 전에 그렇게 답장이 날아왔다. 그래서 쓰던 메시지를 지우고 서둘러서 다시 보냈다.

…네, 죄송합니다, 건승하십시오.

예의바른 이별이긴 했지만, 그분 입장에서는 달갑지 않은 이별이었을 수 있었기 때문에 결코 아름다운 이별일 수는 없었고, 따라서 내가 보낸 카카오톡을 보았을 때에는 기분이 그만큼 더 좋지 않았을 것이다. 게다가 메시지가 다른 것도 아니고 신임소장과의 첫 만남을 반갑게 기다리고 있다고 했으니...

이 전임소장을 비롯해서 내 실수로 마음이 상했던 모든 사람에게 말하고 싶다.

"죄송합니다, 건강하게 잘 살고 계시죠? 늘 건승하십시오!" ●

남자의 눈물과 민폐

우리 아파트 뒤에는 산이 있다. 아파트단지 후문에서 2차선 도로만 건너면 바로 등산로 입구라서 나는 심심하거나 혹은 반대로 머리가 복잡할 때면 이 산에 올라간다. 높지 않은 산이지만 처음부터 한 15분 동안은 계속 계단을 올라가야 하고 거기에서 다시 한 5분쯤 완만한 능선을 걷다가 다시 10여 분 동안 소위 '깔딱 고개'로 일컬어지는 가파른 계단을 계속 올라가야 한다. 거기까지만 가도 몸에 땀이 날 정도로 운동이 된다. 거기까지 갔다가 돌아오면 왕복 3킬로미터가 조금 넘어서 대략 한 시간 안쪽의 시간이 걸리고, 거기에서 계속 더 올라가서 서울비행장이 훤하게 내려다보이는 정상까지 갔다가 돌아오면 두 시간쯤 걸린다.

유례없이 따뜻한 겨울이라고 했지만 그래도 겨울은 겨울이고 산바람은 산바람이라 추웠다. 하지만 아무리 추워도 나는 땀 배출이 잘 되는 기능성 셔츠에 바람막이 점퍼 하나만 입고 나선다. 걷다 보면 땀이 나고 몸이 더워져서 굳이 두껍게 입을 필요가 없다. 땀이 식지 않도록 쉬지 않고 계속 걸으면 되니까... 또, 올해에는 눈도 오지 않아 아무도 밟지 않은 눈길을 걷는 재미는 못 보지만, 그래도 등산로 계단 옆으로 각양각색의 모양으로 흙을 이고 서 있는 서릿발을 볼 수 있어서, 그것을 가만히 살펴보기도 하고 사진으로 남기기도 하는 재미가 쏠쏠하다.

무료했는지 아니면 머리가 복잡했는지는 모르겠지만 그날에도 나는 그렇게 오후 서너 시쯤에 산으로 올랐다. 깔딱 고개를 올라갈 때에는 늘 그렇듯이 숨이 가쁘고 몸에서 땀이 나는 게 느껴진다. 아무리 호흡이 가빠도 리듬을 타서 호흡하면 어쩐지 힘이 덜 드는 것 같다. 그래서 그날도 나는 '흡흡, 하하'로 들숨과 날숨을 규칙적으로 쉬면서 부지런히 올라갔다.

그 깔딱 고개 4분의 3 지점에 벤치가 하나 놓여 있다. 그곳은 벤치 하나가 겨우 들어설 정도의 좁은 공간이긴 하지만 경치가 좋다. 거기에 서면 산 아래의 마을과 그 마을 뒤로 경부고속도로 달래내고개, 다시 그 뒤로 청계산 정상, 또 멀리 관악산 정상, 그리고 오른쪽으로 우면산 정상과 더 멀리 남산까지 훤히 다 보인다. 물론 미세먼지가 없는 맑은 날이어야 하지만...

바로 그 벤치를 앞두고는 높이가 삼십 센티미터나 되는 계단을 연이어 올라가야 했기에 자세가 저절로 앞으로 숙여질 수밖에 없고, 게다가 나는 챙이 있는 모자를 쓰고 있었기 때문에, 그 벤치에 중년 남자가 앉아 있다는 것만 슬쩍 보았을 뿐이다. 굳이 고개를 번쩍 들어서 그 사람이 누구인지 혹은 아는 사람인지 모르는 사람인지 확인할 필요는 없다. 우선 워낙 호흡이 가쁘고 힘이 들어서 쓸데없는 동작에 힘을 소비하고 싶지 않았고, 또 말을 건네기에는 먼 거리에 있는 낯선 사람과 굳이 눈부터 마주쳐서 나중에 인사를 하는 시점까지의 시간을 어색하게 만들 필요가 없었기 때문이다. 대화를 나눌 수 있을 정도로 가까이 갔을 때 얼굴을 보고 인사를 하면 되었다.

그렇게 나는 가쁜 숨을 몰아쉬면서 벤치로 다가갔고, 벤치를 지나가면서 인사를 했다. 작은 산이지만 모르는 사람끼리라도 인사를 주고받으면 기분이 좋아진다. 힘든 산행을 하는 동지로서의 애정을 확인할 수 있기 때문이리라. 굳이 그런 게 아니라고 하더라도, 한적한 곳에서 마주친 사람들끼리 서로 원수를 진 사이도 아닌데 굳이 외면한 채로 어깨를 스치며 지나갈 필요는 없으니까 말이다.

"안녕하세요!"

나는 가쁜 숨과 함께 인사를 던지면서 고개를 들어 벤치에 앉아 있는 사람을 보았다.

"예."

남자의 목소리는 봉골레 파스타를 만드는 요리사 역할을 연기한 배우의 목소리처럼 중저음이었고 부드러운 울림이 감미로울 정도였다. 남자 머리에는 새치가 조금 섞여 있었고, 얼굴은 머리카락 상태보다는 더 나이 들어 보였다.

그런데 "예."라고 대답을 하면서 돌아보는 그 남자의 눈에는 눈물이 번들거렸고 눈과 눈 주변이 벌겋게 부어 있는 게 아닌가! 그리고 또 하나, "예."라는 대답이 나온 직후에 그 남자의 고개가 짧은 순간이긴 했지만 위로 한 번 까딱하고 흔들리는 걸 나는 보았다. 한바탕 통곡을 한 뒤에 본인도 통제할 수 없이 나타나는 신체 현상, 딸꾹질이었다.

인사를 나눈 우리 두 사람은 각자 시선을 상대방에게서 거두고 (서로 계속 바라보고 있을 수는 없지 않은가?) 자기가 하던 일을 계속했다. 적어도 나는 그랬다. 시선을 거둔 뒤에 나는 아무 일도 없었던 것처럼 남자를 지나쳐서 계속 오르막을 올라갔다. ...남자는 그 뒤로도 계속 울었을까?

50대 후반으로 보이는 남자의 오른손은 팔목 조금 위까지 초록색 깁스를 하고 있었고, 후줄근한 평상복 차림에 신발은 등산화가 아닌 운동화였다. 미끄러운 겨울 산을 오르기에는 적당한 차림이 아니었다. 적어도 신발은 그랬다, 게다가 스틱도 없이...

나는 잠시 남자의 상황을 상상해 보았다. (상상은 아무래도 나쁜 쪽으로 전개되었지만, 내가 상상한 내용을 굳이 말하고 싶지는 않다.) 어떤 나쁜 일을 당한 남자가 실컷 소리 내어 욺으로써 마음의 응어리를 풀어버리려고, 굳이 사람이 잘 찾지 않는 시각에 겨울 산에 올라왔고, 거기 그 울기 좋은 장소에 마침 벤치가 있었으므로, 그 벤치에 앉아서 울고 있었으리라...

그렇게 울고 있는 남자에게 안녕하시냐고 물었던 건 끔찍한 실례이자 실수였다. 내가 아무런 생각도 없이, 내 나름대로 잘하겠다는 생각으로, 씩씩하게 인사말을 던졌을 때 그 사람은 태연한 척 아무렇지도 않은 척 "예."라고 대답을 하긴 했지만, 목 놓아 울던 흔적이 자기 얼굴에 고스란히 남아 있음을 모르지 않았을 테니 속으로는 얼마나 민망했을까?

그 뒤로도 나는 그곳을 자주 지나다녔지만, 그 남자를 다시 보지는 못했다. 그 남자와 지나치면서도 그 남자의 손이 다 나아 깁스를 푼 바람에 내가 알아보지 못했을 수 있다. 혹은 나쁜 일이 좋게 잘 해결되어 그 남자가 이제 더는 울 필요가 없었고 따라서 그 산에 올 일이 없었기 때문일 수도 있다.

다만, "안녕하십니까!"라고 했던 나의 실수가 그 남자의 마음속 응어리를 풀어주는 데 조금이라고 힘이 되면 좋겠다는 기대를 해 본다. 혹시라도 모를 일이다. 그 남자가 어딘가에서 자기 친구에게 혹은 자기 아내에게 이런 말을 하고 있을지.

"내가 그날 그 인릉산에서 멋진 뷰를 내려다보면서, 진짜 한바탕 신나게 울고 나서 목도 쉬고 눈물도 더 안 나오는데, 언제 가까이 다가왔는지도 모를 그 양반이 큰 소리로 '안녕하십니까!' 하기에 나도 엉겁결에 '예!'라고 대답을 했는데 말이야, 그러고 나서 가만히 보니까 마음을 무겁게 누르던 바윗덩이가 사라져버렸지 뭐야. 실컷 잘 울어서 그런 건지, 아니면 그 양반의 그 해맑은 인사가 약이 되었던 건지 모르겠지만 말이야."

그런데 이런 낯간지러운 상상을 옆으로 밀쳐놓고 가만히 생각하면, 그동안 살아오면서 내가 얼마나 많은 어쭙잖은 짓으로 이런 종류의 실수를 저질렀을지 모른다. 그 실수로 나는 사람들에게 얼마나 많이 민폐를 끼쳤을까? ●

누군가 한동안 보이지 않는다면

아파트의 우리 통로에는 아주 씩씩한 아주머니가 살고 있다. 젊을 때 운동선수가 아니었을까 싶을 정도로 덩치가 좋으며 선하게 웃는 얼굴이 매력적이다. 아파트 내의 '작은 도서관' 일에도 열심이었고, 그 외에도 동네의 이런저런 일에 앞장서며 리더십을 발휘하던 아주머니였다. 그래서 나는 그분이 내 후임으로 동대표 직을 맡아 주면 좋겠다고 생각했다. 나로서는 2년 임기에 연임까지 한 동대표 임기가 끝나가고 있었으니, 누가 후임자가 될 것인지 혹은 후임자로 나설 사

197

람이 있기나 할지 걱정이었다. 아닌 게 아니라 동대표는 아파트의 온갖 살림살이를 다 살펴야 했기에, 아예 나 몰라라 한다면 할 일이 없겠지만 제대로 하려고 하면 일은 해도 해도 끝이 없었다. 다른 동대표 분들이 워낙 전문성과 시간과 열의와 노력을 쏟아주고 있어서 나야 그냥 묻어갈 수 있어서 다행이긴 했지만...

그 아주머니에게 동대표가 되어 달라고 부탁을 해야겠다고 마음을 먹고 나서 보니까 그분이 눈에 잘 띄지 않았다. 그리고 보니 그분이 그즈음에는 통 보이질 않았다. 엄마와 껌딱지처럼 붙어 다니던 초등학생 남자아이는 자주 보였지만, 그 아주머니는 보이지 않았다.

"어머니 안녕하시지?"

"네!"

늘 그렇게만 물어보고 지나쳤었다. 내 동선과 아주머니의 동선이 겹칠 일이 없었던 모양이었다.

그러다가 임기 만료일이 점점 끝나가고 신임 동대표 후보 등록일이 점점 다가오던 어느 날, 다른 대안도 마땅치 않고 해서 더 늦기 전에 의사를 물어봐야겠다는 생각에 전화를 했고, 엘리베이터 앞에서 잠깐 만났다.

"요즘 한동안 통 안 보이시던데요?"

"그랬나요, 호호호!"

그러고 나는 본론을 꺼내서 동대표 직을 맡아달라고 했다. 그러자 아주머니는 아는 것도 없고 자격도 없다고 겸손하게 말했다. 나는 아무도 동대표를 하지 않으면 공석이 될 수밖에 없는데, 그렇게 할 수는 없지 않느냐고 했다. 아주머니는 고개를 끄덕이면서도 아무래도 자기는 못 하겠다면서 나에게 짐을 떠넘겼다.

"대표님이 또 하시면 되잖아요?"

"나는 이미 두 번이나 했으니, 세 번 연임은 안 된답니다."

"어머, 그럼 어떡해..."

나는 조금만 더 강하게 부탁을 하면 수락할지도 모른다고 판단했다.

"아주머니가 아니면 우리 동에서 누가 대표를 할 수 있겠습니까, 아주머니밖에 없습니다."

"그렇지만..."

그제야 아주머니는 자기가 동대표를 맡기 어려운 사정을 얘기했는데, 암 수술을 받았다고 했다. 갑상선 암이었다고 했다. 아무리 갑상선 암이 예후가 좋고 사망률이 낮다고 하더라도 전이의 위험이 있을 뿐만 아니라 호르몬제를 계속 복용해야 하므로 결코 가벼운 병이 아니었다. 게다가 암 수술을 받은 환자가 건강을 회복하고 또 전이를 예방하려면 신체적으로나 정신적으로 부담이 되는 활동을 하지 않는 게 당연히 지켜야 하는 원칙임을 이미 나는 다른 경험을 통해서 잘 알고 있었다. 아무튼 아주머니는 동대표 직을 맡을 수 있는 상황이 아니었다.

암 수술을 받았다는 얘기가 자랑도 아닌데, 내가 굳이 그 사실을 나에게 밝히게 만들었다. 정말 미안했다. 눈치가 없어도 너무 없었다. ●

할배에게 잘할걸

할배 이야기 하나 할게. 할배는 우리 집 개다. 열여섯 살이니까 완전 할배지. 관절이 안 좋아서 서 있을 때에는 앞발 하나가 180도 돌아가서 건달 짝발이 된다.

이런 할배의 견생에서 가장 큰 낙은 먹는 것, 하루 두 끼 아침 식사와 저녁 식사다. 캔 양고기 조금에 어른 숟가락으로 사료 두 숟가락을 비벼 준다. 가끔씩 닭고기, 돼지고기, 쇠고기를 양념 없는 상태로 조금씩 주기도 하지. 그래서 고기라도 구울라치면 환장한다. 그리고 오줌이나 똥을 누면 간식으로 검정콩 삶은 거 서너 개나 사료 알갱이 서너 개를 준다. 어릴 때 배변·배뇨 버릇을 들이려고 칭찬하려고 주기 시작했던 것이 지금은 당연한 줘야만 하는 보상이 되어버렸다. 그런데 신장이 나빠서 소금기 있는 음식은 절대로 주면 안 된다고 수의사가 말하더라.

그리고 식구 가운데 누가 외출했다가 들어올 때에도 역시 간식을 줘야 한다. 할배에게 당연히 바쳐야 하는 일종의 귀가세지. 애초에는 현관문을 열고 집에 들어설 때마다 반갑다고 꼬리 치는 게 귀여워서 줬는데, 언제부터인가는 꼬리도 안 치고 무조건 간식부터 바란다. 오줌을 눴는데 간식을 안 주거나 누가 밖에 나갔다 들어와 놓고서도 간식을 안 주면 고함을 지른다. 그래도 안 주면 이상한 소리를 질러대며 행패를 부리고, 제 딴에는 거의 유일한 즐거움을 강탈당한다고 생각하는지 핏대를 올리기까지 한다.

그런데 조금 전, 외출했다가 집에 들어오니 할배가 아무도 없는 집 거실 바닥에서 퍼질러 자고 있더라. (할배의 두 번째 즐거움은 퍼질러 자는 것이다.) 그런데 내가 들어온 기척을 느끼고 벌떡 일어나야 할 이 할배가 웬일인지 오늘따라 꼼짝도 않더라. 할배가 엎드린 자세나 옆으로 퍼진 자세로 꼼짝도 안 할 때면, 나나 아내는 긴장한다.

… 기어코 갔나?

조심스럽게 다가가서 배가 불룩거리는 복식호흡을 확인하고 나서야 우리는 안도의 한숨을 쉬곤 한다. 이번에도 살그머니 다가가서 보니, 배가 울룩불룩하더라.

…아, 다행이다!

옷을 갈아입고 씻고 나올 때까지도 할배는 자고 있더라. 물을 한 잔 따라 마시고 잔을 탁자에 딱 내려놓는 순간, 그 소리에 놀랐는지 할배가 고개를 번쩍 들고 두리번거리다가 나와 눈이 마주쳤어.

그 순간 나는 장난기가 발동했어. 태연하게, 외출한 적이 없고 원래부터 거기 그 자리에 계속 있었던 척 했지. 그런 내 모습을 보고 할배가 고개를 갸우뚱하더라.

… 저 인간이 원래 저기 있었던가? 외출했다 돌아온 게 아니었던가?

할배는 한참 동안 눈알을 굴리더라. 정산을 요구해야 하나 말아야 하나 하는 표정이 역력했어. 그 모습을 보면서도 나는 계속 딴청을 부렸지. 그러자 할배가 무슨 결심을 했는지 쓰윽 일어나더니 나에게 터벅터벅 걸어오더라. 비록 아무런 확신도 증거도 없지만 아무래도 정산할 게 있다고 직감했던지 할배는 내 앞에 딱 버티고 서서 나를 바라보더라.

"내가 늙었다고 속이려 들지 마라. 빨리 정산해라!"

나는 모른 척하면서 딴청을 부렸지. 할배는 포기하지 않고 오히려 한 발자국 더 내 앞으로 다가서며 재촉했어.

"너도 알고 나도 알고 하늘이 알고 땅이 안다 이놈아!"

나는 한참 동안 할배를 바라보다가, 결국 내가 무료해져서 삶은 검정콩 다섯 알을 주는 것으로 장난을 끝냈어. (줄 때에도 그냥 입에 던져주지 않고 여기저기 숨겨서 힘들게 보물찾기를 하게 만들었다.) 그렇게 정산을 끝냈다.

......

고등학교 동기 카톡방에 올렸던 글이다. 이 할배는 그해 겨울을 채 다 넘기지 못하고 기어코 갔다. 할배의 이름은 해피였다. 할배가 처음 우리 집에 왔을 때 행복하게 잘 살자고 작은아들이 지어줬던 이름이다. 해피야 미안하다. 동작이 굼뜨고 판단력이 흐려진 네 모습 보며 깔깔거리며 웃고 놀린 거, 내가 잘못했다. 콩을 한 번에 다섯 알밖에 주지 않은 것도 미안하고 잘못했다. ●

끈질긴 문병 신청

아내가 유방암과 대장암을 한 번에 수술한 뒤에 항암 치료를 받고 있을 때였다. 뒤늦게 이런 사실을 알게 된 한 친구가 전화를 했다.

"야!"

"왜?"

"많이 아프시다며?"

"그래, 그렇게 됐다."

"그 얘기를 왜 여태 안 했어?"

"얘기하면 뭐 하냐. 니가 허준도 아닌데."

"그래도 그렇지!"

친구는 몹시 서운한 모양이었다.

"내가 한 번 찾아갈게."

"어디로?"

"어디 있는데?"

"집에 있지."

"그럼 집으로 갈게."

"오지 마라."

"뭐? 왜?"

"오지 마라, 나중에 봐라."

"내가 제수씨 얼굴 한번 봐야지"

"얼굴 보면 뭐 하노, 머리카락 다 빠지고 볼 거도 없다."

"내가 보고 위로해드려야지."

"됐다, 내가 전해 줄게, 다 나으면 그때 봐라."

"그래도 우리 사이에 그건 아니지. 언제 갈까?"

"마누라 안 좋아한다, 흉한 모습을 남에게 보이고 싶은 여자가 어딨노?"

"그래도 그게 아니지. 친구들한테 위로도 받고 그래야 빨리 낫는

다."

"네 친구는 내가 네 친구지, 우리 마누라가 네 친구냐? 너하고 나는 보잖아."

"진짜 섭섭하네!"

"생각 한번 해 봐라, 여자가 자기 흉한 꼴을 남편 친구한테 보이고 싶어 하겠나? 너라면 어떻겠노?"

"나야 당연히 보지!"

"너 말고, 네 부인! 부인한테 한번 물어봐라."

"우리 마누라도 당연히 오라고 하지!"

이 친구는 진짜 섭섭한 모양이었다. 같이 밥도 먹고 산에도 같이 가고 했는데, 어떻게 안 찾아볼 수 있느냐고 했다. 그렇게 우리의 통화는 끝도 없이 길게 이어졌고, 그 친구는 나더러 자기를 진짜 친구로 생각하기나 하느냐는 말도 했다. 문병 오지 말라고 했던 게 그렇게나 많이 섭섭했던 모양이었다.

"진심이냐?"

"진심이고 머고가 어디 있노? 문병 오는 거, 내가 싫단 말이야!"

그 친구는 집요했다. 반드시 아내를 만나서 위로하고 싶다고 했다. 그게 도리고 의리라고 했다. 그 얘기만을 끝까지 했다. 하지만 나도 끝까지 오지 말라고 했다. 그 당시에는 아내도 아내였지만 나 역시 수술 이후 그때까지 서너 달 동안 심리적으로 위축되고 마음의 여유가 없어서 누군가가 건네는 위로의 말조차도 부담스럽던 때였다.

"내가 문병 가는 게 싫어?"

"그래, 싫다, 알아들어라, 좀!"

"너 정말 그렇게 나오면, 우린 친구도 아니야. 아냐?"

"알았다, 우리는 친구 아니다, 됐나?"

"야!"

"끊자."

그렇게 나는 길고 긴 통화를 강제로 끝냈고, 그 친구가 금방 다시 전화를 했지만 받지 않았다. 당시 나는 아내의 병과 뒤치다꺼리에 몰입해 있던 터라서 주변의 다른 것들은 잘 보이지 않았다. 긴 터널 안에 들어갔을 때 멀리서 빛을 발하는 출구만 보일 뿐 터널 내의 다른 사물은 깜깜한 어둠에 묻혀서 보이지 않는 것처럼.

그 뒤에 나는 그 친구에게 내 좁아터진 마음 때문에 쩨쩨하게 굴었던 일을 사과했고, 우리는 여전히 친구로 만나고 있다. ●

잣삼계탕과 전복삼계탕 사이

고등학교 동기 친구가 보자고 했다. 점심때 자기 동네 근처에 있는 삼계탕 집에서 만나자고 했다. 성남에 있는 그 식당을 찾아갔을 때 친구는 이미 자리를 잡고 앉아 있었다. 일전에 같이 일하는 사람들과 한 번 와 봤는데 좋더라면서 내 생각이 나서 불렀다고 했다.

그런데 친구는 주문을 하면서 '가평 잣삼계탕' 하나와 '황제 전복 삼계탕' 하나를 시켰다. 메뉴표를 보니 잣삼계탕은 13,000원이었고 전복삼계탕은 19,000원이었다. 그래서 내가 물었다.

"너는 몸에 좋은 전복 먹고 나는 향기 좋은 잣 먹으라고 그렇게 따로 시키나?"

"그래!"

그러면서 친구는 빙긋 웃었다.

고등학교 동기이긴 하지만 고등학교 때에는 서로 몰랐다가, 동기 카톡방이 만들어진 뒤로 여기에서 자주 보면서 다중을 대상으로 나누는 자잘한 일상 얘기들 속에서 서로 어떻게 살아 왔고 또 뭘 하면서 어떻게 살고 무슨 고민을 하는지 어느 정도 알게 된 사이였다. 여럿이 함께 있는 자리에서 몇 번 스치듯 이야기를 나누긴 했지만, 온전하게 둘이서만 그렇게 마주앉은 건 처음이었다.

그런데 둘이 식사를 하면서 자기나 나나 전복이나 잣에 대해서 알레르기가 있는 것도 아닌데 굳이 '조금 더 비싼' 전복삼계탕과 '덜 비싼' 잣삼계탕을 따로 하나씩 주문하는 것은 확실히 이례적이었다. 친구는 나에게 비싼 전복 삼계탕을 먹이고 자기는 덜 비싼 잣 삼계탕을 먹으려 할 텐데, 이런 마음 씀씀이가 여간 살갑지 않다는 걸 알면서도 어쩐지 그게 오히려 불편했다.

얼마 뒤에 두 개의 삼계탕이 나왔다. 친구는 예상대로 비싼 삼계탕을 내 앞에 놓으라고 했고 덜 비싼 삼계탕을 자기 앞으로 당겨갔다.

"야 임마, 내가 왜 이걸 먹냐? 전복은 비실비실한 니가 먹어야지!"

"아이다, 니가 먹어라."

"집 떠나서 혼자 사는 니가 먹어야지, 나는 마누라가 잘해 준다."

"니는 힘내서 좋은 글 많이 써야지."

친구는 숟가락으로 자기 앞에 놓인 덜 비싼 삼계탕을 휘휘 저었다. 그 동작으로 누가 무엇을 먹을 것인지는 확정되었다. 초대하는 사람이 음식값을 내고 주문도 자기가 알아서 하는 게 상례니까 내가 뭐라고 할 건 아니지만, 그래도 씁쓸한 마음은 어쩔 수 없었다.

… 자기가 전복 알레르기가 있거나 내가 잣 알레르기가 있는 것도 아닌데 왜 이렇게 6,000원을 아끼면서까지 혹은 6,000원을 더 쓰면서까지 다른 메뉴를 시키냐고!

그 이상한 어색함은 친구가 굳이 6,000원을 더 쓰면서까지 나에게 드러내는 '과도한 애정' 때문일 수도 있고, 아니면 지극히 정상적인 친구의 따뜻한 배려, 혹은 나에게 다가서려는 친구의 마음에 대한 나의 '과도한 경계심' 때문일 수도 있었다. 그 어색함은 물론 온라인의 관계와 오프라인의 관계 사이의 불균형에서 비롯된 것이기도 했다.

나는 어떻게든 그 불균형을 바로잡으려고 내 삼계탕에 들어 있는 전복 두 마리 가운데 한 마리를 기어코 녀석의 그릇 속에 옮겨 넣

211

었다. 그렇게라도 하니 불편한 마음이 조금은 누그러지는 것 같았다. 식사를 마친 뒤에는 근처의 한적한 찻집에서 커피를 샀지만 개운찮은 마음은 사라지지 않았다.

한참 생각한 끝에 내린 결론으로는 그런 생각을 한 것 자체가 내 잘못이고 내 실수였다. 친구가 비록 실수의 빌미를 제공하긴 했지만, 그 빌미를 지나치게 예민하게 '분석'하려 했던 내 심리적 태도가 빚어낸 실수였던 것이다. 그 예민함 때문에 나는 숫자로 환산될 수 없는 것의 가치를 숫자로 환산하는 심리적인 함정에 빠지고 말았고, 거기에서부터 잘못되고 말았다. 친구가 주는 선물을 19,000원이라는 금전적인 가치로만 생각한 내가 잘못이다. 19,000원이면 어떻고 13,000원이면 어떤가, 상대방이 호의로 베푸는 비금전적인 선물을 금전적으로 해석한 나의 실수다.

아, 그리고 이 친구와는 고등학교 동기들끼리 항상 그렇듯이 ● 우기도 하고 농담 따먹기도 하며 낄낄거리며 잘 지내고 있다.

노숙자

　유난히 따뜻한 겨울이라고 했지만, 그래도 그날은 제법 매섭게 추웠다. 을지로입구역에서 2호선 전철로 갈아탔는데 퇴근시간이어서 사람이 많았다. 그런데 어쩌다 보니 하필이면 출입문 바로 옆에 있는 좌석 앞에 서게 되었는데, 그 좌석에는 행색이 꾀죄죄한 사람이 앉아서 머리를 뒤로 기댄 채 졸다 깨다 하고 있었다. 가만히 보니 청년, 확실히 아들 또래 30대 초반의 청년이었다. 수염과 머리카락은 손질이 되지 않아서 자랄 대로 자라 있었고 또 무성한 곱슬머리는 씻지 않아서 푸석푸석하게 제멋대로 뻗고 꼬부라져 있었다. 얼마나 오래 씻지 않았던지, 추위로 얼어붙은 선홍색 얼굴에는 땟국이 줄줄 흘렀다. 양말을 신지 않아서 밖으로 드러난 발, 그리고 유난히 긴 손가락 역시 선홍색이었는데, 아무래도 동상에 걸린 것 같았다. 바깥은 매섭게 추웠지만 청년이 입고 있는 옷은 가을에나 어울리는 옷이었고, 수시로 잠에서 깰 때마다 추운지 긴 팔과 다리를 몸 쪽으로 바짝 오그리곤 했다. 그 청년을 보면서 나는 내 지갑 속에 돈이 얼마나 있는지 생각했고, 지갑에서 돈을 꺼냈다 하더라도 졸다 깨다 하는 그 청년에게 그 현금을 어떻게 건네줄지, 눈을 맞추고 손에 쥐어줄지 아니면 청년이 깨지 않을 때 그냥 주머니에 쑥 찔러줄지 어느 쪽이 그 청년이나 나에게 모두 편할지 생각하며 구체적으로 그 모습들을 상상했고, 목욕과 이발을 깨끗하게 하면 그 청년의 얼굴이 얼마나 환하고 멋지게 드러날지 상상했고, 또 내가 입고 있는 점퍼가 그 청년에게는 터무니없이 작지 않을까, 청년에게 점퍼를 주고 난 뒤에 나는 무엇을 입고 집에 가나, 집에 가면 안 입는 좋은 외투도 많은데... 등의 생각을 했다. 그러던 차에 전철이 시청역에 도착해서 문이 열렸고, 그 순간에 청년은 눈을 번쩍 뜨더니 일어나려 했고, 나는 한 발 뒤로 물러나며 청년에게 길을 내주었고, 다른 사람들도 황급히 길을 터주었고, 청년은 문이 닫히기 전에 전철에서 내렸다. 문을 닫은 전철은 서른 살 청춘의 뒷모습을 밀어내며 내가 내릴 다음 정차역인 충정로역으로 향했다. 그날 나는 한 친구가 고등학교 재경 동기회 전임 집행부 모두 수고했다면서 맛있기로 소문난 수육과 설렁탕을 맛보이겠다고 해서 마련된 약속 장소로 가던 길이었다. 얼마 뒤 나는 친구들을 만났고, 맛있는 음식과 유쾌한 수다에 취해서 그 청년이 무엇 때문에 시청역에서 그렇게 허겁지겁 내렸을지, 또 무슨 힘겨운 사연을 가지고 있을지, 동상 외에 다른 데 아픈 데는 없을지 등의 그 모든 생각은 조금도 하지 않았다. 그 청년과 관련해서 그날 나는 아무런 실수도 하지 않았다. 나뿐만 아니라 설렁탕 집에서 내가 만난 친구들 그리고 2호선 전철을 나와 함께 탔던 그 많은 사람 모두 아무런 실수를 하지 않았다. 적어도 내가 알고 또 본 바로는 그랬다. ●

아픈 친구와 카톡

주변에 또래의 아픈 친구가 많다. 조금 아픈 친구도 있고 많이 아픈 친구도 있다. 나이가 나이인 만큼 돌아올 수 없는 먼 곳으로 간 친구들도 제법 있다. 그렇기에 우리들 사이에서는 이런저런 질병이 일상이다.

어느 날 한 친구와 개톡을 했다. 고등학교 동기 카톡방에 자주 글을 올리곤 하다가 언젠가 신체 전반이 정상이 아니라서 좋아하던 술도 자제한다고 근황을 알린 뒤로는 카톡방에서 뜸하던 친구였다. 이 친구도 다른 많은 친구처럼 혈압과 당뇨를 달고 있었다. 우리는 친한 동기들끼리 늘 그렇듯이 시시껄렁한 농담으로 서로의 근황을 물으며 서로의 건강과 일상을 걱정했다. 그리고 그 대화가 끝날 무렵에 나는 다음에 또 보자는 인사를 이렇게 했다.

…갈 때가 되었다 싶으면, 가기 전에 빨리빨리 연락해라.

써 놓고 보니까, 아무리 농담이라도 아픈 친구에게 할 말은 아니었다 싶었다. 그래서 얼른 덧붙였다.

…가기 전에 얼굴은 봐야지.

그러자 곧바로 답장이 날아왔다.

… 이기(이게) 원수가 친구가? 악담 아이제(아니지)?

…자주 보자는 덕담이다.

… 니(너) 보고 싶으면 빨리 갈 준비하라는 얘기는 아니제? 에라 잇!

… ㅋㅋㅋ

… ㅎㅎ 일해라…

개톡은 그렇게 끝났다.

가만히 생각해 보니, 아무리 시시껄렁한 말들을 수시로 하는 사이라고 하더라도 아픈 친구에게 '갈 때가 되었다 싶으면'이라고 한 것은 잘못이었다. 비록 나의 그 표현이 질병이 안겨주는 공포를 우습게 여기며 무시하고 살자는 뜻이며 또 이런 점을 그 친구가 모를 까닭이 없지만, 아픈 친구에게 '갈 때'에는 먼 미래가 아니라 가까운 미래의 구체적인 현실로 비춰질 수도 있었다. 그러니까 내가, 잊어버린 채로 살고 싶을 게 분명한 불편한 진실을 그 친구에게 불쑥 들이민 셈이었다. 나의 모자란 짓이 그 친구에게 실수가 아니었기를, 또 설령 그 친구가 불편하게 받아들였다고 하더라도 그 실수가 친구의 마음에 아픈 상처가 되지 않았기를...

그 친구는 여전히 동기 카톡방이나 모임에 나타나고 있지 않지만, 개톡이나 전화통화로 판단하건대 그 친구의 '갈 때'가 가까운 미래에 있을 것 같지는 않다. 하긴 자기가 먼저 갈지 내가 먼저 갈지 누가 알겠는가. 세상의 온갖 지병을 가지고 있긴 저나 나나 마찬가지니까 말이다. ●

루게릭병

루게릭병 : 근육이 서서히 위축하는 질환을 통틀어 이르는 말. 미국의 야구 선수 루 게릭이 이 병으로 사망하였다고 하여 붙은 이름이다

한 친구가 이 병에 걸렸다고 했다. 정확하게는, 이 병에 걸린 게 거의 확실하다고 했다. 더 정확하게는, 이 병에 걸린 게 거의 확실하니 좀 더 큰 병원에 가서 검사를 받아 보라는 말을 들었다고 했다. 그래서 이 친구는 아내와 함께 '좀 더 큰 병원'에 가서 검사를 받으려고 서울에 왔고, 그날엔 서울에서 직장에 다니며 사는 딸의 집에서 자기로 했다고 했다.

"루게릭병?"

"그래 말이다, 루게릭."

그렇게 말하고는 딸이 맛있다고 강력하게 추천했다는 커피를 앞에 두고 한숨을 쉬었다. 커피 잔에서 모락모락 피어오르는 수증기가 사방팔방으로 흩어질 정도로 깊은 한숨이었다.

그래서 내가 그랬다.

"잘됐네."

친구는 눈이 휘둥그레졌다.

"뭐라고? 내보고 죽으란 말이가?"

"같은 병이라도 이름부터 폼이 나잖아, 구질구질하게 그 무슨 풍이나 바람이니 하는 것보다 훨씬 폼이 나잖아."

"니는 내가 비실비실 힘도 못 쓰고 휠체어 앉아 있다가 죽으면 좋겠나?"

"폼생폼사 아니냐, 스티븐 호킹과 동급으로 가는 거야!"

"이기 미쳤나(이게 미쳤나)?"

다행히 친구의 병은 루게릭병이 아니었다. 단순하고 사소한 '그무슨 풍'이었다.

그 이후로 그 친구는 나를 볼 때마다 째려보면서 꼭 한마디씩 한다.

"루게릭? 스티븐 호킹과 맞먹어서 좋겠다고? 에라이, 친구한테 한다는 소리가 그거밖에 없더냐?"

그것은 실수가 아니었다. 그 친구가 자존감을 잃지 않길 비는 진심에서 우러나온 덕담이었다. 그렇지만 친구 옆에 앉아 있었으며 또 딸이 강력하게 추천했다는 또 다른 커피를 나에게 추천한 친구의 부인은, 어쩌면 초면의 내가 한 말을 망발의 실수로 여겼을지도 모르겠다, 아주 잠깐이라고 하더라도. ●

오역의 부끄러움

번역을 하다 보면 오역을 많이 하게 된다. 내가 원문의 내용이나 맥락을 잘못 이해해서 오역하는 경우도 많지만, 실수로 놓쳐 버려서 오역하는 경우도 많다. 예를 들어서 'not'를 빼먹는다든가 어떤 단어를 철자가 비슷하지만 뜻이 전혀 다른 단어로 잘못 본다든가 해서 생기는 오역이다. 이런 오역들은 원고를 출판사에 넘기기 전에 처음부터 다시 검토하는 과정에서 많이 걸러지지만, 때로는 걸러지지 않은 채로 출판사에 넘어가기도 한다.

그런데 출판사의 편집자들은 오탈자는 말할 것도 없고 이런 오역들, 그리고 읽는 사람에 따라서 다르게 해석될 수도 있는 모호한 문장들을 귀신같이 잡아낸다. 원문 대조를 얼마나 꼼꼼하게 하는지, 짧은 문장 하나는 말할 것도 없고 수식어 하나 빼먹은 것까지도 다 찾아내서 바로잡아주거나 혹시 내가 다른 의도가 있어서 일부러 그렇게 번역한 것인지 확인하려고 "이걸 왜 이렇게 번역했느냐? 진심이냐?" 하면서 물어본다. 이럴 때면 무안하기도 하고 미안하기도 하지만 다른 한편으로 늘 고맙다. 만일 그 오역이 교정되지 않은 채 독자를 만날 경우에는 책의 가치가 떨어지는 것은 말할 것도 없거니와 번역자가 무지막지하게 욕을 먹기 때문이다. 그래서 오역이나 모호한 문장을 바로잡아주는 편집자를 보면 감탄이 저절로 나온다. (모든 분야의 모든 전문가에게 박수를!)

그럼에도 오역이 걸러지지 않은 채 출판되는 경우도 물론 있다. 어쩌면 많을지도 모른다. 그 오역을 찾아낸 독자 혼자만 알고 있을 수도 있고, 이 독자가 출판사에 얘기를 했지만 혹은 자기 블로그에 그 사실을 떠들었지만 담당 편집자가 번역자인 나에게 얘기를 하지 않을 수도 있으니까. 이 경우는 다른 사람들은 내가 한 오역을 알고 있는데, 정작 나만 그런 사실을 모르는 셈이다. 상상만 해도 얼굴이 달아오르는 일이다. 출판된 책에서 그런 오역을 뒤늦게 확인하기라도 하면 부끄러워서 쥐구멍에라도 숨고 싶어진다.

그런데 전혀 다른 방식으로 오역이 나타날 때도 있다. 내가 넘겨준 번역 원고의 문장을 편집자가 다듬는 과정에서 의도하지 않게 내용이 왜곡되는 경우이다. 이 경우는 편집자가 내용을 제대로 파악하지 못했거나, 내 문장이 모호했기 때문이다. 내용이 까다롭거나 문장이 길고 복잡한 경우에 나는 쉼표나 괄호 등을 동원하거나 문장을 짧게 자르기도 해서 원 글의 내용과 호흡을 최대한 살리려고 한다. 그런데 편집자가 가독성을 중요하게 여길 때에는 나의 번역 문장에서 쉼표를 최대한 빼는 경향이 있는데, 이럴 때에는 지시 대상이 바뀌고 의미가 달라지기도 한다.

한번은 교정교열 작업을 마친 작업물을 검토하다 보니까, 내가 하고 있는 작업의 거의 대부분이 편집자가 수정한 문장과 표현을 원래의 내 원고로 다시 돌려놓는 것이었다. (물론 모두 그런 건 아니었다. 편집자는 오탈자나 오역을 바로잡기도 했고, 심지어 번역하지 않고 빼먹은 문장도 하나 바로잡아 놓았었다.) 게다가 거의 하루가 다 가도록 작업했지만 작업량은 전체의 4분의 1밖에 되지 않았다. 그러니까 앞으로 사흘 동안 더 그런 작업을 해야 한다는 뜻이었다. 누가 그랬다, 군대에서 제일 힘든 일이 오전 내내 구덩이를 파고 오후 내내 그 구덩이를 다시 메우는 것이었다고. 그래서 나는 작업을 중단하고 곰곰이 생각해 보았다.

… 왜 이런 일이 일어나서 편집자와 번역자 모두 힘들어지고, 또 일도 더뎌질까?

우선 경제학을 다룬 그 책의 내용이 어렵기도 했지만, 편집자가 아예 작정을 하고서 번역자의 문장과 문체를 완전히 다시 만지겠다고 나선 게 아닐까 싶었다. 편집자는 번역자의 문체를 따라가면서, 쉽게 읽히지 않는 부분이나 오역을 지적해서 바로잡고 또 필요한 경우에는 의심스러운 부분을 번역자에게 물어서 확인하는 과정을 거치는 게 옳다고 생각한다. 출판사가 어떤 번역자에게 의뢰를 할 때에는 그 번역자가 해당 주제를 충분히 소화할 수 있는 식견과 문장력을 가지고 있다고 평가했을 테기 때문이다. 그런데 이런 전제를 깡그리 무시하고 작업을 진행하면 모든 사람이 고생은 고생대로 하고 결과물은 나빠지기 때문이다.

번역자가 넘겨준 번역 원고를 편집자가 잘못 수정하는 바람에 엉뚱한 오역들이 생기는 일이 얼마든지 일어날 수 있고 또 내가 했지만 편집자가 미처 잡아내지 못한 오역이 얼마든지 있을 수 있으므로 나는 비록 편집자의 놀라운 전문성을 믿긴 하지만 혹시 모를 잘못된 경우에 대비해서 꼭 교정쇄를 확인하려고 한다. 비록 번거롭고 또 시간과 노력이 추가로 들어가지만 혹시 있을지도 모를 실수를 찾아내기 위해서다. (솔직히 말하면, 어딘가에 분명히 숨어 있을 수많은 내 오역의 가짓수를 조금이나마 줄이기 위해서다.) ●

낯뜨거운 자기애

나로서는 참 고마운 편집자였다. 영문 서적 번역을 본격적인 직업으로 삼은 지 한 1년쯤 되었을 때 그 편집자가 굳이 나를 선택해서 상당한 분량의 '대작' 번역을 의뢰했고, 그 덕분에 나는 다른 출판사에도 번역가로서의 내 이름을 번듯하게 알릴 수 있었다. 그래서 고맙다는 뜻을 담아서 이렇게 말했다.

"제 책 원고가 완성되면 맨 먼저 편집자님에게 보여드리겠습니다."

'네?'

내 말에 편집자는 눈을 동그랗게 뜨고 나를 바라보았다. 내가 한 말의 맥락을 알아채지 못한 그 얼굴을 보는 순간 내가 실수를 했구나 싶었다. 그때 나는 어떤 책을 한 권 쓰고 있었고, 이 책이 출간되면 장안의 화제가 될 것이라 생각했다. 그 책의 원고에 대한 선택권을 그 편집자에게 우선적으로 줌으로써 내 고마운 마음을 표현하겠다는 뜻이었지만, 그 편집자는 내가 번역만 하는 게 아니라 저술 활동을 하는지 몰랐던 모양이다. 또 혹시 알았다면, 출판사에 하루에도 몇 건씩 들어오는 (그래서 징글징글할 수밖에 없는) 수많은 출판 의뢰 제안 가운데 하나의 짐을 왜 굳이 자기에게 지우려고 하느냐며 무의식적인 방어 태세를 취한 것일 수도 있었다.

만일 내가 출판시장이 인정하는 베스트셀러 작가였다면, 내가 그 말을 했을 때 그 편집자가 그렇게 놀라서 나를 바라보지 않았을 것이고, 또 뒤늦게 내가 한 말의 맥락을 알아차린 다음에는 그 맥락을 빠르게 간파하지 못한 일로 미안해하지 않았을 것이다. 나 역시도 그 미안해하는 얼굴을 바라보며 무안해지지 않았을 것이다.

생각(나는 베스트셀러 작가가 될 수 있다는 생각)과 현실(나는 3류 작가일 뿐이라는 현실)의 불일치를 제대로 언제 어디서나 냉정하게 파악하지 못한 실수. 아마 그 편집자는 나를 과대망상증 환자나 혹

은 잘해야 자기애가 매우 강한 사람이라고 생각했을 것이다. 사십이

홀쩍 넘은 나이에 그러고 다녔다, 부끄럽게도.   ●

외
상
전
철
타
는
법

　그날 우리는 오전 7시에 신분당선 광교역에 집결한 다음에, 거기에서부터 광교산과 백운산을 거쳐 청계산 정상을 찍고 청계산 아래 원터골까지 25킬로미터 거리의 산행인 이른바 '광청종주'를 하기로 약속이 되어 있었다.

　긴장했던 탓인지 일찍 눈이 떠졌고 마음은 괜히 바쁘고 들떴다. 그래서 도시락이며 물을 챙겨 넣은 가방을 메고 전철 운행시간표를 확인한 다음에 넉넉하게 조금 일찍 집을 나섰다. 낮의 길이가 많이 짧

아져서 아직도 어둠이 걷히지 않았다.

나는 한 해 전에 그 광청종주를 한 차례 했었다. 청계산 근처에 살면서 이 산을 자주 보다 보니까 언제부터인가 광청종주가 내 버킷리스트 가운데 하나로 들어와 있었다. 그러다가 나이 60이 되기 전에 내 체력과 인내력을 테스트할 겸 그리고 앞으로 닥칠 인생의 쓴맛에 대한 예방주사로 삼을 겸해서 그 산행을 실행했었다. 다행히 산행이라면 도가 튼 친구가 기꺼이 동행해 주었다. 그래서 이 친구의 리드 아래 속도를 조절해가며 무사히 종주를 마쳤었다.

그때 그 산행을 마친 뒤에 이런 산행은 우리 나이에 하기에는 미련한 짓이라고, 다시는 안 하겠다고 마음을 먹었는데, 어쩐 일인지 찬바람이 불기 시작하니까 다시 한 번 더 해 보고 싶다는 생각이 슬며시 고개를 들었다. 그러던 차에 한 해 전의 내 광청종주에 자극을 받은 친구들 몇 명이 경험자인 나와 예전의 그 리더 친구를 꼬드겼고, 그에 못 이기는 척하고 따라나서기로 했다.

그러나 그사이에 나이를 한 살 더 먹었고 일행도 많아졌으니 아무래도 지난번보다는 산행시간이 더 오래 걸릴 것 같아서 시간을 당겨 7시 광교역에서 보기로 한 것이다. 멀리서 오는 친구가 있어서 8시에 모이기로 할까도 생각했지만, 그랬다가는 산행이 끝나기도 전에 청계산에 어둠이 깔릴지 몰라서 집결시간을 7시로 정했다. 전철역을

향해 걸어가면서 카톡을 확인하니 다른 친구들도 모두 약속한 시각
에 모일 수 있을 것 같았다.

청계산입구역 게이트 앞에서 나는 지갑을 가지고 나오지 않았음
을 알았다. 7시 이전에 광교역에 도착하려면 놓치지 말아야 할 전철
이 플랫폼에 도착하기 3분 전이었다. 그때 두 가지 선택지가 머리에
떠올랐다. 하나는 불법 무임승차를 하는 것이었고, 또 하나는 게이트
들 옆에 있는 역무실에 가서 사정을 얘기하는 것이었다. 전자는 운임
의 30배를 과태료로 물고 망신당할 수도 있는 리스크를 부담해야 하
고, 후자는 약속 시간을 지키지 못할 수도 있는 리스크를 부담해야 했
다. 잠시 망설이다가 나는 역무실로 향했다. 차라리 조금 늦는 게 낫
지...

"지갑을 두고 왔는데 돈 좀 빌려주십시오, 만 원만."

역무원은 그렇게는 할 수 없다고 했다. 하긴 날 뭘 믿고 돈을 빌
려주겠는가, 또 얼마나 많은 돈을 그렇게 빌려주고 못 받았겠는가.

"지금 여기서 스마트폰으로 송금할게요."

그것도 안 된다고 했다.

"지금 들어오는 차를 꼭 타고 광교역까지 가야 하는데, 어떻게
하면 됩니까?"

"그게... 그럼 여기서는 그냥 타고 가셔서 광교역에서 돈을 갚겠

습니까?"

돈이 없는 사람이 광교역에 간다고 해서 그 사이에 돈이 생길 리가 있나?

"그러면..."

역무원은 다리 해결책을 제시하려는 듯 서류철을 이것저것 뺐다 꼽기를 반복하면서 어떤 것을 찾았다. 그 동작이 왜 그렇게 느리게 느껴지던지...

"아, 빨리 좀."

역무원이 마침내 서류철 하나를 빼들고 책상에 펼쳤다.

"여기다가 이름과 전화번호 적어 주시고, 나중에 여기에 오셔서 갚으면 됩니다."

나는 이름과 전화번호를 급하게 썼다.

"들어가세요, 게이트 열어드릴 테니까."

시계를 보니 이제 곧 전철을 들어올 시각이었다. 나는 후다닥 뛰었고, 전철 문이 닫히기 전에 가까스로 전철 안으로 들어갔다. 얼마쯤 갔을까, 전화가 왔다. 청계산입구역의 그 역무원이었다.

"오늘 저녁에라도 역무실에 오셔서 2,850원 갚아주시면 됩니다."

그날 산행은 무사히 마쳤고, 그날 저녁 친구에게 빌린 돈으로 청계산입구역의 역무원실로 가서 돈을 갚았고, 역무원이 그 내용을 파일에 꼼꼼하게 기입하는 걸 바라보면서 고맙다고 인사를 하고 나왔다. 전철을 합법이든 불법이든 공짜로 타는 사람은 많아도 외상으로 타는 사람은 드물 텐데 이 드문 경험을 하게 해 준, 그리고 실수투성이 험한 세상의 거친 물살을 안전하게 건너가도록 다리가 되어 준 그 역무원, 고맙다.

그런데 참, 그날 친구에게 빌린 돈 3천 원을 갚았던가? ●

술 한잔 하자던 그 친구

내가 살던 아파트 단지에서 슬리퍼 차림에 검은 비닐봉지를 들고 덜렁덜렁 걸어가던 그 친구를 우연히 만났다. 고등학교 동기인 그 친구는 그 아파트로 이사한 지 몇 달 되었다면서 내가 그 아파트에 살고 있는지 몰랐다고 했다. 그러고 보니 그 친구와 오래 교류가 없었다. 워낙 바쁘게 살면서 워낙 부지런하게 움직이던 친구였으며 또 나와는 활동 공간이 겹치지 않고 생활 주기도 다르다 보니 그랬던 것 같다.

"오랜만에 만났는데 술 한잔 해야지?"

"그래!"

그렇게 우리는 당장 그날 저녁에 동네 술집에서 술을 마시며, 오랫동안 나누지 못했던 이야기를 나누었다. 그 친구는 고등학교 동기이기도 하고 대학교도 같은 학교에 다녔던 터라 자주 우리 자취방에 놀러오기도 했다. 그때부터도 우리와는 차원이 다르게 부지런했던 그 친구는, 우리가 늦잠을 자는 동안에 일어나서 운동 삼아 동네를 한 바퀴 돌고도 시간이 남아서 된장찌개를 끓이고 밥상을 차린 다음에 우리를 깨우곤 했다. 그 친구는 우리가 영양실조에 걸릴지도 모른다는 걱정에 전날 먹었던 프라이드치킨의 뼈를 버리지 않고 됐다가 된장찌개에 넣어서 함께 끓여서 내놓기도 했다. 숟가락에 걸려나오는 닭 뼈를 보고 이게 뭐냐고 물었을 때 그 친구는 웃으면서 닭 사골 된장찌개라고 했다.

워낙 부지런했고, 워낙 원칙에 철두철미했고, 워낙 남의 말에 귀를 잘 기울이며 공감했고, 워낙 큰소리로 호탕하게 잘 웃었고, 또 워낙 술을 좋아하던 친구였다.

"오랜만인데 술 한잔 해야지?"

그 친구는 아파트에서 우연히 나를 볼 때마다 그렇게 말했고, 또 우연히 만나지 않더라도 전화로도 그렇게 말했다. 외국에 한동안 머물다가 한국에 들어올 때마다 그랬고 다시 외국으로 나갈 때에도 그랬다. 그리고 외국 주재를 영영 마치고 나서도 그랬다. 그런데 그 친구는 몸이 좋지 않았다. 얘기가 복잡했지만 따지고 보면 술병이었다. 그 사실을 알고 나서는 그 친구가 '오랜만인데 술 한잔 하자'고 해도 나는 선뜻 응하지 않았다. 두 번에 한 번은 거절했다. 내가 술을 별로 좋아하지 않기 때문이기도 했지만, 그 친구가 술을 마시는 기회를 한 번이라도 줄여 주고 싶었다.

"오랜만인데 술 한잔 해야지?"

"몸도 안 좋으면서... 다음에 마시자."

그러나 나는 그 마지막 약속을 지키지 못했다. 그 친구가 돌아올 수 없는 먼 곳으로 가 버렸다는 소식을 갑자기 들었다. 그렇게 허망하게 가버릴 줄 알았으면, 어차피 그렇게 가버릴 거면 '오랜만인데 술 한잔' 유쾌하게 할 걸... 생각하면 할수록 되돌리고 싶은 안타까운 실수다. ●

어
머
니
의

시
조

낭
송

모처럼 동생네 들러서 어머니를 뵈었다.

　　내가 방에 들어섰을 때 어머니는 모종의 예술 창작 작업에 열중
하고 계셨다. 볼펜을 분해해서 볼펜심에 동전만한 크기의 동그란 노
란색 천에 볼펜심을 끼우고 그 위에 스프링을 꽂으려고 애를 쓰고 계
셨다. 내가 도와서 스프링을 제대로 꽂고 캡을 조여서 어머니가 하시
려던 작업을 마무리했다. 노란색 꽃받침이 달린 근사한, 그러나 전혀
실용적이지 않은 볼펜이 완성되었고, 어머니는 무척 좋아하셨다.

어머니와 마주앉아서 이런저런 얘기를 나누는데, 어머니는 갑자기 시조를 한 수 읊으신다.

"어버이 살아실 제 섬기기를 다하여라, 돌아가시고 나면 애닯다 어이하리, 평생에 고쳐 못할 일은 이뿐인가 하노라."

이 시조는 '나그네 설움'이나 '진도아리랑'과 함께 어머니의 단골 레퍼토리다. 다른 방문객에게도 그 시조를 들려주는지는 모르겠지만, 어머니는 나를 볼 때면 늘 그 시조를 자랑스럽게 읊으신다. 효자와는 거리가 먼 아들로서는 어머니가 들려주는 그 시조를 듣고 앉아 있기가 민망하기 짝이 없는 노릇이지만, 어머니는 싱글벙글 웃으면서 경쾌하게 운까지 넣어서 읊으신다.

나는 휴대폰을 꺼내서 녹음 앱을 열고 한 번 더 해 보시라고 했다.

"어버이 살아..."

"아뇨 잠깐, 내가 '시작' 하면 하세요. 됐지요? ...시이이작!"

"어버이 살아실 제 섬기기를 다하여라, 돌아가시고 나면 애닯다 어이 하리, 평생에 고쳐 못할 일은 이뿐인가 하노라. 내가 어르신한테 배웠어요. 우리 아버지가 시인이셨거든요."

그 끝에 나는 '네, 감사합니다, 2020년 ○월 ○일, 한영강 여사의 시조 한 수였습니다.'라는 멘트를 덧붙이고 녹음을 끝냈다. 똑같은 시조 녹음만도 벌써 여러 개다.

돌아올 시간이 되어서 일어서면 어머니는 늘 그렇듯이 섭섭해하신다.

"벌써 가실라고?"

"예, 가야지요."

"좀 더 놀다 가시지 왜..."

"많이 놀았습니다."

"그냥 보내서 미안해서 어쩌나... 이래(이렇게) 먼 데까지 찾아와줘서 고마워요."

"허허, 어머니도 참."

"그런데 누구시지요? 얼굴이나 음성이 우리 아들을 닮은 것 같은데..."

"내가 아들이지요, 내 말고 또 아들이 어디 있습니까?"

"허허허... 기억이 잘 안 나요. 그런데 벌써 갈라고요?"

"예, 가야지요."

"좀 더 놀다 가시지 왜..."

"놀긴 뭘 자꾸 놉니까, 그만 놀고 일 해야지요."

"그렇지요... 아무튼 이래 먼 데까지 찾아와줘서 고마워요."

"아이고, 어머니도 참."

"그런데 누구시지요? 얼굴이나 음성이 우리 아들을 닮은 것 같은데..."

"하, 그래요? 저는 어머니 아들 이경식의 친구입니다."

늘 제자리걸음을 맴돌며 반복되는 대화다.

돌아서는 발길이 이토록 무거운 이 아픔의 근원, 나의 실수는 도대체 맨 처음 어디서부터 시작되었을까? ●

4
장

실수에게 갈채를‥아쉬움 ●

스팀보일러 라디에이터

1978년에서 1979년으로 넘어가던 그 겨울에 나는 난생처음 서울 구경을 했으며, 그때 대학교 본고사 시험장에서 스팀보일러 라디에이터의 막강한 열기를 진땀나게 실감했다.

시험 전날 나는 서울 사는 이종사촌 누나의 집에서 하룻밤을 잤다. 그리고 일찌감치 일어나 누나가 챙겨 준 커피 보온병을 가방에 잘 챙긴 뒤에 택시를 타고 시험을 치를 대학교로 갔다. 장안동에서 신림동까지는 멀고도 멀었다. 정문에서 내린 다음에는 고사장까지 제법 먼 거리를 걸어야 했다. 날씨도 추웠다. 그러나 유비무환, 그럴 줄 알고 나는 내복을 포함해서 여러 겹의 옷을 껴입고 있었다.

그런데 유비유환이었다. 시험을 치는 동안 내내 너무 더웠다. 강의실에는 스팀보일러 라디에이터가 여러 개 놓여 있었는데, 하필이면 내 자리 바로 옆에 라디에이터가 있었고 라디에이터는 끊임없이 열기를 뿜어댔다. 시험장이 이렇게 더울 줄 알았으면 옷을 그렇게 껴입지 않았을 것이다. 게다가 라디에이터는 이따금씩 '쨍, 쨍! 하는 금속성 소리까지 냈다. 문제라도 잘 풀리면 그런 것들이 덜 거슬렸을 텐데 그놈의 수학 문제는 왜 그렇게 어려웠던지...

나는 그 입시에 실패하고 재수의 길을 걸으면서 그때 그 원수의 스팀보일러 라디에이터를 얼마나 원망했던지 모른다.

만일 그때 내가 스팀보일러 라디에이터에서 뿜어 나오는 열기와 소리에 조금이라도 익숙했다면, 시험 결과가 달라졌을까? 그런 상황을 염두에 두고 미리 이미지 트레이닝을 해 뒀더라면, 그 시험 결과가 달라졌을까? 시험이 진행되던 시간이었다고 하더라도 벌떡 일어나서 겹겹이 껴입었던 옷을 벗어던지고 시험을 쳤더라면, 그 시험 결과가 달라졌을까? 혹시 또, 그날 학교 정문 앞에서 택시에서 내리기 전에 택시 운전사에게 커피를 나눠준 다음에 보온병을 다시 가방에 넣다가 쏟아서 〈수학정석〉이 커피로 흥건하게 적셔질 때 혹시 이 실수가 불운의 암시는 아닐까 하는 생각을 하지 않았다면, 그 시험 결과가 달라졌을까?

결과가 달라졌을 수도 있고 아닐 수도 있지만, 내 인생의 거대한 불운처럼 보였던 그 실수와 실패는 전혀 다른 기회의 문을 나에게 열어주었다. 재수를 하는 동안 나는 재수를 하지 않았더라면 알지 못했을 것들을 보았고 경험했고 생각했고, 그런 것들이 지금 내가 서 있는 곳까지 이어지는 나의 인생 여로를 만들었으니까 말이다.

만일 그때 그 시험 결과가 달라졌더라면, 나는 1979년 이후로 내가 지금까지 살아온 인생과 다른 인생을 살았을 것이며 또 내가 지금까지 만났던 사람들이 아닌 다른 사람들을 만났을 것이다. 그래서 지금의 아내를 만나지 않았을 것이고 지금의 아들들도 만나지 못했을 것이다. ●

"조금만 가면 돼요"

너무 무거웠다. 팔이 빠져 죽는 줄 알았다. 허리는 끊어질 것 같았다. 저만치 앞에서 걸어가는 익희에게 고함을 질렀다. 녀석은 고등학교 동기이자 서울에서 자취 생활을 함께하던 친구의 막내 동생이었다.

"익희야, 아직 멀었나?"

"조금만 더 가면 돼요."

녀석은 팔랑개비처럼 가볍게 휙 돌아보고는 계속 앞으로 걸어갔다. 조금만 더 가면 된다고 대답한 게 벌써 다섯 번은 된 것 같았고, 그 사이에 벌써 우리는 300미터는 족히 걸어왔다.

그때 나는 대학교 1학년이었고, 익희는 초등학교 저학년이었다.

그날은 친구의 대구 외삼촌 집이 이사를 하는 날이었는데, 어쩌다가 보니 그 이사를 돕게 되었다. 대구시민운동장 부근에서 친구를 만났고 곧바로 다른 친구와 함께 투입되었다. 그때에는 지금과 같은 포장이사 개념이 없었고, 게다가 멀리 가는 이사가 아니었기에 리어카가 이삿짐을 나르는 기본 운송수단이었다. 그러다 보니 한 번에 나르는 짐의 양이 제한되었고, 그래서 사람들이 저마다 자기가 옮길 수 있는 짐을 손에 들고 옮겨야 했다. 나는 옮겨야 할 물건들을 둘러보면서 내가 무얼 들고 옮기는 게 가장 효과적일지 고민했다. 내가 들고 옮길 수 있는 최대한의 무게를 드는 게 좋았고, 또 거기에는 옮겨야 하는 거리를 변수로 삼아서 판단해야 했다. 그래서 익희에게 물었다.

"이사 갈 집이 여기서 머나(머니)?"

"조금만 가면 돼요."

"조금만 가면 된다면, 가깝나?"

"바로 저기에요."

녀석은 손가락으로 한 방향을 가리키면서 그렇게 말했다. 나는 녀석의 그 말을 듣고 텔레비전을 선택했다. 그거라면 충분히 한걸음에 옮길 수 있을 것 같았다. 텔레비전은 이사 과정에 흠집이라도 생길까봐 보자기로 싸여 있었다. 나는 그 텔레비전을 끌어안듯이 들어올리고, 양손에 옷 보따리를 든 익희를 따라나섰다. 그렇게 나선 게 벌써 200미터 이상 걸어왔다. 힘에 부쳐서 내려놓기를 몇 번이나 했는지 몰랐다. 그때마다 익희는 내가 다시 텔레비전 보따리를 들어올릴 때까지 착하게 기다려 주곤 했다. 그러고도 적어도 다섯 번은 더 이런 대화를 나누어야 했다.

"익희야, 아직 멀었나?"

"조금만 더 가면 돼요."

녀석의 그 말을 믿은 게 잘못이었고 내 실수였다.

녀석은 울진 후포에서 성장했다. 다시 말하면, 드넓은 바다와 넓은 논과 먼 산을 바라보면서 성장했다. 이 아이가 '조금만 가면 된다'고 할 때의 거리 감각은 대구 도시에서 15년 이상 살았던 나의 거리 감각과는 다를 수밖에 없었다. 녀석이 나에게 일부러 거짓말을 하거나 나를 곯려주려고 그랬던 게 아니라, 그 이사 거리가 실제로 녀석에게는 조금만 가면 되는 거리였다. 그 감각의 차이, 척도의 차이를 내가 미처 생각하지 못한 것, 그게 내 실수였다.

그 실수를 저지르지 않으려면 녀석에서 몇 미터냐고 물어봤어야 했고, 녀석에게 미터 개념이 없었다면 다른 사람에게 물어서 확인했어야 했다. 하지만 나는 그렇게 하지 않았고 그 실수의 대가를 톡톡히 치렀다. 손에 힘이 풀려서 텔레비전을 땅바닥에 떨어뜨려서 깨먹지 않은 것만 해도 얼마나 다행인지 모른다.

누군가가 또 내가 저질렀던 것과 똑같은 실수를 저지르지 않도록 충고하자면, 대상이 거리이든 무게이든 혹은 어떤 가치관이든 간에 이것을 놓고 다른 사람과 분석이나 평가를 하는 대화를 할 때에는, 우선 그 사람이 설정하고 있는 기준의 규모부터 파악해야 한다. 그 사람이 '조금만 가면 된다'고 하는 말을 객관적인 척도로 (예를 들면 미터법으로) 정확하게 변환해야만 한다. 그래야만 하지 않아도 될 수고나 허리가 끊어지고 팔이 빠질 것 같은 고통을 피할 수 있다. ●

서열 정리

결혼하기 전 일이다. 여자 친구가 자기 언니가 어떤 남자를 소개 받아서 사귄다고 했다. 그런데 이 남자는 여자 친구의 집에서 나와는 다르게 환영을 받는 모양이었다. 여자 친구는 그게 속상한 모양이었고, 나는 그게 샘이 났으며 또 그 남자가 어떤 사람인지 궁금했다.

그러던 어느 날 여자 친구는 자기 언니가 자기 남자 친구와 넷이서 한번 보자고 했다 그랬고, 며칠 뒤 우리 네 사람은 커피숍에서 만났다. 그 남자는 나보다 세 살이 많았고, 공군 장교로 복무하고 제대해서 직장에 다니고 있었으며, 목소리가 부드럽고, 태도는 진중하고 여유가 있었으며, 미소가 처음부터 끝까지 입가에서 떠나지 않았다. 무엇 하나라도 내가 더 낫다고 주장할 게 없었다. 굳이 있다면, 그 남자보다 내가 눈이 조금 더 크다는 것 정도...

그런데 그 남자를 처음 본 순간 나는 어쩐 일인지 그 이전까지는 단 한 번도 생각해 보지 않았던 동류애를 느꼈다. 나와 여자 친구가 결혼하고 여자 친구의 언니와 그 남자가 결혼해서, 그렇게 우리가 인연이 닿아서 동서 사이가 될 수도 있다는 그 가능성 때문에 나는 그 남자에게 심지어 동지애까지 느꼈다. 어쩐지 친하게 지내고 싶고, 만일 내가 도울 게 있다면 돕고 싶다는 생각이 들었다. 그건 일종의 의무감 같은 것이었다.

아닌 게 아니라 나와 나의 여자 친구가 만나고 사귄 기간은 여자 친구의 언니와 그 남자가 만난 시간에 비하면 훨씬 더 길고 오래되었고, 아내 집안의 분위기며 관습 등은 그 남자보다 내가 훨씬 더 잘 알았다. 여자 친구의 어머니가 어떤 말을 자주 하며 말투가 어떤지 혹은 어떤 버릇을 가진지도 나는 그 남자보다 더 잘 안다고 확신했다. 비록 직접 대면한 적은 딱 한 번밖에 없었지만 여자 친구가 하는 이야기 속에서 그 어머니를 수없이 많이 만나고 또 들었기 때문이다. 그 집에서 고양이가 어디에서 밥을 먹고 어디로 바깥출입을 하는지도 나는 알

253

았다. 그 남자가 도저히 알 수 없는 시시콜콜한 것들을 나는 알고 있었다. 나는 내가 아는 그 모든 것을 바탕으로 그 남자에게 도움이 되고 싶었다. 그건 선임자로서의 의무감 같은 것이었다.

그래서 비록 여자 친구와 그 언니가 함께 있어서 노골적으로 하지는 못했지만, 그 남자에게 힌트도 주고 숙제도 주고 그랬다. 나는 선임자로서 최선을 다하려고 했다.

그 뒤 달이 바뀌고 해가 바뀌어, 여자 친구와 그 남자는 결혼을 했고 나는 그 자리에 초대받지 못했다. 나는 아내의 집에서 여전히 초대받지 못하는 손님으로 남아 있었던 것이다.

그때 나는 문득 깨달았다. '우리' 네 사람이 처음 한자리에 앉았던 그 커피숍에서 내가 그 남자에게 했던 이런저런 말들이 얼마나 부끄러운 것이었는지. 나는 내가 '선임자'여서 그 남자보다 서열이 높고, 따라서 선임자의 의무를 성실하게 다해야 한다고 생각했지만, 사실은 정반대였다.

나는 미처 모르고 있었지만 그 당시에 이미 그 남자는 양가로부터 결혼 승낙을 받은 상태였고, 따라서 이미 여자 친구의 집에서는 한 식구나 다름없었다. 그러니 그 남자가 나를 만나러 나왔을 때에는 여자 친구의 어머니나 아버지로부터 나를 관찰하고 평가하라는 어떤 '특명', 혹은 자격 미달이다 싶으면 잘 알아듣게 지도하고 교육해서 쫓

아버리라는 과제를 받았을 수도 있었다. 그 남자는 면접관이었던 셈이고 나는 일개 후보자일 뿐이었다. 그게 우리 사이의 서열이었는데 내가 눈치도 없이 그걸 몰랐던 것이다. 취업 후보자가 면접관에게 회사원으로서의 자질과 품성을 얘기한 꼴이 아니었던가!

그 뒤 또다시 달이 바뀌고 해가 바뀌어 나와 여자 친구도 결혼을 했고, 나와 그 남자는 인연이 닿아서 사이좋은 동서 사이가 되었다. 그때 이후로 나는 우리 사이의 서열을 분명히 인식하고서 그 서열을 착각하는 일이 없도록 노력했다. ●

255

백업의 교훈

요즘에는 컴퓨터로 무슨 작업이든 간에 '자동저장' 기능이 설정되어 있어서 웬만해서는 작업 결과를 허망하게 날려버리는 낭패는 잘 일어나지 않는다. 그래도 무심코 포맷을 한다든가 혹은 윈도즈 업데이트를 잘못하는 바람에 C 드라이브에 저장되어 있던 자료를 몽땅 날려버리는 수도 있다. 그렇지만 한 번 그렇게 당해 본 사람은 (그 실수의 대가가 워낙 뼈아프기 때문에) 좀처럼 그런 실수는 두 번 다시 하지 않는다.

나도 그 뼈아픈 실수를 통해서 교훈을 얻었다.

5.25인치 플로피 디스크 시절, 30년도 더 된 옛날에 있었던 일이다. 처음 산 컴퓨터였고, 나름대로 비싼 컴퓨터였다. 그때엔 하드 드라이브도 없었고, 컴퓨터 본체에는 플로피 디스크 드라이브가 하나밖에 없었다. (드라이브를 하나 더 달려면 추가 비용이 많이 들었다. 얼마 지나지 않아서 그 가격이 내리긴 했지만.) 그래서 워드 작업을 하려면 시동 디스크를 드라이브에 넣고 컴퓨터를 부팅 시킨 다음에, 시동 디스크를 빼고 워드 프로그램 디스크를 넣어서 워드 프로그램을 실행한 뒤에 (그때에는 '아래 한글'은커녕 '보석글'도 나오기 전이었고, 나는 현대전자에서 개발한 워드프로세스를 썼는데, 이 프로그램으로 생성되는 파일명의 확장자도 '.hwp'였다.) 워드 작업을 하고, 이것을 저장하려면 프로그램 디스크를 다시 꺼내고 저장용 빈 디스크를 집어넣은 다음에 저장해야 했다.

그날 나는 중요한 글을 쓰고 있었다. 이른 아침부터 부지런을 떨었다. 저녁을 먹고 나서까지 열심히 작업을 했다. 그리고 200자 원고지 분량으로 장장 80매 가까운 글을 썼다. 그런데 갑자기 정전이 되었다. 형광등도 꺼지고 컴퓨터도 꺼지고 난 뒤에도 나는 한동안 내가 당한 일을 실감하지 못했다. 디스크 드라이브에는 워드 프로그램 디스크가 꽂혀 있었다. 그때까지 나는 단 한 차례도 작업 내용을 저장하지 않았던 것이다. 하루 종일 작업한 내용이 허공으로 날아가 버렸다는 뜻이었다. 하필이면 왜 그날따라 머릿속이 그렇게 깨끗해서 정리가 잘 되었던지, 그리고 또 그날따라 글발은 또 왜 그렇게 좋던지...

그때의 그 허망함과 좌절감과 쓰라린 후회는 지금도 생생하게 기억한다. 망연하게 앉아 있던 나를 보고 아내가 그랬다.

"울어?"

지금은 '자동저장' 설정만으로도 불안해서 '동시저장'도 설정해 뒀으며, 컴퓨터 내부의 드라이브 전체가 망가질 상황에 대비해서 따로 USB에도 저장한다. 그리고 또 이 USB까지 잘못될 경우에 대비해서 클라우드에도 올려둔다. 트라우마가 유발한 집착일지 모른다. ●

훈육 일기

"너는 나이가 몇 살인데 아직도 어린아이처럼 그러니? 동생 보기 부끄럽지도 않니? 휴지는 쓰레기통에다 버려야지. 그렇지?"

"예!"

큰아이는 휙 집어던졌던 휴지를 냉큼 주워서 쓰레기통에 갖다버렸다.

둘째 아이가 태어난 직후였고, 큰아이와 작은아이의 터울은 2년 4개월이다. 그러니까 큰 아이가 만 두 살이 지났을 무렵이었다. 그때 나는 육아에 관해서는 나름대로 철학을 가지고 있었다. 특히 생활 습관과 관련해서는 엄격한 규율과 원칙, 그리고 일정한 루틴을 아이가 어릴 때부터 가르쳐야 한다고 믿었고, 또 그렇게 가르쳤다. 아이도 내 가르침을 잘 따라주었고, 나는 내가 다른 건 몰라도 훈육에 관한 한 잘하고 있다고 믿었다. 이런 얘기를 동네방네 자랑까지 하고 다녔다. 팔불출이 따로 없었지만 그래도 좋았다. 나를 닮지 않아서 깔끔하고 반듯한 그 아이의 청년 모습을 상상하면서 흐뭇해했다.

그러나 웬걸, 아이는 커 가면서 달라졌다. 쓰레기든 물건이든 녀석이 놓는 곳이 제 자리였다. 지적해도 고쳐지지 않았다. 세 살 버릇 여든 간다는 말도 틀린 말이었다. 세 살 때는 버릇이 되어서 곧잘 하던 일을 여든은커녕 스무 살까지도 가지 못했다. 내가 이런 녀석을 나무라기도 할라치면 아내는 나를 보며 혀를 찬다.

"쯧쯧쯧, 내가 보긴 둘 다 똑같구먼"

내가 보기에는 녀석보다는 그래도 내가 나은 것 같지만, 아내 눈에는 녀석이나 나나 똑같아 보이는 모양이다. 내 잘난 훈육의 자부심이 유전적 동일성 앞에 무너진 지 오래다. 하긴 갓 서른을 넘긴 그 나이에는 다들 자기가 가장 똑똑하고 가장 유능하고 가장 많이 안다고 생각하니까... 그때의 나는 얼마나 오만했을까?

아닌 게 아니라, 그 옛날 어떤 한가한 술자리에서 나보다 늦게 아이를 키우던 후배에게 내가 어린아이를 가르치려면 모름지기 이렇게 해야 하느니라 하고 내 사례를 들어가면서 훈육의 원칙을 강조할 때, 나보다 한참 일찍 아이를 키웠던 선배가 빙긋빙긋 웃으면서 그랬다.

"잘 안 될 걸?"

그때 나는 그 선배의 웃음 속에 담긴 의미를 몰랐다. 아마도 선배는 나와 똑같은 오만의 실수를 저질렀을 것이고 또 나중에야 그 사실을 깨달았을 것이다. 그랬기에 굳이 나의 오만함을 지적하지 않았을 것이다. 지적한다고 해서 알아들을 것도 아님을 알았기 때문에, 어차피 누구나 한 번은 넘어가야 할 자각의 산을 넘어야만 비로소 자기가 저지른 실수를 깨닫는다는 것을 알았을 테기 때문이리라.

지금 나는 아들이, 비록 녀석이 어릴 때 내가 상상하고 기대했던 것처럼 '깔끔하고 반듯'하지는 않지만, 나와 꼭 닮은 그 유전자적 동일성을 신기해하면서 즐기고 있다. 이 정도면 충분히 그 오만함의 실수를 극복하지 않았나 싶다. 이것도 오만함일까? ●

얼음 빙어 낚시

　두 아들에게 모험심을 심어주고 싶었다. 그렇다고 해서 거창한 건 아니었고, 그저 빙어 낚시였다. 그즈음 몇 해 동안 나는 겨울만 되면 친구와 의기투합해서 소양강과 북한강의 꽁꽁 얼어붙은 얼음판으로 새벽같이 달려가서 얼음을 깨서 구멍을 뚫고 빙어 낚시를 하곤 했었다. 그러다가 한번은 충청도의 어느 저수지가 빙어 낚시를 하기에 분위기도 좋고 경치도 좋다고 해서 친구와 함께 초등학교 저학년이던 큰아이와 유치원생이던 작은아이를 데리고 나선 것이다. 아이들에게는 충분히 기억에 남을 멋진 모험이 될 게 분명했다.

바다에 사는 물고기도 그렇지만 빙어 역시 해가 뜰 무렵에 먹이 활동이 왕성하다. 그 시간을 맞추려고 우리는 늘 그랬듯이 새벽같이 일어나서 어둠을 뚫고 달려갔다. 낚시하러 갈 때에는 늘 만선(滿船)의 기대에 부풀었다. 빙어니까 만선까지는 아니지만 그래도 넉넉하게 잡아서 집에 가서 자랑도 하고 한 냄비 넉넉하게 구워 먹을 정도는 잡고 싶었다. 두 아이도 잔뜩 기대했다. 새벽같이 일어나서 잠이 부족할 텐데도 가는 내내 눈을 뜨고 있었다. 하긴 새로운 모험에 마음이 설렐 테니 잠이 올 리가 없었다.

드디어 목적지에 도착했고, 동이 트려면 아직 제법 시간이 오래 남아 있었다. 바람도 불지 않고 그다지 춥지도 않아서 낚시하기에는 딱 좋았다. 저수지에는 우리보다 먼저 온 사람들이 서너 팀 있었다. 저수지 옆 매점에는 컵라면을 먹는 사람들도 있었다. 우리도 거기에서 컵라면을 하나씩 먹었다. 저수지에 들어가서 얼음을 깨고 구멍을 뚫은 다음에 각자 구멍을 하나씩 차지하고 낚싯대를 드리우는 일만 남았다.

저수지에 내려서니 굳이 구멍을 따로 뚫지 않아도 될 정도로 여기저기에 구멍이 많이 뚫려 있었다. 다른 낚시꾼들이 전날 쓰던 구멍이었고, 표면에 얇게 얼은 살얼음만 걷어내면 되었다. 친구와 나는 부지런히 채비를 준비했다. 서서히 어둠이 걷히면서 시퍼런 하늘이 드러나기 시작했고, 이제 곧 얼음 구멍에 채비를 넣기만 하면 은빛 빙어가 줄줄이 달려 나올 참이었다.

난생처음 하는 낚시에 긴장이 되었던지 아들들 가운데 큰아이가 오줌을 눠야겠다고 했다. 화장실이 있는 매점까지 가려면 제법 멀리 걸어가야 했다. 나는 보는 사람도 없는데, 가까운 데에 아무 데나 돌아서서 볼일을 보라고 했는데, 녀석은 굳이 저수지 가장자리 쪽으로 걸어갔다.

"그만 가, 거기서 눠!"

"예."

녀석은 그렇게 말하면서도 조금씩 더 걸어갔다. 친구와 나는 채비에 달린 바늘 일곱 개에 미끼를 하나씩 끼우고 있었고, 이제 거의 다 끝나갔다. 이제 채비를 얼음 구멍에 넣기만 하면 되었다. 그런데 그때 불길한 파열음이 들리고 이어서 큰아이의 목소리가 들렸다.

"아빠!"

돌아보니, 녀석의 몸이 반밖에 보이지 않았다. 아랫부분은 보이지 않고 가슴 윗부분만 보였다. 얼음이 깨지면서 녀석의 하반신이 수면 아래로 들어갔고, 녀석은 두 팔을 벌린 채로 버티고 있었다. 거기에 숨구멍이 있었고, 숨구멍의 얇은 얼음이 녀석의 몸무게를 버티지 못하고 깨진 모양이었다. 나는 얼른 곁에 있던 작은 아이스박스를 챙겨 들고 녀석에게 다가갔다. 혹시나 아이스박스가 도움이 될까 해서였다.

"괜찮아, 그냥 가만히 있어, 움직이지 말고, 괜찮아!"

녀석은 다행히도 평정심을 유지했다. 나는 엎드린 자세로 살그머니 기어가 팔을 뻗어 녀석을 붙잡았다. 그리고 끌어올렸다. 다행히 아무도 죽지 않았다. 아들 녀석만 좀 추웠을 테고 나는 몹시 미안했을 뿐이다. 작은아이는 방금 자기 앞에서 벌어진 그 일이 무서운 일인지 아니면 저를 빼놓고 형과 아빠 둘이서만 재밌는 놀이를 즐긴 얄밉고 섭섭한 일인지 분간을 못하는 눈치였다.

마침 매점 아주머니에게 여벌옷이 있어서 큰아이는 그 옷으로 갈아입고 젖은 옷은 벗어서 말렸다. 그리고 녀석은 따뜻한 난로 앞에서 동생과 함께 뜨끈한 어묵을 먹었고, 나는 친구와 낚시를 했다.

얼마 뒤에 큰아이는 채 마르지도 않은 옷을 다 입고 작은아이와 함께 우리 곁으로 와서 낚시를 했다. 넷 다 빙어는 별로 못 잡았다. 거의 꽝이었다. 그러나 아들들에게 선물하고자 기대했던 모험은, 주변에 널려 있던 위험을 미처 살피지 못한 나의 실수 때문에 (혹은 덕분에!) 아들들(특히 큰아이)에게나 나에게 한층 더 극적인 기억으로 남았다.　　　　　　　　　　　　　　　　　　●

승부사

장면 하나.

초등학교 때 동네에서 내 앞에 도전자들이 줄을 섰다. 바둑 얘기다. 그때 나는 바둑에 미쳐 살던 삼촌에게 바둑을 배웠는데, 학교 수업을 마치고 돌아올 때 삼촌 집에 들어서 묘수풀이도 배우고 포석도 배웠다. 두 점 머리는 두드려라, 빈삼각은 만들지 마라, 귀를 먼저 차지하고 변을 차지하라 등과 같은 격언도 배웠다. 그래서 나중에는 칠팔 급 정도의 실력이 된다는 얘기를 들었다. 동네의 또래들 가운데에서는 바둑을 잘 두고 또 조카에게 열심히 바둑을 가르친 삼촌이 없었기에 내 적수가 없었다.

그러다 보니 동네 형들과 청년들에게 내가 바둑 좀 둔다는 소문이 돌았고, 나는 이 형들에게 차례로 불려가서 바둑 대결을 벌였다. 그리고 이 형들을 차례대로 이겼다. 그런데 그럴 때마다 이 형들은 '한 판 더!'를 외쳤다. 그러면 나는 싫다면서 빼는 척하다가 선심을 쓰듯 한 판 더 둬 주곤 했다.

그렇게 한 판 더 둘 때마다 형들은 더욱 약이 올라서 얼굴이 벌겋게 달아오르곤 했다. 자기보다 너덧 살 어린 동생에게, 그것도 싫다는 아이에게 매달려 사정을 하고 또 협박도 해 가면서 겨우 한 판 새로 뒀는데, 처음에는 이길 듯하다가도 나중에 보면 대마가 죽어버리니 약이 오르는 것도 당연했다.

사실 나는 어떤 때엔 처음부터 상대를 '박살'내기도 하고 또 어떤 때는 일부러 비슷비슷하게 나가는 것처럼 하다가 막판에 뒤집어버리기도 했다. 그 형들이 나보다 확실히 하수였기 때문에 그렇게 형들을 농락할 수 있었다.

개 중에는 이런 형도 있었다. 자기가 한 판이라도 이기기 전까지는 절대 집에 안 보내준다면서 자기가 이길 때까지 계속 바둑을 두자고 한 형이었다. 어두워져서 집에 저녁 먹으러 가야 했는데도 이 형은 나를 놓아주지 않았다. 나중에는 실력으로는 안 되니까 우격다짐으로 몇 수씩 물리기도 했다. 나는 내가 이길 수 있는 범위에서만 물려 줬지만 결정적인 수는 물려주지 않았다.

"한 수만 더 물리도(물려다오)!"

"싫다. 안 물리준다."

"니... 죽을래?"

"내가 지는데 우예 물리주노."

화를 주체하지 못한 그 형은 결국 바둑돌을 바둑판에 홱 뿌려 버렸다. 동네 형의 체면상 나를 때릴 순 없었고 그렇게 분을 풀었던 것이다. 만일 내가 그 형의 친동생이었다면 분명 코피 터지게 맞았을 것이다.

승리의 쾌감은 확실히 짜릿했다. 승부욕으로 불타오른 상대일수록 패배가 확정되는 순간 후회와 수모와 분노 등의 감정으로 얼굴이 많이 일그러지고 또 내가 느끼는 승리의 쾌감은 그만큼 더 커진다. 나는 그 쾌감을 즐겼다. 패자의 그 표정을 바로 앞에서 바라보는 승자의 전리품과 함께.

그러다가 어느 시점에서부터인가 나는 바둑을 두지 않았다. 동네 형들과 벌이는 심리전이 아무래도 나에게는 너무 버거웠던 것 같다. 승패를 결정지어야 하는 냉혹한 게임이 두려웠던 것이다. 정확하게 말하면, 언젠가는 내가 맛보게 될 패배의 그 비참함이 두려웠던 것이다. 삼촌은 나에게 바둑의 수를 가르쳐 주었을 뿐, 승패가 갈리는 게임에 임하는 승부사의 심리 컨트롤에 대해서 또 승패를 다투는 과정 자체를 즐기는 것이 어떤 의미가 있는지 또 그럴 때 나중에 어떤 긍정적인 결과가 펼쳐지는지는 가르쳐주지 않았다. 그랬기에 결국 나는 승패가 명확하게 갈리는 그 냉혹한 전선의 무서운 측면만 보고서 몸서리를 치며 뒤로 물러났다. 지고 싶지 않았기에 아예 싸움을 기피한 것이다. 나는 승부사가 아니었다.

장면 둘.

큰아들이 초등학교에 입학했을 무렵에 동네에 있던 바둑 학원에 다녔다. 녀석은 승부욕도 강하고 목표의식도 뚜렷해서 바둑에 재미를 붙여서 곧잘 집중했다. 그러다 보니 실력이 쑥쑥 늘었고, 금방 나와 비슷하게 되었다. 녀석은 기를 쓰고 나를 이기려 했고 나도 호락호락하게 지고 싶지 않았다. 그렇게 우리 부자는 바둑판을 앞에 두고 전투를 벌였다. 내가 이기면 아들이 분하게 여겼고, 아들이 이기면 내가 분하게 여겼다. 이런 모습을 본 아내는 아들이 없는 자리에서 이렇게 말했다.

"다른 아빠들은 뭘 하든 일부러 져 주면서 아이들의 기를 살려 준다는데, 어째서 당신은 굳이 기를 쓰고 아들에게 이기려고 그래? 어린아들을 상대로 해서 이기면 기분이 좋나? 애도 아니고... 쯧쯧!'

그러고 보니 나도 아들에게 승패를 다투는 과정 자체를 즐기는 것이 어떤 의미가 있는지 또 그럴 때 나중에 어떤 긍정적인 결과가 펼쳐지는지는 얘기하지 않았다. 설마 녀석도 나처럼 승리의 쾌감과 패배의 분노만 바라보았던 건 아닐까? 그래서 바둑을 그만두었을까?

···아무래도 내가 잘못한 것 같다. ●

옥탑방 작업실 전세금

20여 년쯤 전, 내가 마흔 살 고개를 막 넘을 때 이야기다.

"마침 잘 왔어요, 옥탑방 괜찮지?"

"옥탑방이요?"

"어, 안 그래도 오늘 우리 집 옥탑방 총각이 전화를 해서는 나간다고 하더라고, 아파트로 간대."

기골이 장대한 복덕방 할아버지가 한 말이었다. 그 방을 보러 끝없이 이어지는 계단을 올라가는 동안 할아버지는 아침저녁으로 운동이 되고 얼마나 좋으냐고 자랑을 했고, 널찍한 옥상을 거의 혼자서 다 쓸 수 있어서 또 한강이 훤하게 다 보이는 전망이 얼마나 좋은지 자랑을 했다. 또 자기가 아무개 정당의 무슨 자문위원이라고 소개하면서 정치인 욕하는 이야기를 칼칼한 목소리로 한참 동안 했다. 할아버지는 쉬지 않고 이야기를 하면서도 그 오르막길에서 숨이 차지도 않은 모양이었다.

"허허허! 젊은 사람이 어째 나보다 더 못 걸어? 나 봐, 아침저녁으로 이렇게 다니니까 숨이 하나도 안 차잖아, 여기로 해요, 작업실로는 여기가 딱이니까, 운동도 되고."

그렇게 한참 긴 이야기를 다 하고 나서야 할아버지의 다세대주택 옥상에 올라설 수 있었고, 부엌이 딸린 금호동의 그 옥탑방은 나의 작업실이 되었다. 왼쪽으로는 성수대교 너머 상류로 그리고 오른쪽으로는 동호대교 너머 하류로 시야가 탁 트이는 전망도 나의 것이 되었다. 게다가 그 뒤로는 어쩐지 체력도 더 좋아진 것 같았다.

그런데 3년쯤 지났을 때 그 아까운 작업실을 포기해야 했다. 우리 가족이 다른 곳으로 이사를 할 예정이었기 때문이다. 작업실 이사라고 해 봐야 컴퓨터와 책 그리고 약간의 취사도구가 전부였으니 어려울 것도 없었고 승용차의 트렁크와 뒷좌석만으로도 충분했다. 마지막으로 복덕방에서 주인 할아버지의 덕담을 듣고 전세금을 돌려받

고 집으로 왔다. 그런데 아내가 수표로 돌려받은 전세금을 세어 보고
는 이렇게 말했다.

"돈이 왜 이거야?"

"왜?"

"모자라잖아. 1,800이라야 되는데 1,500밖에 안 되잖아."

"1,500 아냐?"

그제야 나는 책을 담은 상자에서 계약서를 찾아냈고, 거기에서
1,800만 원이라는 글자를 확인했다. 도끼눈을 한 아내의 따가운 눈
총을 피해서 서둘러서 복덕방으로 갔다. 계약서를 확인하지도 않고
전세금이 줄곧 1,500만 원이라고만 생각하고 있었던 게 실수였고,
방을 빼겠다고 주인 할아버지에게 전화를 하면서 할아버지가 얼마였
냐고 물었을 때 1,500만 원이라고 한 게 실수였고, 전세금을 돌려받
으면서 계약서를 확인하지 않은 게 실수였다.

출발하면서 할아버지에게 돈을 덜 받았다고 전화를 해두긴 했
지만, 그 할아버지가 돈 욕심이 나서 계산은 이미 다 끝났으니까 돈
을 줄 수 없다고 말할 수도 있었다. 그 상황에서 이어질 수 있는 온갖
상상이 불안하게 꼬리에 꼬리를 물었다. 그러고 보니까 어쩌면 할아
버지는 전세금이 1,500만 원이 아니라 1,800만 원인 걸 알면서도,
내가 1,500만 원이라고 하니까 욕심이 생겨서 300만 원은 떼놓고

1,500만 원만 건네줬던 것 같기도 했다.

"이런 착오가 가끔 있어, 그래서 나도 손해를 보기도 해."

다행히 주인 할아버지는 나머지 300만 원을 돌려주었다. 아내
는 혀를 찼다. 나이가 마흔이 되어가도록 사람이 어쩜 아직도 그러냐
고. 그래서 내가 그랬다.

"돈 다 받아 왔으니까 됐잖아, 뭐."

실수를 인정하지 않는 못난 남편의 모습, 아내가 도끼눈을 뜨는
게 당연했고 혀를 차는 것도 당연했다.

오래전 옥탑방의 내 작업실이 있던 그 다세대주택 동네 주변은
아파트 단지로 바뀌었다. 그 집도 아파트 단지에 포함되었는지 모르
겠지만, 설령 아직 남아 있다고 하더라도 쑥쑥 올라온 아파트 건물에
가려서 예전의 그 멋진 전망을 더는 볼 수 없을 것이다. ●

“줄을 서시오!”

텔레비전 드라마 〈허준〉에서 허준의 치료를 받으려고 모여든 사람들에게 허준을 돕는 역을 맡았던 임현식 배우가 했던 대사는 드라마만큼이나 큰 인기를 얻으며 유행어가 되었다.

“줄을 서시오!”

나도 그렇게 호통을 치면서 줄을 세우고 싶었다. 내가 키운 두 아들을 서로 먼저 만나겠다고 아우성을 치는 수많은 여자아이를 상대로 그렇게 소리 높여서 외치고 싶었다.

사실 드라마 〈허준〉이 나오기 훨씬 이전부터 나는 그런 꿈을 꾸었다. 아들들을 찾는 여자아이들이 전화를 걸어올 때 내가 번호표를 나눠주면서 혼란스러운 교통을 정리하는 상상을 했었다. 물론 순번 결정의 우선순위 기준도 내 나름대로 잡아두고 있었다. 목소리만 들어도 그 아이가 어떤 아이인지 짐작할 수 있다는 자신감이 있었기에, 똑똑하고 예쁘고 야무지고 착하고 건강하고 싹싹하고 유머가 넘치고 귀엽고 당차야 하는 그 모든 조건을 갖춘 순서에 따라서 내 마음대로 순번을 정하는 그 막강한 권력을 맛보고 싶었다. 아이들이 무럭무럭 자라서 어서 빨리 청년이 되길, 아니 여자아이들로부터 나의 아들들을 찾는 전화가 오길 기다렸다.

그런데 개뿔…

휴대폰이 나오면서 내 기대는 허망하게 무너졌다. 그 아이들이 굳이 집 전화를 붙잡고 있는 나를 경유해서 순번을 배정받을 이유가 없어져버렸다. 어떤 참한 여자아이가 혹은 못된 여자아이가 아들들에게 전화를 하는지 혹은 누구라도 그렇게 전화를 하기나 하는지 나로서는 알 길이 없다. 내 권력의 토대가 될 수도 있었던 것의 실체가 사라져버리면서 내 인생의 설계도 가운데에서 중요한 한 부분이 지워져버렸다. 정보기술 산업의 미래를 내다보지 못한 채 헛물만 켰던 나의 실수! ●

ㅎ
ㅎ

아주 아주 오래전 일이다.

"그렇게 하시죠 ㅎㅎ"

어떤 출판사의 편집자로부터 내가 받은 문자 메시지였다. 번역 원고에 대한 수정 의견을 주고받던 끝에 내가 마지막으로 받은 메시지였다. 그런데 그 'ㅎㅎ'가 거슬렸다. 'ㅎㅎ'가 '흐흐'의 줄임말임은 알긴 했지만 그런 줄임말 표현을 내가 직접 받은 것은 그때가 처음이었다.

<u>흐흐?</u>

이 웃음은 어딘가 음흉하다. 좋지 않은 일을 함께 도모하는 은밀한 공모의 느낌이 들기도 하고, 우월한 위치에서 열등한 사람을 내려다보면서 가소롭게 웃는 느낌이 들기도 한다.

… 이 사람이 왜 나에게 이런 식의 웃음을 보이지?

혹시 번역 내용 및 교정·교열에 대해서 내가 지적하고 주장하는 내용을 받아들이긴 하지만 가소롭다는 뜻을 에둘러서 그렇게 표현한 게 아닌가 하는 생각이 들었다. 그렇다면 그 편집자가 마지막으로 보낸 메시지의 본뜻은 이렇게 된다.

'당신 생각에 나는 동의할 수 없지만, 당신이 정 그렇게 우기니까 어쩔 수 없지요. 이번에는 선생님 말대로 그냥 그렇게 하는 걸로 하고 넘어갑시다. (뭘 제대로 알지도 못하면서 우기기는 참 잘 우기네, 쯧쯧!) 이 이야기는 여기서 그만합시다.'

불쾌하기 짝이 없는 일이었다.

나는 그 메시지를 두고 한동안 고민했다. 전화해서 따질까 하는 생각도 했다, 정말 바보같이!

… 왜 나에게 '흐흐흐' 하고 웃었습니까? 우리 사이가 그런 식의 웃음을 나눌 정도로 가까운 사이입니까? 아니면, 내가 그렇게 우습게 보입니까? 내 번역 문장이 그렇게 우스운가요?

그러다가 나중에야 알았다. 'ㅎㅎ'야말로 어색한 상황의 어색함을 어색하지 않게 포장해 주는 만능의 줄임말임을... 또 내가 자존감이 충분히 높아서 나의 모든 것을 진정으로 높고 긍정적으로 평가한다면 저 사람은 그렇기도 생각하는구나 하고 그저 '허허' 웃어넘길 일을 놓고서 죽자고 달려들 생각을 할 정도로 나의 자존감이 형편없이 낮다는 사실도 새삼스럽게 깨달았다. ●

실험 정신

이 상태에서 내 자동차는 과연 몇 킬로미터나 더 주행할 수 있을까?

자동차 계기판에 주유 경고등이 켜지고 또 기름 잔량을 가리키는 바늘이 더는 아래로 내려가지 않을 때마다 그런 생각이 들었다. 내 자동차는 주행가능 거리가 약 100킬로미터 미만의 어느 지점에서 주유 경고등이 켜지고, 그 주행가능 거리가 50킬로미터 아래로 내려가면 주행가능 거리 표시가 아예 나타나지 않는다. 기름이 다 떨어졌으니 빨리 기름을 넣으라는 심리적인 압박을 운전자에게 주기 위한 설정일 것이다. 그런데 그 상태에서도 50킬로미터를 주행해도 시동이 꺼지지 않았다. 그러고도 아직 기름이 남아 있다는 뜻이었다. 설명서에는 주유할 때가 되었음을 알리는 경고등이 들어오더라도 아직은 기름이 남아 있어서 어느 정도는 더 주행할 수 있다고 되어 있었다.

… 이 상태에서 내 자동차는 과연 몇 킬로미터나 더 주행할 수 있을까?

이 궁금증은 주유 경고등이 켜질 때마다 발동되곤 했다.

후배를 조수석에 태우고 영동고속도로 상행선을 달릴 때 마침 경고등에 불이 들어 왔고, 나중에는 주행가능 거리 표시가 사라졌다. 그렇다면 '100-50=50', 즉 아직 약 50킬로미터는 더 주행할 수 있다는 뜻이었다. 후배는 기름을 넣어야 하지 않느냐고 했지만, 나는 그 궁금증을 풀어 볼 기회라고 생각하고 아무렇지도 않은 척 다음 주유소까지는 괜찮다고 했다. 그러면서 후배의 불안해하는 눈총을 받으면서 가까운 휴게소를 그냥 지나쳤다. 그리고 내가 예상한 대로 다음 휴게소까지는 아무 문제가 없었다.

그렇지만 거기에서 다시 또 다음 휴게소까지 기름을 넣지 않고 갈 수는 없었다. 다음 휴게소까지의 거리를 약 30킬로미터라고 가정할 때, 남은 주행가능 거리가 100킬로미터를 가리키던 지점에서부터 그곳까지의 거리가 100킬로미터를 넘어서기 때문이었고, 무엇보다도 소심한 후배의 눈총이 너무 따가웠기 때문이다. 그렇게 실험은 시시하게 끝나 버렸다.

그러다가 어느 날, 다시 나의 자동차에는 주유 경고등이 켜진 상태에서 주행가능 거리가 표시되지 않았다. 마침 나 혼자 운전하고 있었기에 실험을 방해할 사람도 없었다.

…그래, 과연 얼마나 더 갈 수 있나 한번 보자!

나는 그 상태로 볼일을 보러 다녔고, 자동차에는 아무런 문제도 생기지 않았다. 이제 집으로 돌아가기만 하면 되었다. 자동차는 왕십리역 사거리를 지나서 응봉교로 이어지는 응봉동 사거리를 향해서 무학여고 앞을 지나가고 있었다. 마침 그때 교통량이 많아서 나는 신호등의 적색 신호를 받고 섰다. 그러다가 앞차가 움직였고, 나도 액셀레이터를 밟았다. 그런데 그 순간 시동이 꺼져버렸다. 다시 시동을 켜 봐도 푸드득거리기만 할 뿐 시동이 켜지지 않았다. 거기까지 아무런 조짐도 보이지 않고 잘 가다가 왜 하필이면 거기에서 그 일이 (늘 불안하게 예상하던 그 일이) 일어났을까? 그것도 하필이면 그렇잖아도 차선마다 빈 공간이 없을 정도로 교통량이 많은 그 지점에서… 그곳이 경사진 도로라는 게 함정이었다. 주유탱크가 기울어지면서 조금은 남아 있을 기름이 한쪽으로 쏠리는 바람에 엔진으로 기름이 공급되지 않았던 것이다. 경사진 도로가 아니었으면 조금은 더 주행할 수 있었겠지만, 어쨌거나 그 상태로는 집까지 갈 수는 없었다. 아무튼 내가 기대하던 일이 일어났다.

내 자동차 뒤에 섰던 자동차의 운전자는 영문도 모른 채 왜 안 가느냐고 빵빵거렸고, 그 뒤의 차들 역시 마찬가지였다. 내 차선은 직진을 준비하느라 오른쪽에서 두 번째 차선에 있었고, 오르막 도로였기에 도로 오른쪽으로 자동차를 붙이려면 기어를 중립에 놓고 후진을 해야만 했다. 한참 동안 여러 운전자들에게 민폐를 끼치면서 그리고 내가 끼친 민폐에 비해서 훨씬 많다고 느껴지는 욕을 얻어먹으면서, 가까스로 자동차를 도로 오른쪽에 붙였다. 그리고 보험사에 긴급출동 서비스를 요청했다. (사실, 약간의 기름을 가지고 와 주는 긴급출동 서비스가 없었다면, 이 실험을 아예 시작하지도 않았을 것이다.)

실험 결과?...자동차는 기름이 떨어지면 시동이 꺼진다는 (경사진 도로에서는 더 빨리 시동이 꺼진다는) 사실, 실험에는 민폐가 따른다는 사실, 그리고 또 굳이 할 필요가 없는 실험이었다는 사실을 확인했다.

그 뒤로 나는 주유 경고등에 불이 들어오면 무조건 주유를 한다. 궁금증을 키운 것 자체가 실수이긴 했지만, 그렇다고 해서 모든 궁금증을 다 죽인 건 아니다. 궁금증이 없다면 거기에 따른 실패나 실수가 없을 것이다. 그러나 세상을 살면서 궁금증이 없다면 세상을 사는 재미도 없어질 것이다. 그러니 늘 실패와 실수가 예정되어 있을 수밖에. ●

옮긴이의 말

　내 직업은 두 개다. 하나는 작가이고 하나는 번역가이다. 그러나 창작을 하는 작가로 글을 쓰는 시간보다 영문 서적을 번역하는 시간이 훨씬 더 길다. 가정 경제에 기여하는 몫도 작가보다는 번역가 쪽이 훨씬 더 크다. 그만큼 나에게 번역 작업은 일상이고 세상을 바라보고 소통하는 창이며 세상을 기록하는 나만의 일기장이기도 하다.

　10년 가까이 텔레비전 외화를 번역하다가, 작가로서 더 오랜 시간을 보내야겠다는 생각으로 번역 작업을 접었다가, 10년쯤 지난 뒤

285

에 가정 경제에 충실해야만 하는 상황을 맞고서 영문 도서 번역을 새로 시작했다.

그런데 처음에는 한 권씩 번역 작업을 마칠 때마다 이른바 '옮긴이의 말', 혹은 '역자 후기'를 꼬박꼬박 썼다. 번역가는 한국에 소개되는 외국 도서를 누구보다도 먼저 정독하는 사람이다. 번역가라면 누구나 자기가 번역한 책을 독자들에게 충실하게 소개하고 싶은 마음이 간절하게 마련이다. '옮긴이의 말'은 독자에게 책의 내용과 관련해서 충실한 가이드를 제공하려는 일종의 서비스이다. 아닌 게 아니라 어떤 번역서든 간에 '옮긴이의 말'을 먼저 읽으면 그 책의 전모를 한결 쉽게 파악할 수 있다. 외국인 저자로서는 한국인 독자를 설정하지 않았을 것이기에 당연히 생길 수밖에 없는 빈틈이나 특히 한국 독자가 관심을 가지고 봐야 할 부분을 '옮긴이의 말'에서 포착할 수 있기 때문이다.

모든 게 다 그렇듯이 자주 반복하면 요령이 생긴다. '옮긴이의 말'도 마찬가지다. 점점 요령이 생기고 욕심도 생겼다. 단지 충실한 가이드에만 그치지 않고, '옮긴이의 말'이라는 형식 자체를 하나의 유쾌하거나 진지하거나 혹은 재기발랄한 수필로 쓸 수도 있겠다 싶었고, 또 실제로 그렇게 쓰기도 했다.

그런데 '옮긴이의 말'을 쉰 개 넘게 쓰고 나자, 이번에는 또 다른 요령이 생겼다.

…그런데 굳이 '옮긴이의 말'을 써야 하나?

그야말로 원초적인 의문이었다. 출판사에서는 '옮긴이의 말'을 써 달라는 요청을 따로 하는 일이 거의 없다. 써 줘도 그만이고 써 주지 않아도 그만이다. 그런데 굳이 계속 써야 하나?

사실 '옮긴이의 말'을 쓰는 작업은 쉽지 않다. 우선 번역이라는 (거의) 기계적인 글쓰기 작업을 마친 뒤에 창의적인 글쓰기 작업을 곧바로 이어서 하는 게 쉽지 않다. 기계가 아니라 사람이다 보니 그 스위치 전환이 금방 잘 이루어지지 않는다. 게다가 작업의 속도가 다르다. 예를 들어서 번역을 1시간에 200자 원고지로 10장을 한다고 하면 '옮긴이의 말'은 절반도 되지 않는다. 전체 내용을 짧은 분량 속에 요약하면서도 독자에게 '훌륭한' 가이드를 제공하며, 또한 그 글 자체가 하나의 완결된 에세이가 되려면 책의 내용과 직접 관련이 없는 것들까지 가져와야 하고 또 그만큼 입체적으로 여러 가지를 생각해야 했기 때문이다. 그러니 번역에 비하면 상대적으로 어렵고 힘든 작업이 될 수밖에 없다. 게다가 '옮긴이의 말'을 포기하면 그 순간에 그 책의 작업은 끝나지만, 그걸 쓰겠다고 마음먹는 순간 작업 완료 시점이 뒤로 미뤄지는 것도 '옮긴이의 말'을 쓰지 않게 된 이유였다. 하나의 작업을 조금이라도 빨리 끝내버리고 싶은 조급증 혹은 게으름 병이

발동한 것이다.

그래서 50개 넘게 썼던 어느 시점에선가 쓰지 않기로 했다. 그렇게 하니 마음이 그렇게 편할 수 없었다. 책 번역의 마지막 순서인 '리뷰들'까지만 번역하면 그걸로 끝이었다. 거기에서 다시 '옮긴이의 말'을 쓰려고 머리를 쥐어짜지 않아도 되었다. 추가되는 그 노력 없이 그 책에서 조금이라도 빨리 벗어나고 싶은 마음이 그렇게 게으른 핑계를 불러들였던 것이다.

그런데 내가 번역한 책이 100권을 넘어갈 무렵에야 그 판단이 잘못되었음을 깨달았다. '옮긴이의 말'에는 내가 부여했던 의미 말고도 또 다른 의미가 담겨 있었던 것이다. '옮긴이의 말' 모음이 내가 번역가라는 직업을 가지고 세상을 살아온 궤적의 기록이 될 수도 있었는데 그걸 포기한 셈이었기 때문이다.

내 사색의 궤적이라고까지 거창하게 말할 수는 없겠지만 그동안 내가 무슨 생각을 하면서 살아 왔는지 엿볼 수 있는 소중한 일기장을 마련할 기회를 걷어차 버린 것이다. 아닌 게 아니라 '옮긴이의 말' 속에 나만 알 수 있는 암호로 나의 인생 기록을 점점이 뿌리고 또 이어 갈 수 있었는데, 그리고 그 기록을 가끔 들춰보면서 온 길과 갈 길을 가늠할 수 있었는데... 아쉽다. ●

시동키 배터리

자동차 시동키가 말을 잘 듣지 않았다. 몇 번씩 눌러도 문이 잘 안 잠기고 또 잘 안 열렸다. 그렇다고 해서 자동차 문을 열지 못하는 건 아니다. 열쇠를 자동차 문의 열쇠구멍에 꽂아서 돌리면 문이 열린다. 그러나 이때 자동차는 '삐용 삐용!' 시끄럽게 고함을 질러댄다. 민폐를 끼치지 않으려면 얼른 열쇠로 시동을 켜야 한다.

리튬 배터리만 교체하면 된다는 걸 나는 잘 알았지만, 편의점에 갈 때마다 번번이 잊어버렸다. 게다가 나는 자동차를 잘 쓰지 않으니,

그 불편함을 그다지 절실하게 느끼지 못했다. 그래서 운이 좋을 때에는 조용하게 자동차 문을 열 수 있었고 운이 나쁠 때에는 시끄럽게 문을 열면서 '대충' 그렇게 살았다, 시끄러운 소리로 민폐를 끼쳐가면서... '시동키 배터리 실수-1'이다.

그러다간 어느 날 문득 '이렇게 살면 안 된다'는 각성을 했다. 그래서 달리 편의점에 갈 일도 없었지만 굳이 시동키 배터리를 사려고 동네 편의점에 갔다. 그런데 내 시동키에 들어갈 수 있는 리튬 배터리는 없었다. 그렇다면 다른 편의점을 찾아가거나 마트를 가거나 했어야 했지만, 그렇게 하지 않았다. '시동키 배터리 실수-2'다. 나는 그냥 그대로 살라는 천명(天命)을 좇아서 계속 시끄럽게 민폐를 끼치며 살았다.

그러다가 다시 어느 날 문득 '정말 이렇게 살면 안 된다'는 보다 강력한 각성을 했고, 그러던 차에 마침 없는 게 없다는 '다이소'가 눈에 보였다. 그건 새로운 천명이었다. 나는 그 천명을 좇아서 그 매장 안으로 들어가 리튬 배터리를 찾았다. 아주 큰 것과 작은 것 두 종류가 있었다. 아주 큰 것은 한눈에 봐도 규격이 달랐기에 작은 것을 샀다. 그리고 집에 와서 시동키를 분해해서 배터리를 교체하려고 보니, 내가 산 배터리와 기존의 배터리 규격이 달랐다. 새로 산 배터리는 작아서 헐렁거리다가 쏙 빠져버렸다. 이럴 수가! '시동키 배터리 실수-3'

이다. 이건 또 무슨 새로운 천명일까? 그러나 나는 주방 서랍에 있던 알루미늄 포일을 꺼내서 자른 다음 여러 번 포개서 새로 산 배터리 음극 아래쪽에 박아 넣어 배터리가 헐렁거리지 않도록 고정시켰다. 그렇게 하니 시동키는 착한 아이처럼 말을 잘 들었다. 만세!

시동키 배터리뿐만 아니라 내가 저지른 모든 실수가 이렇게 간단하게 교정될 수 있다면 얼마나 좋을까? 할머니와 함께 산그늘 내린 밭 귀퉁이에 앉아 참깨를 털면서 '한 번을 내리쳐도 셀 수 없이 / 쏴아 쏴아 쏟아지는 무수한 흰 알맹이들'을 보고 좋아했던 어느 시인의 게으른 마음이 찬양했던 것처럼, 세상 모든 일이 이렇게 쉽게 술술 풀린다면 얼마나 좋을까? ●

마무리를 잘하자

"마무리가 중요하다."

빈 음료수 캔을 방치한 아들에게 내가 이렇게 말할 때 아내는 나를 바라보고는 입을 삐쭉하면서 고개를 끄덕인다. 아들이 옆에 있으니까 말을 않지만, 그게 무슨 뜻인지 나는 안다.

… 너나 잘하세요.

사실 내가 집에서 마무리를 잘 못하는 것들이 있다.

우선, 아침에 일어난 뒤에 이불을 내 손으로 갠 적이 별로 없다.

세수를 하고 난 다음에 로션을 바르지 않는다. 세수를 하고 로션을 바르고 나왔지만, 얼마 뒤에 "로션 뚜껑 좀 닫으셔."라는 핀잔을 듣는다. 세수를 하고 로션도 바르고 로션 뚜껑까지 닫고 나왔는데, 얼마 뒤에 "수건 하나 똑바로 못 거나?"라는 핀잔이 들린다. 수건걸이에 걸었던 대충 던져둔 수건이 앞뒤로 무게중심이 맞지 않아서 저절로 떨어진 것이다. 샤워를 한 다음에 욕조와 바닥을 깨끗한 물로 쓸어내지 않는다.

점심식사 후에 동네 치과에서 치료를 받고 집에 돌아와서 보면 바지 지퍼가 내려 있다. 알고 보면 집을 나설 때부터 지퍼를 채우지 않았다. 그것도 모르고 치과의 치료 의자에 길게 누웠었다. 점퍼가 열려 있던 바지 지퍼를 충분히 다 덮었을까?

외출한 뒤에 양말을 벗어서 분명히 빨래통에 넣었는데, 나중에 보니 어쩐 일인지 그 양말 한 짝이 식탁 의자 위에 놓여 있다. 불가사의다.

진공청소기로 청소를 한 다음에 청소기 먼지통의 먼지를 제거하고 씻지 않는다.

진공청소기로 청소를 하고 먼지통을 씻은 뒤에 햇볕에 말리지 않는다.

진공청소기로 청소를 한 뒤에 청소기를 원래 있던 자리에 가져다두지 않는다.

청소를 할 때 번번이 현관은 빼먹는다.

목욕탕에 갈 때에는 분명 있었던 때수건이 돌아와 보면 없다.

손톱을 깎은 뒤에 손톱깎이를 원래 있던 자리에 가져다두지 않는다.

커피나 물을 마신 뒤에 빈 잔을 싱크대로 가져가지 않아서 내 책상에는 빈 잔들이 사이좋게 모여 있다. 둘도 외로워서 셋이다.

점심 때 끓여 먹은 라면 비닐 포장이 아직도 싱크대에 남아 있다.

설거지를 마친 뒤에 손을 닦고 돌아서면 식탁에 씻어야 할 반찬통 뚜껑 등이 꼭 하나씩은 남아 있다. 혹은 가스레인지 위에 씻지 않은 프라이팬이 남아 있다.

화장실에서 시원하게 볼일 보고 나왔는데, 얼마 뒤에 "누가 물 안 내렸어?" 하는 고함소리가 들린다. 누군 누구겠어?

"마무리가 중요하다. 내용이 아무리 좋은 보고서라고 하더라도, 마무리가 제대로 안 되었다거나, 예를 들어서 작성일자나 작성자가 빠져 있다든가 하면 말짱 도루묵이다. 잘 알지?"

집에서 일어나는 이런 실수는 핀잔과 잔소리를 듣는 것으로 끝내지만, 이런 종류의 마무리 실수를 직장에서 업무와 관련되어서 한다면 큰일이다 싶어서 아들에게 했던 말이다. 그런데 나는 집이 직장

이라서 그나마 다행이다. ●

인터넷 텔레비전

"신발을 살 때에는 자기가 가진 돈으로 살 수 있는 신발들 가운데 에서 가장 좋은 것을 사야 한다."

베스트셀러 저자인 데이비드 브룩스의 외할아버지가 했다는 말 이다. 그는 유대인으로서 미국에서 살면서 로스쿨을 졸업하고 유대 계 로펌에 취업했으며 또 저명한 칼럼니스트로 이름을 날렸는데, 그 는 자기가 성공할 수 있었던 여러 지혜 가운데 하나로 이것을 꼽았다. 병상에 누운 브룩스의 외할아버지는 이 지혜를 자기 어머니에게서 배웠다면서 어린 외손자 브룩스에게 들려주었고, 브룩스는 이 일화를 어떤 책에서 소개했다. 그러니까 어머니의 그런 지혜가 있었기에 가난한 유대인이 성공할 수 있었고, 이 지혜는 또 그 유대인의 외손자의 성공에도 어떤 식으로든 기여를 했다는 말이다.

"텔레비전을 살 때에는 자기가 가진 돈으로 살 수 있는 텔레비전 가운데에서 인터넷을 할 수 있는 것을 사야 한다."

누군가 나에게 이런 지혜를 줬으면 얼마나 좋았을까?

몇 년 전에 거실에 둘 텔레비전을 살 때 인터넷 기능이 내장된 모델과 그렇지 않은 모델을 놓고 우리 부부는 망설이지도 않고 인터넷 기능이 없는, 그래서 가격이 제법 더 싼 모델을 샀다. 굳이 텔레비전으로 인터넷을 할 일이 뭐나 있을까 싶었기 때문이다.

그런데 그런 판단이 잘못되었음을 절실하게 느낀다. 인터넷을 한다는 것을 그때 나는 '검색'으로만 생각했다. 검색이야 스마트폰으로 얼마든지 할 수 있다고 생각했던 것이다. 그러나 인터넷으로 할 수 있는 건 그게 전부가 아님을 새삼스럽게 느꼈다. 유튜브를 보는 것, 이것도 인터넷이었다.

인터넷 기능이 있는 텔레비전을 샀더라면 유튜브 콘텐츠를 대형 텔레비전 화면으로 볼 수 있을 텐데 아쉽기 짝이 없다. 그렇다고 해서 멀쩡한 텔레비전을 두고 새로 살 수도 없고... 유튜브 콘텐츠를 비롯해서 인터넷 스트리밍 콘텐츠의 매력이 앞으로 점점 더 커질 텐데, 그럴수록 나는 내 선택의 실수를 점점 더 뼈아프게 후회할 것 같다. ●

초심리학적 물리학

조금 전... 한 시쯤 되었을 거야,

뒷산으로 산책 가려고 집에서 나와 엘리베이터를 불렀지.

엘리베이터가 스으윽 올라와서 7층에 딱 서더라.

그리고 문이 열리는데, 아무도 없더라.

탔지, 1층을 누르고...

(여기까지는 아무 일이 없었다)

엘리베이터는 쭉쭉 내려가더라, 7, 6, 5, 4...

(여기까지도 아무 일이 없었다)

그런데 엘리베이터가 2층에서 스르륵 서더라.

2층 사는 키 작은 할머니가 타시려나 보다 하고 생각했는데,

문이 열리자 할머니 대신 눈이 똘망똘망한 낯익은 남자아이가 타더라, 다섯 살쯤 되어 보이는 아이.

"안녕하세요!"

아이는 인사성 바르게 배꼽 인사를 딱 하더니...

"엄마가 지하 2층에서 기다려서 빨리 가려고 계단을 뛰어 내려와서 탔어요!"

무슨 소린가 하고 쳐다보자 아이가 다시 설명을 하네.

"우리 집이 4층이어서 원래 4층에서 타는데 엄마가 지하 2층에서 기다려서 빨리 가려고 계단을 막 뛰어 내려와서 탔어요!"

(그렇지, 이 녀석이 4층에 살지, 그런데 엄마가 누구지? 갑자기 얼굴이 매치가 안 되네...)

그 사이에 엘리베이터는 1층에 도착하고...

"그러니까, 좀 빨리 내려오는 거 같니?"

"확실히 빨라요!"

...확실히 빨라?

녀석이 하도 귀여워서, 나는 엘리베이터에서 내리면서 물었어.

"너, 엄마 얼마만큼 사랑하니?"

"네?"

문은 닫히고 있었고, 그 사이로 내가 급하게 다시 물었어.

"너, 엄마 사랑하니?"

녀석이 닫히는 문 사이로 대답하더라.

"확실히 빨라요! 엄마가 기다려요!"

내 질문을 못 알아들었는지 녀석은 엉뚱한 대답을 하고,

문이 거의 다 닫힐 무렵에 내가 다시 물었지.

"엄마 사랑하냐고!"

무슨 소린지 못 알아듣고 눈을 껌벅거리는 녀석의 모습을 마지막으로 문은 완전히 닫히고, 엘리베이터는 내려갔어.

내려오는 엘리베이터를 4층에서 타지 않고 부지런히 2층까지 내려온 다음에 2층에서 엘리베이터를 타면 확실히 빠르다? 허겁지겁 계단을 내려오는 신체 활동을 보다 많이 할수록 지하 2층까지 내려가는 속도가 더 빨라진다는 얘기인데...

'시간=거리÷속도'라는 너무도 명백한 물리 법칙을 초주관적인 심리학으로 가볍게 깨부수는 이 녀석, 왜 이렇게 매력적인가!

그런데 잠깐...

이 녀석이 설마, '너 엄마 사랑하냐고!'를 '네 엄마 사랑한다!'로

들은 건 아니겠지? 설마 엄마한테 가서 '7층에 사는 아저씨(혹은 할아버지?)가 엄마를 사랑한대!'라고 말하지는 않겠지? 설마...

아냐, 녀석의 심리학으로는 충분히 그러고도 남을 거야.

이 일을 어쩐다?

천방지축 심리학의 시기를 지나고 있는 꼬맹이에게 나는 왜 그따위 쓸데없는 질문을 했을까? 아이가 엄마를 사랑하는 게 당연하지, 왜 그런 당연한 걸 물었을까?

그런데 산책을 마치고 돌아와 다시 엘리베이터를 탈 때에는 내 생각이 바뀌어 있었어.

지금 나는 나의 실수가 빚어낼 유쾌한 깔깔거림을 즐기고 싶거든.

'아이야, 제발, 그렇게 말해다오. 7층 사는 아저씨가 엄마를 사랑한다고' ●

아들의 신용카드

아들이 아내와 나에게 자기 명의의 신용카드를 한 장씩 건네주면서 이제부터는 그 카드로 쓰라고 했다.

… 훌륭하군, 아들이 벌써 이렇게 부모의 용돈을 무제한으로 챙겨주다니. 마음은 고맙지만 될 수 있으면 이 카드는 안 써야지.

그러나 그 흐뭇한 순간은 짧게 끝났다. 연말정산 때 신용카드 공제를 최대한 받으려 하니까 카드를 쓸 일이 있으면 자기 카드로 쓰고 한 달에 한 번 쓴 만큼 돈을 자기에게 주면 된다고 했다. 아내는 아들의 알뜰한 절세 노력을 대견하게 여겼고, 나는 성급하게 마신 김칫국에 사레가 들리고 말았다.

이렇게 해서 나는 아들의 카드를 사용하게 되었고, 한 달에 한 번씩 아들이 얼마를 자기 계좌로 넣으라고 하면 넣어 준다. 내가 카드를 많이 쓰는 것도 아니고 기껏해야 대중교통비와 자동차 기름값 그리고 어쩌다 한 번씩 바깥에서 사 먹는 밥값 정도밖에 되지 않아 지탄받을 일도 아니니 사회적으로 문제가 될 것은 없다.

그런데 다른 문제가 있다. 아들의 제안을 받아들이는 실수를 한 순간부터 담배를 사는 것에서부터 시작해서 나의 온갖 사소한 소비 내역과 동선이 아들에게 노출되게 되었다. 찝찝했다. 설령 비도덕적인 소비가 아니라고 하더라도 아들에게 굳이 노출하고 싶지 않은 나의 동선과 소비 품목이 있게 마련인데, 이런 것들이 아들에게 노출되는 건 애초에 그 제안을 수락할 때에는 전혀 생각하지도 않았던 문제였다. 그래서 아들의 신용카드를 돌려주려고 마음먹었다. 신용카드 공제액이 되어봐야 얼마나 된다고 굳이 이렇게까지 해야 하나 싶어서였다. 그런데...

"아빠하고 엄마 30만 원씩 넣어드렸어요."

어느 날 아들이 신용카드 공제금이 들어왔다면서 전체 공제액 60만 원을 아내와 나에게 반씩 나누어 넣었다고 했다. 공평하게 하자면 자기까지 해서 3등분을 해야 하지만, 자기는 받지 않겠다고 했다. 나에게 30만 원이나 되는 공돈이 생겼다는 그 말을 들으니, 마음이 또 팔랑거리며 바뀌었다.

　… 하긴, 나에게 은밀하다고 할 만한 사생활이랄 것도 없으니 뭐.

　그래서 나는 택시에서 내릴 때나 머리를 깎을 때, 커피숍에서 커피를 주문할 때 여전히 아들의 카드를 뽑아든다. 그리고 그때마다 ◆ 들은 내가 어디에서 무엇 하는지 다 안다.

자정 무렵의 엘리베이터

자정 무렵의 엘리베이터에서는 무슨 일이 일어날 수 있을지 생각해 본 적은 없지만, 설마 그런 일이 나에게 일어나리라고는 상상도 하지 못했다.

엄밀하게 말하면 그건 내가 저지른 실수는 아니다. 술꾼 상사가 있는 첫 직장에 다니던 술 약한 신입사원 아들이 저지른 실수니까. 하긴, 아들을 집에 데리고 있는 것도 나고, 더 나아가 그 녀석의 아버지가 나니까, 굳이 따지고 보자면 내 실수라고 할 수도 있다.

자정이 좀 덜 된 시각에 녀석이 현관문을 벌컥 열고 들어왔다. 상사와 술을 마시고 들어온다는 얘기를 듣긴 했지만, 그날따라 녀석은 많이 취한 듯했다. 집에 발을 들여놓은 녀석은 손가락으로 현관 쪽을 가리켰다.

"엘리베이터... 저기..."

녀석의 입가에 토사물이 묻어 있었다. 엘리베이터에다 구토를 했다는 뜻이었다. 나는 두루마리 휴지와 키친타월 두루마리를 들고서 후다닥 달려나갔다. 혹시라도 13층 우리 통로에 사는 다른 누군가가 엘리베이터에 타기 전 아들의 토사물을 치워야 했다. 그 집 아들이 변변찮더라는 말 혹은 내가 그런 아들을 둔 아버지라는 말을 듣고 싶은 사람이 누가 있겠는가?

엘리베이터는 우리 집이 있는 7층에서 그대로 멈춰서 있었다. 다행이었다. 아직은 누가 목격을 하지 않았으니까... 그러나 엘리베이터 문이 열리고 나서 드러난 상황은 예상한 것보다 훨씬 더 심각했다, 시각적으로나 후각적으로 모두. 내용물은 수북하고 흥건했다.

그때 든 생각은 단 하나였다.

...누군가 엘리베이터를 부르더라도 내가 이 내용물을 깨끗하게 처리하기 전까지는 이 엘리베이터가 7층에서 움직이지 못하도록 지켜야 한다. 그러려면 문을 열어두고 있어야 하며, 모든 것을 깨끗하

게 치우고 정리한 다음에 엘리베이터 문을 닫고 나와야 한다.

그런데 엘리베이터 문은 자꾸만 닫히려 했기에, 문이 닫히지 않게 한쪽 발로 막고 두 손으로는 내용물을 치우고 닦는 자세를 취해야 했다. 내용물을 닦은 휴지는 뭉쳐서 7층 통로에다 일단 던져 놓는 식으로 작업을 빠르게 진행했다. 나는 빠르게 움직였고, 진도는 빠르게 나갔다. 얼추 다 되어 가고 있었다. 그런데, 벽면을 닦으려고 자세를 조금 높이는 순간, 아뿔싸, 문을 막고 있던 다리가 안으로 들어오고 엘리베이터 문이 기어이 닫혀버리는 게 아닌가! 문이 닫히고 엘리베이터는 내려가기 시작했다!

누군가가 아래에서 엘리베이터를 부른 모양이었다.

6, 5, 4... 엘리베이터는 계속 내려갔다. 엘리베이터가 멈출 층이 1층인지 아니면 지하 1층 혹은 2층일지 알 수 없었다. 그러나 어쨌거나 그사이에 남은 작업을 모두 마치기에는 시간이 너무 부족했다. 어색한 만남을 침착하게 준비해야 했다. 그리고 그 만남의 순간까지도 나는 최선을 다했다. 후각적인 역겨움은 어쩔 수 없다고 하더라도 시각적인 역겨움만은 조금이라도 줄이려고 애를 썼다. 그 사이에도 엘리베이터는 계속 내려가고...

3, 2, 1...

마침내 엘리베이터는 1층에 섰다. 이제 곧 문이 열릴 참이었다.

나는 심호흡을 크게 하고 미소를 지을 준비를 했다. 드디어 문이 열리는데... 남자, 나의 작은아들이었다. 그러고 보니, 다른 곳에서 생활하는 이 녀석이 오늘 집에 온다고 했었다. 눈을 동그랗게 뜬 그 녀석이 그렇게 반가울 수 없었다.

"아빠 뭐해요? 으아, 냄새!"

"글쎄 말이다, 어떤 호랑말코 같은 놈이 여기다 토했지 뭐냐."

"근데 왜 아빠가 이래요? 동대표라고 너무 오버하시는 거 아니에요?"

누군가 엘리베이터를 호출하기 전에 나는 작은아들의 도움을 받아서 엘리베이터를 깨끗하게 청소했다. 냄새까지야 어쩔 수 없었지만...

그리고 마지막으로, 확실히 나는 소소한 실수를 저지르고 말았다. 엘리베이터에서 내리기 전에 1층 버튼을 눌러 엘리베이터를 1층으로 보냄으로써, 그 엘리베이터에 새로 탈 누군가가 엘리베이터 구토자가 7층에 있으리라 추정할 가능성을 1/13로 줄였어야 했는데 그렇게 하지 않은 실수. 그 꼼꼼하고도 얄팍한 꼼수를 생각하지 못한 나의 실수! ●

에코마일리지특약

따로 사는 작은아들이 주말이라고 집에 왔다가 다음날 아침에 자동차 쓸 계획이 있느냐고 묻기에 없다고 했더니 내 자동차를 끌고 나가서는 밤에 돌아왔다. 어디 갔었느냐고 물었더니 영종도에도 가고 인천에도 갔다기에 그런가 보다 했다.

그러고 보니 며칠 뒤가 보험 만료기간이었다. 그래서 주행거리를 확인해 보니, 작년 그날 기준을 얼추 1만 킬로미터를 살짝 넘는 것 같았다.

… 어라? 그러면 안 되는데…

나는 자동차보험에 가입하면서 에코 마일리지 특약도 함께 계약했다. 1년 주행거리가 1만 5천 킬로미터 미만이면 납부한 보험료의 5퍼센트를 돌려받고 1만 킬로미터 미만이면 20퍼센트를 돌려받기로 한 조항이다. 보험 기간이 시작되는 시점을 기준으로 앞뒤로 얼마 동안의 기간에 계기판의 주행거리를 찍어서 보험사에 보내고, 또 보험 기간이 끝나는 시점을 기준으로 역시 앞뒤로 얼마 동안의 기간에 계기판의 주행거리를 다시 찍어서 보내면, 보험사가 1년 동안의 주행거리를 산정해서 마일리지 특약에 따라서 환급해 준다.

나중에 환급된 금액을 보니 5퍼센트 혜택이었다. 아쉬운 마음에 보험사에 전화해서 내 자동차의 주행거리를 확인했다. 그랬더니…

"아쉽네요 고객님, 고객님의 자동차 주행거리는 1만 30킬로로 산정되었습니다."

그러니까 30킬로미터 때문에 20퍼센트 혜택이 5퍼센트 혜택으로 줄어들었단 말이었다.

… 아깝다! 정말 아깝다, 이건 나의 실수다.

그런데 만일 그렇게 되고 말 것임을 알았더라면 아들에게 내 자동차를 끌고 나가지 말라고 했을까? 아들이 자동차를 꼭 가지고 가야 하는 중요한 약속이라고 했어도 안 된다고 했을까? 내 경우에 비추어보면 그 연령대에서는 중요하지 않은 약속은 하나도 없었는데…

추가로 환급받지 못한 15퍼센트의 보험료는 아무래도 아들에게 주말 나들이 용돈을 따로 준 셈 쳐야 했다, 아깝지만! 그리고 그날 녀석이 달렸던 서울외곽순환고속도로의 통행료까지 내가 내야 했다. 녀석이 하이패스 단말기가 달려 있지 않은 내 자동차로 무심코 하이패스 차로를 통과했었고, 며칠 뒤에 그 통행료 청구서가 날아왔던 것이다.

하여튼 내가 아들에게 자동차를 빌려주면서 여러 가지 실수가 엉키고 포개지며 나와 녀석 사이에 기억이 하나 더 쌓였다. 이것도 오랜 세월이 흐르면 추억이 될까 모르겠다. ●

대장내시경검사

    대장내시경 검사일 며칠 전부터는 육고기와 견과류와 김치와 잡곡 등을 먹지 말라고 되어 있었다. 그리고 전날 점심에는 흰죽만 먹고 저녁은 굶으라고 되어 있었다. 그런데 나는 그 주의사항을 검사 전날 아침을 먹은 뒤에야 비로소 자세히 보았다. 아침을 돼지고기 불고기로 먹었는데... 그래서 내 잘못된 행동에 대한 처벌로 점심은 특히 조심하는 마음으로 주의사항을 충실하게 따랐다. 흰죽을 조금만 먹은 것이다.

저녁이 되자 배가 고팠다. 물론 당연한 일이었다. 끼니를 정시에 챙겨먹는 습관을 가지고 있어서 그랬던지, 유독 허기가 심하게 느껴졌다. 나중에는 허기가 마치 통증처럼 느껴졌다. 몇 끼를 굶은 적도 있고 제법 길게 단식을 한 적도 있지만, 오래전의 일이라 허기의 통증이 그렇게 지독한지 잊어버린 모양이었다.

그 통증과 사투를 벌이던 어느 한 순간, 하지 말았어야 할 실수를 내가 하고 말았음을 깨달았다.

주의사항에는 분명히 점심에 흰죽을 먹으라고 했지 흰죽을 조금 먹으라고는 되어 있지 않았다. 그런데도 나는 흰죽을 조금만 먹었다. 모든 환자가 흰죽을 조금밖에 먹지 않듯이 그렇게 조금만 먹어야 한다고 생각한 게 실수였다. 점심으로 흰죽을 조금이라도 더 먹었으면 그토록 허기의 통증에 시달리지 않아도 되는데... 그 허기를 다음날 오전 모든 건강검진이 끝날 때까지 어떻게 참는단 말인가!

… 흰죽을 사발로 두 사발, 세 사발 먹었어야지! 그럼 이렇게 배가 고프지는 않을 거 아니냐, 이 바보야! ●

고주파와 중주파와 저주파의 화음

미세먼지로 하늘이 더럽던 어느 날, 신기한 광경을 목격했다.

동네 산책길을 느긋하게 걸어가는데, 저만치 앞에 놓인 벤치에 여자 네 명이 모여 있었다. 한 명은 서 있고 세 명은 앉아 있었다. 다들 동글동글한 40대 여자였다. 그런데 앉아 있던 한 사람만 빼고 나머지 세 사람이 모두 동시에 말을 하고 있었다. 그 세 사람은 각각 고주파와 중주파와 저주파로 말을 했고, 나머지 한 사람은 가만히 듣고만 있었다. 그러다가 갑자기 모두 깔깔거리고 웃더니, 그것도 잠시 다시

고주파와 중주파와 저주파의 화음이 이어졌다. 내가 그들에게 다가가고 그들 옆으로 지나가고 또 그들에게서 멀어질 때까지 그 화음은 오래 계속되었다.

만일 내가 그 여자들 근처에서 짐짓 딴청을 부리면서 조금만 기다렸다면, 나머지 한 여자까지 가세해서 고주파, 중주파, 저주파에 초고주파나 초저주파까지 한데 어우러지는 초현실주의적인 그 놀라운 장면을 목격할 수도 있지 않았을까? 그게 가능한 놀라운 비밀을 엿볼 수 있지 않았을까?

그런데 아내는 이 여자들보다 최소 10년이라는 세월 동안이나 수다 내공을 더 키워 왔으니, 내가 모르는 어떤 곳에서 또래의 다른 여자들과 함께 있을 때에는 벤치의 그 네 여자보다 훨씬 더 강력하고 현란한 화음의 기술을 펼쳐 보일 게 분명하다. 아내와 수십 년을 함께 살아 왔지만 아내가 속한 세상은 나로서는 여전히 알 수 없는 세계의 풀리지 않는 수수께끼들로 가득하다. ●

제주도 한 달 살기

아이들도 다 컸고 하니 둘이서 이른바 '한 달 살기'를 한번 해 보자고 우리 부부가 의기투합했다. 전국 각지에 한 달씩 살면서 그 지역의 구석구석 사람 사는 모습들을 느긋하게 돌아보고 또 거기에 섞이는 여유를 누려 보자는 것이었다. 그런데 그게 생각처럼 쉽지 않다. 일단 내가 일을 할 수 있는 조건이 갖추어져야 하고(이건 컴퓨터가 있고 인터넷이 연결되기만 하니 어려운 조건은 아니다), 단조롭지만 일정하게 돌아가는 안정적인 생활 리듬을 갖출 수 있어야 하고(이

건 동네 주민들의 생활 동선과 동떨어진 펜션이나 콘도와 같은 시설에서는 불가능한 일이다) 또 될 수 있으면 비용이 싸야 했다(이 조건만 따지자면 고급 콘도는 일찌감치 제외된다).

그렇게 따져 보니 마땅한 데가 별로 없었다. 동해안의 여기저기를 돌아봤지만 두 번째 조건에서 모두 맞지 않았다. 하루나 이틀 길어야 사나흘 동안 친구들이나 가족끼리 시끌벅적하게 떠들고 놀다가 가기에 딱 좋은 조건의 숙박지가 대부분이었다. 결론은 비어 있는 아파트나 한 달 월세를 놓는 아파트가 제일 좋았다. 어떤 곳이 주거지로 형성되어 있다는 것은 생활상의 여러 가지 문제를 쉽게 해결할 수 있는 편의시설들이 갖추어져 있다는 뜻이다. 그렇지만 그런 조건의 주택이나 아파트를 구하기가 쉽지 않았다.

그러던 차에 제주도 살던 어떤 지인이 한동안 집을 비운다고 했다. 살림살이는 그대로 두고 몸만 다른 곳에 있기로 했으니 쓰고 싶으면 쓰라고 했다. 제주시 외도 일동의 어느 아파트였으니 우리가 생각한 조건을 모두 만족시키는 숙박지였다.

무척 만족스러운 제주살이였다. 나는 오전 시간에 일을 하고 오후 시간에는 아내와 함께 도보로 여기저기 돌아다니며 내가 살던 동네에서는 볼 수 없는 온갖 것을 구경하고 운동도 하고 맛있는 것도 사 먹었다. 밤에는 텔레비전을 보기도 하고 동네 술집에서 치맥을 즐기기도 했다. 도보로 돌아다닐 수 있는 반경의 모든 곳에 우리 발자국이 다 찍힌 다음에는 렌트카로 멀리까지 돌아다녔다. 모든 점에서 완벽한 '한 달 살기'를 경험했다.

그런데 그 생활을 마치고 집에 돌아와서 가만히 생각하니 우리의 제주도 '한 달 살기'는 전혀 완벽한 게 아니었다. '한 달 살기'의 수요와 공급이 원활하게 이루어지는 플랫폼이 마련되지 않는 한 이런 경험을 두 번 다시 하기가 쉽지 않은데, 왜 굳이 나는 오전 시간대에 일을 한다고 컴퓨터 앞에 앉아 있었을까, 그 먼 곳까지 가서, 그 귀한 시간에, 딱히 급한 일도 아니었는데? 일중독의 강박이 빚어낸 착각이었고, 참으로 청승도 대단한 청승이었다.

"개미가 그렇게나 부지런한 일꾼이라고 하는데, 그렇다면 개미는 소풍을 언제 가죠?"

할리우드의 배우 마리 드레슬러가 했다는 이 질문 앞에 나는 할 말이 없다. ●

나는 맨날 실수야

물 마시러 나와 보니 음식물 쓰레기통이 비어 있었다. 우리 집에서는 음식물 쓰레기통에 비닐봉지를 씌우고 거기에다 음식물 쓰레기를 모았다가 통이 차면 버린다. 아내가 아까 잠깐 볼일 보고 오겠다며 나간다더니 나가는 길에 음식물 쓰레기를 챙겨서 나간 모양이었다. 비어 있는 음식물 쓰레기통을 보니 바닥에는 물기 하나 없었다. 냄새를 잡는다고 뿌려둔 베이킹소다도 그대로 있었다. 그래서 나는 이 통을 뚜껑과 함께 마침 따사로운 햇볕이 들이치는 거실 창 앞에 놓아두었다. 혹시라도 세균이 있으면 햇볕에 말끔하게 소독이 되길 기대하면서…

얼마나 시간이 지났을까?

"여보!"

목소리로 판단하건대 내가 뭔가 또 실수를 한 모양이다. (같이 오래 살다 보면 목소리만 들어도 아내가 어떤 감정 상태로 나를 부르는지 금방 알아보는 경지에 저절로 도달한다.) 하던 일을 멈추고 나가봤더니, 아내는 아까 내가 놓아둔 음식물 쓰레기통을 들고 있다.

"이거 안 씻고 그냥 말리는 거지?"

"…."

솔직하게 말을 할지 씻었다고 말을 할지 아주 짧은 순간 동안 고민하다가, 결국 나는 내 실수를 인정하며 사실대로 말하는 쪽을 택했다.

"응, 왜?"

"씻어야지."

"깨끗하던데 왜?"

"아이 참! 냄새가 배어 있잖아. 깨끗하게 씻고 말려야지."

"그래? 냄새가 났어?"

사실 나는 냄새가 났는지 나지 않았는지는 맡아보지 않아서 몰랐다. 맡아볼 필요성을 느끼지 못했다. 통을 살필 때 음식물 쓰레기 특유의 냄새를 느끼지 못했고, 또 쓰레기통을 들고 이동할 때에도 냄새가 나지 않았다. 설령 냄새가 조금 났다고 하더라도, 일광 소독을 하고 나면 냄새까지 말끔하게 사라질 테니 아무 상관이 없었다.

아내는 세제를 풀어서 음식물 쓰레기통을 뽀득뽀득 씻은 다음에 햇볕이 드는 곳에 다시 갖다 두었다.

결국 내가 아까 음식물 쓰레기통을 햇볕 아래 갖다 둔 수고는 생산성 제로의 가치 없는 수고가 되어버렸다. 결과적으로 보면, 나는 아내가 정한 규칙을 지키지 않음으로써 비효율·무효율의 수고를 하는 실수를 저지른 셈이다. 그러나 나는 사실 실수를 한 게 아니다. 굳이 나지도 않는 (혹은 조금밖에 나지 않는) 냄새를 지우려고 세제와 물과 노동을 낭비하지 않겠다는 전략적인 선택을 했는데, 아내의 면박은 나의 이런 선택과 노력을 차라리 안 함만도 못한 실수로 만들어버린다.

외출하려고 옷을 갈아입을 때 신고 있던 실내용 양말을 벗어서 (다른 적절한 곳에 두는 수고를 아끼기 위해서) 침대에 잠깐 올려놓는 행위도 아내의 눈에 띄는 순간, 양말을 침대에 올려놓는 수고와 그것을 다시 집어 들어야 하는 수고를 추가로 감당하게 만든다. 그렇게 내 수고는 아무런 결실도 맺지 못한 채 소외되고 만다.

사실 아내와 나 사이에는 속도와 질을 두고 늘 전쟁이 벌어진다. 혼자 라면을 끓여먹을 때 냄비 뚜껑은 처음부터 사용도 하지 않았기에 설거지를 할 필요가 없다고 생각하고 따로 놓아두지만, 이런 경우에도 아내는 일단 밖으로 나온 건 쓰지 않았다고 하더라도 설거지를 해야 한다면서 어김없이 그 뚜껑을 싱크대 개수대에 집어넣는다.

"냄비는 씻는데, 냄비 뚜껑은 안 씻고, 나중에 냄비가 마르면 씻지 않는 그 뚜껑으로 덮는다... 찝찝하지 않아?"

그렇다, 나는 찝찝하지 않다. 그러나 이렇게 뚜껑을 따로 챙겼던 내 수고도 역시 그렇게 쓸데없는 실수로 전락하고 만다.

아내에게는 음식물 쓰레기통과 침대와 냄비 뚜껑의 위생 및 청결함이라는 질이 중요하고, 나에게는 왔다 갔다 하는 불필요한 동선과 물과 시간과 세제와 노력이라는 온갖 자원의 낭비를 최소화하려는 속도와 효율이 중요하다. 그렇기에 나는 아내에게 면박을 받으면서도 나의 전략적 원칙을 포기하지 못한다. 그러다가 아내의 원칙과 나의 원칙이 충돌하면 (즉 나의 꼼수가 아내에게 적발되면) 나는 번번이 실수를 한 게 된다.

"아, 실수!"

"맨날 실수래, 쯧쯧."

권력의 무게중심 위치에 따라서 보석이 실수가 되기도 하고 실수가 보석이 되기도 한다. 나의 권력이 아내의 권력을 압도한다면 내 실수가 더는 실수가 아니라 보석이 되겠지만, 어쨌거나 힘이 센 아내는 보석이고 힘이 약한 나는 실수다. 그러나 때로 아내의 날카로운 감시망을 피했을 때, 나는 실수가 아니라 보석이 된다. 내 노력과 수고가 결실을 맺는 이런 순간이 얼마나 짜릿한지 모른다. 그래서 나는 내 원칙과 전략을 포기할 수 없다.

인생에서 얼마나 많은 노력과 수고가 아무 쓸모가 없는, 심지어 해롭기만 한 실수로 치부되고 마는지 모른다. 실수들아, 용기를 내자. 언젠가는 반짝반짝 보석으로 빛날 때가 있음을 믿자.

투쟁하는 이 세상 모든 실수에게 박수를 보낸다. 실수 만세! ●

5
장

치맥과 양아치 : 선택의 어려움

●

거절할 수 없는 제안

어떤 실수는 실수를 한 순간 그 사실을 안다. 그래서 금방 대응할 수 있다. 손절이 얼마든지 가능하다. 그렇지만 어떤 실수는 실수라고 의식할 수도 없는 아주 사소한 잘못에서 시작되어서 점점 걷잡을 수 없이 커져버린다. 그리고 나중에는 손절조차 불가능해진다. 손을 쓸 수도 없는 상태에서 실수의 늪에 서서히 빨려 들어가는 자기 모습을 그냥 지켜볼 수밖에 없다. 발목에서 찰랑거리던 늪의 끈적끈적한 수면에 가슴이 잠기고, 목을 지나서 입과 코까지 잠기는 것을 그저 바라보기만 해야 한다, 마침내 마지막 순간이 올 때까지... 이런 상황을 어떤 사람들은 운명이라고 부른다.

"늙으면 뭐 하고 살지? 당신은 뭐 할 거야?"

은퇴 이후의 삶을 다루는 텔레비전 프로그램을 함께 보던 아내가 불쑥 던진 말에서 그 모든 게 시작되었다. 그때 나는 농담 삼아 가볍게 대답했다.

"강근이 농장에 가면 받아주겠지."

강근이는 반은 변호사로 일하고 반은 농부로 일하는 '반변반농'의 친구이다. 강원도 양양의 드넓은 임야에 벌써 10년 가까운 세월 동안에 나무도 키우고 산나물을 재배하며 살고 있다. 아내와 둘이서만 일하기 때문에 노는 땅이 더 많고, 농작물도 절반만 자기 것이고 나머지 절반은 날짐승이나 산짐승 몫이지만 그러려니 하고 살고 있다. 농사를 지어서 부자가 되겠다는 것도 아니고 그저 자연 속에서 건강하게 살고 싶다는 바람을 가지고 있는 건강한 친구이다. (그런데 이상하게도 건강한 친구는 더 건강해지려고 하고, 돈이 많은 친구는 돈을 더 많이 모으려고 하고, 잘 노는 친구는 더 잘 놀려고 한다.) 이 친구의 농장에는 컨테이너로 만든 농막이 있고, 거기에서는 숙식도 가능하다.

아내가 다시 물었다.

"거기서 뭐 하게?"

"거기서 일 도와주면 먹여 주고 재워 주긴 하겠지."

"좋네."

"그렇지."

잠시 침묵.

"그럼 나는?"

"어?"

"당신 혼자 거기 가면 나는 어쩌라고?"

농담 반 진담 반으로 한 얘기를 아내는 나와는 다른 맥락의 농담 반 진담 반으로 물었다. 그 순간, 뭔가 얘기가 잘못 돌아가고 있음을 직감했다. 거기에서 수습을 잘하지 않으면 말꼬리가 잡힐 수 있고, 그러다 보면 일이 걷잡을 수 없이 커질 수 있음을 나는 알았다. 대답을 잘해야 했다.

"당신도 친구들이 있잖아. 친구들하고 수다 떨면서 재밌게 살아야지."

"흥! 이제는 내가 귀찮아졌다 이거지? 알았어."

"그게 아니고..."

"알았어, 당신 속마음이 뭔지, 흥!"

말을 하면서도 이건 아니다 싶었지만, 아내가 더는 얘기를 하지 않았고, 우리는 다시 텔레비전에 시선을 고정했다.

그렇게 끝나지 않을 것을 예감했고, 그 예감은 빗나가지 않았다.

추석을 멀찍이 앞둔 어느 날, 아내는 추석 때 어머니가 계시는 대구 본가에 가지 않겠다고 했다. 숙부모님들과 사촌 동생들 내외가 명절 때면 모이는데, 거기에 가지 않겠다는 것이었다. 1년에 두 번 명절 때 한 번씩 보는 게 전부인데, 그 자리에 장조카며느리이자 사촌큰형수이자 사촌큰동서가 빠지겠다니!

"남편이라는 사람이 마누라 내버리고 자기 혼자 나가서 친구 집에 얹혀서 재미있게 놀겠다는 꿈을 가슴에 품고 살아가는데, 내가 앞으로 무슨 부귀영화를 누리겠다고 이런 남편이 있는 시댁에 가서 헤헤거리면서 피 한 방울 안 섞인 사람들에게 노력 봉사를 해?"

"에이 그걸 가지고 그래? 농담이었잖아."

"농담이 아니라 마음속에 있는 진심이었지."

아내는 요지부동이었다. 추석은 점점 다가오는데, 아내를 구슬리고 달래도 소용없었다.

"흥! 당신은 당신 친구와 재미있게 잘 살아, 나도 그럴 테니까."

그러면서 추석 얘기는 말도 꺼내지 말라고 했다. 그리고 정말 추석이 가까이 다가온 시점에 아내가 한 가지 제안을 했다.

'내 말을 하나 들어주면, 그 모든 얘기 없었던 걸로 해 줄게."

"해라 해, 다 들어준다!"

"진짜지?"

"어."

"세례만 받아."

성당에는 안 다녀도 되니 세례만 받으라고 했다. 아내는 이미 오래전부터 가톨릭 신자였고 나에게도 함께 다니자고 했지만 나는 거부했었다. 딱히 종교에 이끌리지 않았기 때문이다. 종교 활동에 쓰게 될 시간도 아까웠고...

"아무리 그래도 종교의 자유가 있는데 그런 식으로 강제하는 건 좀..."

"싫으면 관두든가."

아내가 파놓은 교묘한 함정에 빠진 건가? 진정 낚이고 만 것인가?

나는 아내의 거절할 수 없는 제안을 받아들일 수밖에 없었고, 결국 세례를 받았다. 그런데 내가 세례 교육을 받던 중에 아내는 암 선고를 받았다. 그때 나는 아내가 자기 죽음을 예감하고 마지막 소원을 빌었던 것이 아닌가 하는 생각에 운명의 비장함과 신앙의 신비로움을 느끼기도 했다.

그러나 아내가 수술을 무사히 마치고 건강을 회복한 다음에는 그런 것들도 사라지고 없다. 그리고 아내는 세례만 받으면 된다고 했었지만 세례를 받고 나자 일요일 미사 때마다 꼬박꼬박 나를 데리고 가려고 한다. (물론 나는 늘 도망칠 궁리를 하고 있긴 하다.) 그런데 그러다 보니 어느새 나는 성당의 남성 구역 모임에도 가끔씩이지만 참가하고, 또 집 가까이에 있는 경당에서 어설픈 봉사 임무까지 맡고 있다. 그렇다고 해서 내가 돈독한 신앙심을 가지고 있는 것도 아니다.

지금 나는 그저, 운명의 수면이 가슴을 지나서 목으로 올라오고 있지만 속수무책으로 바라보고 있을 뿐이다. 말 한마디 잘못한 실수 때문에. ●

사
라
진
커
튼

이사 뒤끝이었다. 물건을 정리하던 아내가 두 짝이 한 세트인 커튼의 한 짝이 없어진 걸 알았다. 따로 수납장에 챙겨 두었던 겨울용 커튼 이어서 이사 당일에는 그 한 짝이 없어진 걸 미처 알지 못했던 것이다. 황당한 일이었다. 두 짝 한 세트가 없어진 것도 아니고 한 짝만 없어지다니.

이삿짐센터 직원들을 의심하기도 했지만, 그 사람들이 굳이 커튼을 한 짝만 가지고 갈 리는 없었다.

"청소 담당 아줌마가 나갈 때 쓰레기를 잔뜩 담은 포장 박스에 커튼이 있었던 것 같아!"

아내가 눈빛을 반짝이면서 말했지만, 나는 그 말을 일축했다.

"그 사람이 커튼 한 짝을 왜 가져가니? 걸레로 쓰려고?"

"모르지! 꼭 필요하면 가지고 갈 수도 있지."

"애먼 사람 의심하지 말자."

해괴하기 짝이 없는 일이었다. 애초에 아내가 커튼을 빨아서 보관할 때 한 짝을 어디에다 흘렸을 수도 있지만, 그런 일이 일어날 가능성이 있을까? 그렇다면 이사를 하던 도중에 커튼 한 짝을 흘려버렸을까? 그렇지만 포장이사를 하는데 어떻게 그런 일이 있을 수 있을까?

아내는 이삿짐센터에 따져서 배상을 받아야 한다고 했다. 나는 고개를 갸웃했다. 이사를 마친 뒤에 아무런 문제가 없다고 확인 서명까지 했으니 그 사람들이 배상을 해 줄 리가 없었다. 그래도 아내는 이삿짐센터로 전화를 했다. 아내와 이삿짐센터는 잠깐 동안 실랑이를 벌였고, 의외로 이삿짐센터에서는 선선히 배상하겠다고 했고, 아내는 10만 원인가 얼마를 배상금으로 받아냈다. 우리는 고객 서비스에 책임을 다하는 이삿짐센터의 조치에 만족했다.

그리고 또 제법 여러 날이 지난 뒤였다. 우연히 냉장고 위의 수납장을 열어 보았다. 양주를 모아둔 곳이었다. 그런데 아무래도 이상했다. 내가 기억하기에는 양주병이 무척 많았었는데, 서너 개밖에 없었다. 일적불음의 가통이 이어지는 처가에 선물로 들어온 양주를 장모님이 나에게 여러 차례에 걸쳐서 주셨는데, 나나 아내 역시 술을 마시지 않으니 그 술이 고스란히 쌓여 있었다. 개 중에는 문외한의 눈으로 봐도 비싼 것들도 있었다.

그런데 서너 개밖에 남아 있지 않았다!

사라진 커튼에 이어지는 또 하나의 수수께끼였다. 아무리 기억을 더듬어 봐도 알 수 없는 수수께끼였다. 아무튼 술병 여러 개가 한꺼번에 사라진 게 분명했다. 그렇게 수수께끼를 안고 며칠을 보낸 뒤에 문득 그 생각이 떠올랐다.

… 커튼으로 술병들을 감싸서 쓰레기들과 함께 이삿짐 포장 상자에 아무렇게나 담아서 가지고 나갔다면?

충분히 가능한 시나리오 아닌가? 적어도, 이사를 하는 도중에 커튼 한 짝이 펄럭펄럭 날아가 버렸다거나, 커튼 두 짝을 빨아 말린 다음에 수납장에 넣을 때 한 짝만 넣고 한 짝은 잊어버리고 뒀다가 나중에 쓰레기인줄 알고 종량제 봉투에 담아서 버렸다거나 하는 추론보다는 훨씬 설득력이 있는 시나리오 아닌가?

만일 내 시나리오가 맞는다면, 이삿짐 목록을 꼼꼼하게 챙기지

못한 나나 아내의 실수를 놓치지 않고 득템에 성공한 좀도둑의 실행력에 찬사를 보낸다. ●

횡재

불볕이 내리쬐던 더운 날이었고, 초등학생이던 나는 돌멩이를 툭툭 차고 가면서 하굣길의 무거운 발걸음을 떼어놓고 있었다. 그때 그 길은 비포장 흙길이었다. 그런데 어느 한순간 동그란 광채가 번쩍하면서 눈에 들어왔다. 다가가서 보니 은빛 동전이었다. 그 동전에 반사된 햇빛이 마침 거길 지나가던 내 눈을 쏘았던 것이다. 햇빛의 기울기와 내 키 그리고 내가 걸어가던 위치 등 그 모든 조건이 갖추어졌기에 그 백동전이 내 눈에 띌 수 있었던 것이다. 내가 기억하는 내 인생 최초의 횡재였다.

이런 횡재를 나는 예순 살이 다 되어서 다시 경험했다.

아주 오래전에 200자 원고지로 4천 매 정도 되는 책을 번역했었다. 경제경영 분야에서 베스트셀러였고 미국에서는 여러 경영대학원에서 교재로 쓰이기도 했던 책이다.

그런데 어느 날 어떤 출판사에게 연락이 와서, 그 책의 한국어 번역 판권을 미국의 판권 소유자로부터 구매하는 과정을 진행하고 있는데, 만일 계획대로 그 판권을 사게 되면 내 번역 원고를 사고 싶다고 했다. 과거에 그 책의 국내 판권을 샀던 출판사의 판권 기한이 끝났고 책도 절판된 상태인데, 그 책의 가치를 높게 평가한 다른 출판사가 국내 재출판을 하겠다고 나선 것이고, 이 출판사에서는 따로 번역자를 선정해서 번역하느니 내 원고를 사서 쓰겠다는 것이었다. 이런 횡재가 있나!

그 원고의 가격을 책정하기만 하면 되었다. 담당자가 마침 우리 집 주변을 지나가던 길이라면서 들렀고, 서글서글하고 붙임성이 좋은 그 담당자가 물었다.

"번역비는 어떻게 하면 되겠습니까?"

"어떻게 하긴요? 백 퍼센트 다 주셔야지요."

그 담당자는 내가 받는 번역비의 100퍼센트를 다 주기는 그러니까 깎자는 얘기였고, 나도 사실 말은 그렇게 했지만 어쩐지 깎아 줘야만 할 것 같은 느낌이 들었다. 생각지도 않던 돈이어서 그렇기도 했고, 출판 시장의 어려운 사정을 얘기하는 그 담당자를 도와주고 싶은 마음이 들어서 그렇기도 했다.

100퍼센트 얘기에 담당자는 웃기만 했다. 그러다가 다른 얘기를 했는데, 그렇잖아도 다른 번역 일을 의뢰하고 싶었다고 했다. 그리고 실제로 며칠 뒤에 그는 나에게 어떤 영문 도서의 번역 일을 맡겼다. 그러는 동안에 그 담당자와 나는 여러 차례 만났고 (그 담당자는 그때마다 우리 집 앞을 지나갈 일이 생겼다고 했다) 번역 관련 얘기뿐만 아니라 다른 얘기들, 인생의 소소한 얘기들도 많이 나눴다.

그러던 어느 날 그 담당자는 드디어 그 책의 한국어 판권을 미국 출판사로부터 샀다고 했고, 계약을 하자고 했다. 이제 번역료를 얼마로 책정할지 확정을 해야 할 시점이었다.

"70퍼센트로 해 주세요."

내 말에 담당자는 난처한 듯 웃기만 했고, 얼마 뒤에 다른 책의 번역 일을 의뢰했다. 그러면서 앞으로도 계속 자기 출판사의 번역 일을 많이 맡아 달라고 했다. 또 다른 책의 번역을 맡겨준 것은 고마웠지만, 더 깎아달라는 얘기였다. 그날 우리는 결론을 내리지 못했다. 그리고 여러 날에 걸쳐서 여러 차례의 통화와 문자가 오간 뒤에 결국 결론은 30퍼센트로 났다.

계약서에 서명을 했고, 담당자와는 우리 동네 전철역 입구에서 헤어졌다. 그런 다음에 천천히 집으로 걸어오면서, 처음에 내 가슴을 뛰게 했던 그 횡재의 규모가 애초에 내가 예상했던 것보다 훨씬 쪼그라들었다는 사실을 깨달았다.

… 왜 이렇게 되어버렸지?

새로운 사람과 새로운 출판사를 만나서 또 그만큼 많은 일을 하게 된 것 아니냐고 자위를 했다. 그런데 가만히 생각해 보니, 그 출판사로부터 의뢰받은 영문 서적 두 권을 번역할 때 내가 받는 번역비는 애초에 그 4천 매 분량 번역 원고의 번역료를 100퍼센트로 계산할 때 받을 금액의 80퍼센트쯤 되었다.

… 그렇다면 80퍼센트 + 30퍼센트 = 110퍼센트?

이건 도대체 무슨 산수일까? 4,000원짜리 브랜드 커피숍의 커피 대신 편의점의 2,000원짜리 커피를 마시며 돈을 아끼는 사람이라도 고급 리조트의 시원한 풀장에서는 한 잔에 12,000원 하는 커피라도 아무런 마음의 갈등 없이 마신다. 인간 심리의 불가사의다. 그 불가사의 속에서 나 역시 고급 리조트의 시원한 풀장에 다녀온 셈이었다. ●

자장면과 짬뽕

중국집에서 음식을 주문을 할 때마다 나는 망설인다. 자장면이냐, 짬뽕이냐. 그러나 결국 나는 늘 자장면을 선택한다. 그래놓고선 다른 일행이 먹는 짬뽕이 맛있어 보여서 짬뽕을 주문하지 않은 것을 후회한다.

… 이번에는 짬뽕을 한번 먹어 볼 걸!

그러나 다음번에도 나는 어김없이 자장면을 주문하고, 잠시 뒤에는 다른 사람이 먹는 짬뽕을 보면서 아쉬워하며 후회한다. 그렇다고 해서 내가 자장면 애호가는 아니다. 어떤 집의 자장면이 어떻고 다른 집의 자장면이 어떻다고 평가할 정도로 까다로운 미식 수준이나 취향을 가지고 있는 것도 아니다.

군이 이유가 있다면, 자장면이 안전해 보이기 때문이다. (나에게는 내가 기억하지 못하는 짬뽕에 대한 트라우마가 있을지도 모른다.) 나에게 자장면이라는 선택은 안전판이다. 짬뽕의 시뻘건 국물보다는 윤기 나는 검은색 자장 소스가 안전해 보인다. 맵고 짜고 그래서 두피와 등짝에 땀이 솟는 성가신 느낌까지 감수해야 할지 모르는 짬뽕보다는 그래서 그렇게 나는 늘 자장면을 선택한다. 부담 없이 달달하고 고소한 자장면이 안전하다.

그러나 사실 나는 짬뽕을 아주 오래전에 먹었었고 (대학교 때 짬뽕 국물 놓고 토하도록 술을 마셨다) 그 뒤로는 먹지 않아서 요즘 짬뽕 맛이 어떤지 모른다. 내가 생각하는 짬뽕의 맛은 내 머릿속의 짬뽕 맛이지 실제 내가 경험할 그 짬뽕 맛과는 다르다. 정확하게 말하면, 같을지 다를지조차도 나는 알지 못한다. 그저 그 맛을 안다고 생각할 뿐이다. 그리고 내가 안다고 생각하지만 사실은 알지 못하는 그 맛을 회피한다. 불확실성의 리스크를 피해서 확실성에 안주한다.

언제부터였을까? 언제부터 나는 식도락의 다양성을 거부했을까? 언제부터 나는 모험보다 안전을 선택하고 살아가고 있을까? 언제부터 내 인생의 리스크를 없애는 데만 몰두하고 살아가고 있을까? 리스크를 타고 넘을 때의 그 짜릿한 전율, 그리고 리스크를 무사히 타고 넘었을 때의 그 두둑한 보상, 이런 것들을 언제부터 멀리하게 되었을까? 언제부터 그 실수가 시작되었을까?

… 그런데 가만… 이게 과연 실수가 맞기나 할까?

이런 의심조차도 자장면을 강요하는 실수의 무자비한 촉수가 아닐까?

……

저 유명한 비유인 가로등 아래의 술 취한 남자. 이 남자는 어두운 거리의 어딘가에서 휴대폰을 잃어버리고선 가로등 불빛이 비치는 데에서만 잃어버린 휴대폰을 찾는다. 거기에는 불빛이 있기 때문이다. 가로등 불빛 아래에서 확실하게 확인할 수 있는 확실성에 안주하며 깜깜한 어둠의 불확실성을 무서워한다. 휴대폰을 찾으려면 어둠 안으로 들어가야 하는데, 그 리스크를 부담하지 않으려고 한다. 그리고 휴대폰을 찾을 수 없다는 확실한 결론을 내리며, 달달하고 고소한 자장면만 맛있다고 먹는다. ●

도
시
텃
밭

우리 동네 야산 아래에는 구청이 관리하는 널찍한 텃밭이 있다. 총 면적이 16,529m²(5천 평)쯤 되고 채 6.6m²(2평)가 되지 않는 구획이 300개 조금 넘는데, 해마다 2월에 구청이 주민 대상으로 선착순 신청을 받아서 4월 초에 가구당 한 구획씩 분양한다. 분양금은 한 구획당 10만 원이고, 자기가 분양받은 구획에 대해서는 그해 11월 말까지 무슨 작물을 심든 뽑든 혹은 놀리든 자유다.

내 손으로 재배한 무공해 채소를 마음껏 먹을 수 있고 또 운동이 될 뿐만 아니라 자연과 하나가 되는 건강한 경험을 할 수 있으니 얼마나 좋은가! 게다가 아이들도 다 컸겠다 뒷바라지 할 일도 없으니 소일거리 삼아서 얼마나 좋은가!

그런 생각으로 어느 해 아내와 나는 분양신청을 했고 운이 좋아서 한 구획을 분양받았다. 농사 경험은 아내나 나나 거의 없었다. 나는 어릴 때 어머니가 작은 밭에 감자를 심었을 때 잡초를 뽑느라 허리가 끊어질 것 같던 경험을 한 것과 대학교 다닐 때 농촌활동 두 번 가본 게 다였다. 아내는 나보다 더했다. 1929년생인 장모님이 산에서든 들에서든 나물을 캐 본 적이 없었을 정도로 서울 도심에서만 평생을 살았으니, 이런 어머니 아래에서 성장한 아내가 쌀이 나무에서 열리지 않고 옥수수가 뿌리채소가 아니라는 것만 알아도 다행이었다.

그래도 우리는 인터넷을 뒤지기도 하고 함께 텃밭을 분양받은 동네 사람들에게 묻기도 하면서 영농계획을 세웠다. 그리고 파란 상추, 빨간 상추, 로메인 상추, 겨자, 치커리, 적치커리, 쑥갓 등 갖은 쌈 채소를 종류별로 조금씩 다 심고, 오이와 가지도 한 줄씩 심었고, 또 감자도 한 줄 심었다. 물론 오이와 가지 옆에는 지지대를 박아둬서 지지대를 타고 튼튼하게 잘 자라게 해 주었다. 친환경 퇴비도 듬뿍 뿌렸다. (너무 많이 뿌려서 부작용을 걱정해야 했다.)

열심인 사람은 우리뿐만이 아니었다. 어린 자녀에게 자연의 모습을 보여주고 싶은 마음이 앞선 젊은 부부들도 열심이었고, 어릴 때 시골에서 농사깨나 경험해 봤을 것 같은 중년 부부들도 열심이었고, 늙어서 걷지 못하는 강아지를 유모차에 태우고 오는 어떤 늙은 부부도 열심이었다.

그러나 5월이 되고 6월이 되자 사람들의 열정이 시들해졌다. 많은 구획이 버려진 채 잡초가 무성하게 자라 옆 구획의 텃밭에까지 민폐를 끼쳤다. 장마가 지나가고 나니 버려진 구획들에서는 잡초가 더욱 무성했다. 본격적으로 더워지자 정성을 다하는 사람의 수도 줄어들었다. 잘 가꾼 텃밭의 작물들은 싱싱했지만 그렇지 않은 텃밭의 작물들은 버려진 아이들처럼 안쓰러웠다. 어느 사이엔가 그렇게 큰 차이가 나 있었다.

아닌 게 아니라 작은 텃밭이지만 이 텃밭을 가꾼다는 게 여간 성가시지 않았다. 잡초를 제때 잘 뽑아줘야 하고, 너무 빽빽하게 자라는 작물은 솎아 줘야 했다. 가뭄이 들어서 비가 오지 않을 때에는 하루에도 두어 번씩은 물을 줘야 했다. 아이들 뒷바라지 할 일도 없으니 소일거리 삼아서 하자고 시작했지만, 그건 소일거리가 아니었다. 하루라도 물주기를 거르면 금방 표시가 났다. 물을 흠뻑 먹지 못한 오이는 왜소한 데에다 꼬부라지기까지 했고, 작은 놈들을 제대로 솎아 주지 못한 바람에 영양 섭취가 제대로 되지 않은 가지는 자라다가 말았다. 정성과 기술을 다해서 잘 키운 남의 텃밭의 크고 싱싱한 오이나 가지를 보니 속이 상한 걸 넘어서 마음이 아팠다.

… 너희들은 어쩌다가 나 같은 주인을 만나서 불운하기 짝이 없는 채소 생애를 살아야 하는구나!

그런 생각 때문에 물 주기를 하루라도 거를 수 없었다. 어쩌다가 한 번씩 어쩔 수 없이 걸려야 할 때면 초조하기까지 했다. 자연과 하나가 되는 건강한 경험이 아니라, 자식 하나를 새로 키우는 것만큼이나 마음이 쓰였다.

왜 이 일을 시작했나 싶었다. 다시는 이런 짓 하지 말자고, 애초에 도시 텃밭을 신청한 게 실수였다고 아내와 의견을 모았다. 그 시간에 그냥 가만히 앉아서 텔레비전이나 보자고 했다. 그렇지 않아도 〈나니아 연대기〉의 작가 클라이브 스테이플스 루이스가 그랬다.

"모든 것을 사랑하라. 그러면 분명 당신의 마음은 괴로움으로 찢어질 것이다. 자기 마음을 다치게 하고 싶지 않다면 그 어떤 사람에게도, 심지어 그 어떤 동물에게도 마음을 주지 마라. (…) 당신의 마음이 다치는 일은 결코 없을 것이다. (…) 천국 외에 당신이 사랑에 따르는 그 어떤 위험과 그 어떤 흔들림으로부터 안전할 수 있는 유일한 장소는 지옥이다."(*데이비드 브룩스의 〈두 개의 산〉에서 재인용)

그런데 이듬해 2월에 우리는 또 누구보다 빠르게 신청해서 텃밭한 구획을 분양받는 실수를 저지르고 말았다. 지옥보다 더 괴롭게 마음을 다쳐야 하는 그 일을 또 감당하기로 선택하는 실수를. ●

혈연, 지연, 학연 그리고 흡연

우리 아파트가 금연아파트로 지정되고 나서는 아파트 구역 안에서 담배를 피우는 흡연자는 거의 사라졌다. 그런데 이상하게도 아파트 구역 안에 버려진 담배꽁초는 심심찮게 발견된다. 이 흡연자들의 신출귀몰함은 신기하고도 놀랍다.

이렇게 신출귀몰하지 못한 흡연자들은 아파트 바깥으로 연결되는 몇 군데 통로를 걸어나가 바깥에서 담배를 피운다. 후문 바깥도 그 장소들 가운데 하나이다. 후문은 개방된 통로이고, 자동차 두 대

351

가 얌전하게 교행할 수 있는 인도 겸 차도인 도로와 연결되어 있으며, 그 도로의 아파트 반대편은 산이다. 도로와 산은 철제 울타리로 경계가 쳐져 있고, 그 경계선에는 작은 빗물 통로가 도로를 따라서 이어져 있다.

후문 도로의 철제 울타리 아래 연석에는 깡통이 하나 놓여 있다. 담배꽁초를 버리라고 누가 가져다 둔 깡통이다. 이 깡통도 사실 사연이 길다. 처음에는 흡연자를 위해서 깨끗하고 커다란 쓰레기통 겸 재떨이를 마련하자는 제안이 대표자회의에서 안건으로 제시되었지만, 부결되었다. 후문 도로에 인접한 동의 주민들 가운데에서 담배 연기로 민원을 제기하는 사람들 때문이었다.

아파트 구역 바깥에서 담배 피우는 사람을 법적으로 제지할 수는 없다고 하더라도, 그런 사람들에 대한 불평까지 없을 순 없다. 그러니 만일 아파트 차원에서 그 장소에다가 쓰레기통을 마련할 경우에 담배 연기의 고통을 호소하는 인접 동의 주민들이 제기할 민원을 대표자회의가 감당할 수 없다고 생각해서였다.

그래서 임시방편으로 관리사무실 직원이 '개인 차원에서'(아파트 차원에서 한다면 또 난리가 나기 때문에) 거기에다 커다란 깡통을 하나 두었다. 그런데 그 깡통이 미관을 해친다는 민원이 제기되었고, 그 깡통도 치워졌다. 그런데 깡통이 없으니 흡연자들 담배꽁초를 그 주변에 아무 데나 마구 버렸고, 그래서 미관은 더 사나웠다. 그래서 다시 누군가가 작은 깡통을 가져다 두었고, 흡연자들은 거기에다 담배꽁초를 버렸고, 여기에 모이는 쓰레기는 구청 소속의 미화원이 정기적으로 치웠다. (아파트 바깥의 구역은 구청이 책임지는 청소 구역이기 때문이다.)

그날 나는 동네 뒷산을 한 바퀴 돌고 내려와서 후문의 그 흡연 장소에 서서 담배를 피워 물었다. (한바탕 힘든 활동을 하고 난 다음에 피우는 담배 맛은 흡연자에게는 꿀맛이고 뿌리치기 어려운 유혹이다.) 그런데 담배꽁초가 깡통 주변에 널려 있는 모습은 볼 때마다 신비롭기까지 하다. 제대로 깡통 안에 넣으려다 실패한 것들도 있겠고, 흡연자를 바라보는 사나운 시선이 불쾌해서 시위 차원에서 일부러 그렇게 패대기친 것들도 있으리라... 어려운 일도 아닌데 왜 꽁초를 깡통 속에 제대로 넣지 않을까? 진심으로 그러고 싶을까?

나는 쭈그리고 앉아서 한 손으로는 담배를 피우고 다른 한 손으로는 그 꽁초들을 하나씩 주워서 깡통 안에 던져 넣으며 혼잣말로 투덜거렸다.

"재떨이를 옆에다 두고 굳이 여기다 버리고 싶었을까? 에라잇, 한심한 놈의 쉐키들! 같으니라고!"

마지막 투덜거림을 꽁초와 함께 깡통에 던져 넣고 돌아서는데...

353

아뿔싸! 바로 뒤에서 한 남자가 담배를 피우고 있었다. 나를 보고 흐물흐물 웃는 그 남자, 나보다 열 살쯤은 더 나이가 들어 보이는 그 남자, 통성명은 하지 않았지만 비공식인 '흡연구역'에서 가끔 보는 얼굴이었다. 민망해서 서둘러 목례를 하고 지나가려는 나에게 남자는 이렇게 말했다.

"우리 인사나 합시다, 혈연, 지연, 학연 다음으로 소중한 인연이 흡연인데."

이렇게 실수는 때로 새로운 만남을 이어주기도 한다. ●

몰래바이트

내가 대학교에 다니던 1980년대 초반에 과외 교습은 과외 전면 금지 조치에 따라서 불법 행위였다. 그러나 대학생들과 수험생 학부모들은 당국의 눈을 피해서 몰래 연결이 되곤 했다. 우리는 이것을 몰래 하는 과외 아르바이트라고 해서 '몰래바이트'라고 불렀다.

나도 이 몰래바이트를 해서 용돈을 벌곤 했는데, 한 번은 학생의 어머니가 학생 아버지는 과외를 시키는지 모르니까 비밀을 지켜야 한다고 했다. 학생의 아버지가 과외를 바람직하지 않게 여기는 교육

철학을 가지고 있었을 수도 있고 과외 금지라는 정부 시책을 따르지 않았다가 적발되면 큰일이라도 나는 직위의 공무원이었을 수도 있지만, 학생의 어머니가 구체적인 설명을 해 주지 않았다. 하긴 내가 그 이유를 안다고 하더라도 달라질 건 없었다. 내가 학생 아버지와 아는 사이도 아니고 따로 그분과 연락을 할 일도 없으니 그 사람에게 들키지 않으려고 내가 따로 들일 노력은 없었다. 그저 학생의 어머니가 정해 준 시간에 가서 학생을 가르치기만 하면 되었으니까.

그런데 어느 날, 내가 그 집에 가서 학생을 가르치고 있을 때 학생의 아버지가 귀가했다. 그건 내 잘못이 아니었고, 잘못이 있다면 일정을 잘못 짠 학생 어머니의 잘못이었다. 아버지가 귀가했다는 사실은 과외를 마친 뒤에 알았다. 어머니가 와서는 아버지가 거실에 있으니 아무 소리 하지 말고 그냥 조용히 나가면 된다고 했다.

"그래도, 제가 인사를 드려야..."

"아냐, 학생, 그냥 나가면 돼."

어머니는 손을 홰홰 저었다. 모르는 사람끼리도 옷깃이 닿으면 인사를 하는데, 내가 가르치는 학생의 아버지가 거실에 있는데 본체만체 그냥 나가라니, 과외가 아무리 불법이라고 해도 죽을죄를 짓는 것도 아닌데 그렇게까지 해야 하나 싶었다.

"아냐, 그냥 나가면 된다니까?"

나는 가방을 챙겨들고 문 밖으로 나왔고, 어머니가 얘기한 대로 곧장 현관으로 향했다. 그렇지만 곧 내 시야의 한쪽 구석에 어른 남자의 모습이 비쳤다. 그 순간 나는 잠시 갈등했다.

… 그냥 가? 아니면, 인사를 하고 가?

결국 나는 마음을 정했다, 인사를 하기로. 집안의 가장이 바로 옆에 있는데 본체만체하고 그냥 나가는 것은 아무래도 사람 사는 도리가 아니고 과외 선생의 예의가 아닌 것 같아서였다. 나는 아버지 쪽으로 몸을 돌리고 허리를 숙였다.

"처음 뵙겠습니다. 이경식입니다."

아버지는 아무 말도 하지 않고 쳐다보기만 했다. 그래서 나는 다시 한 번 더 꾸벅 인사를 하고 나왔다.

"안녕히 계십시오."

그리고 며칠 뒤에 학생의 어머니로부터 그만 와도 된다는 연락을 받았다. 잘린 것이었다.

해고의 이유는 내가 아이를 제대로 못 가르쳤기 때문일 수도 있고, 아니면 내가 너무 예절이 발랐기 때문일 수도 있다. 하지만 어쨌거나, 아들 과외 문제를 둘러싸고 어머니와 아버지 사이에 벌어진 권력다툼에서 나라는 과외 선생은, 아버지가 손쉽게 공략하고 또 어머니가 손쉽게 버릴 수 있는 카드였던 것만은 분명하다.

혹시, '아버지에게 인사를 하지 마라'는 어머니의 지시를 제대로 이행하지 못하는 실수를 저지르지 않았더라도, 즉 아들의 과외 선생을 형식적으로나마 남편과 맞닥뜨리게 하지 않음으로써 남편을 자극하고 도발하지 않겠다는 어머니의 확전 회피 전술 지침을 제대로 따랐더라도, 나는 해고되었을까? ●

밤
따
기
행
사
와
근
시
안

언젠가 대학생이던 아들에게 물은 적이 있다.

"너는 여태까지 살면서 언제가 가장 허탈했었니?"

녀석은 한참 생각하더니 이렇게 말했다.

"어릴 때 밤 주우러 어떤 농장에 갔을 때요. 알맹이 작은 것까지 힘들게 주워서 기준 무게 채웠는데, 나중에 보니까 조금밖에 못 주운 사람들에게 알맹이 굵은 것들로만 채운 비닐봉지를 나눠줬잖아요."

옆에서 아내가 맞장구를 쳤다.

"맞아, 그랬지. 그때 참 황당했지."

"우리가 주운 알맹이 작은 것과 바꿔 달라니까 안 된다고 했어요."

그때 그 밤 농장은 밤을 딸 일손을 구하고 인건비를 지급하고 이걸 다시 시장에 내놓는 번거로운 과정을 거치느니 차라리 밤 따기 체험 행사를 기획해서 참가비를 받는 게 유리하다고 생각했던 모양이었다. 그런데 참가비에 비해서 따거나 주울 수 있는 밤의 양이나 품질이 변변찮아서 참가자들의 항의가 있었고, 그 항의를 무마하려고 미리 따두었던 알이 굵은 밤을 풀었던 것이다.

"그럴 줄 알았으면 천천히 놀면서 주웠죠. 우리가 얼마나 열심히 주웠는데."

아닌 게 아니라 우리는 우리에게 허용된 중량을 모두 채우기 위해서 알이 작은 녀석들까지 전투적으로 주웠지만, 우리에게 주어진 수확물은 놀기만 하던 다른 가족들이 받아든 수확물에 비해서 형편없었던 것이다. 미래를 내다보는 눈이 있었다면 달라졌겠지만, 우리에게는 그런 눈이 없었다. 근시안이었던 것이다.

내가 대학생이던 시절에도 그랬다. 그때 나는 내 수명을 65세로 생각했었다. 적어도 회갑은 지나야 하지 않겠는가 생각했고, 또 회갑이 지나고 나서도 조금 더 살면 좋겠다고 생각했었다. 나의 미래를 그저 막연하게만 생각했었고, 60세 이후의 내 인생이 어떤 모습이면 좋겠다는 생각을 해 본 적이 없었다.

2006년에 미국에서 24개국 출신의 수백 명을 대상으로 설문조사를 했는데, 대부분의 사람은 현재보다 미래를 더 많이 걱정하고 있음에도 불구하고 현재로부터 15년을 넘어서는 시점의 미래를 생각하지 않았다. 아울러 2,800명이 넘는 미국 성인을 대상으로 해서 미래연구소가 2007년에 실시한 설문조사는 응답자의 절반 이상이 30년 뒤의 미래에 대해서는 한 번도 생각하지 않았으며 또 4분의 1 이상은 5년 뒤에 자기 미래에 대해서 거의 혹은 한 번도 생각하지 않았다고 대답했다.(*비나 벤카타라만의 〈포사이트〉에서)

앞으로 10년이나 15년 뒤에 내 모습이 어떨지 그려 보지 않고 있는 나의 실수는 그때 가서 얼마나 황당한 결과를 빚을까? 그 전에 죽는다면 아쉬울 게 없지만 그렇지 않다면 얼마나 아쉬울까? 아니, 그 반대인가? ●

아
들
의
토
익
시
험

전날 밤에 술에 취해서 늦게 귀가한 아들 혹은 딸이 아침에 꼭 지켜야 하는 (적어도 될 수 있으면 지키는 게 좋은) 중요한 약속이 있음에도 일어나지 않고 계속 잠을 자고 있을 때, 이 아이를 깨우는 게 옳을까 아니면 그냥 계속 자게 두는 게 옳을까? 장기적인 관점에서 볼 때 어느 쪽이 올바른 선택이 될 수 있을까?

작은아들이 대학교 1학년 때였던 것 같다.

그 연령대의 청춘들이 대부분 그렇듯이 녀석은 자주 늦게 귀가

했고 또 자주 술에 취해서 귀가했다. 하루는 녀석이 술에 많이 취해서 새벽에 들어왔다. 그런데 그날이 하필이면 녀석이 토익시험을 보기로 되어 있던 날이었다. 카투사에 지원하려면 그 시험의 성적이 필요했던 모양이다.

날이 훤하게 밝아오는데도 녀석은 일어나지 않고 있었다. 아내와 나는 깨워도 일어나지 않는 녀석을 바라보며 속을 부글부글 끓었다. 자기 몸을 그렇게 함부로 굴리는 데 화가 났고 또 다음날 시험을 봐야 하는데도 그렇게 떡이 되도록 취해서 새벽에 들어오는 그 대책 없음에 화가 났다. 우리는 과연 녀석을 깨워야 할지 말아야 할지 판단해야 했다. 일어나서 시험 보러 가라고 슬쩍 깨워 봤지만, 예상대로 녀석은 꿈길을 헤매고 있었다.

그 상태로 시험을 보러 가 봐야 제대로 된 성적을 받지도 못하고 괜히 주변의 다른 수험생들에게 민폐만 끼칠 뿐이니 그냥 내버려두자는 게 아내 생각이었다. 그러나 나는 절대로 그렇게 할 수 없다고 했다. 어떤 약속이든 간에 약속은 약속인데 그 약속을 어기게 내버려둘 수 없다고 했다. 늦어도 좋고 시험을 못 봐도 좋지만, 자기가 얼마나 부끄러운 행동을 했는지 직접 느껴 봐야 한다면서 나는 기어코 녀석을 깨웠다. 이불을 걷어내고 등짝을 때려서 녀석을 깨운 게 시험 시작 30분 전이었다. 그렇게 해서 녀석은 씻는 둥 마는 둥 하고 술 냄새를 풍기며 시험장으로 갔다.

　다행히 (혹은, 하필이면) 그 시험장이 우리가 살던 아파트 바로 뒤에 있던 중학교여서 우리 집 현관에서부터 교문까지는 채 200미터도 되지 않았기에 녀석은 제시간에 시험장에 들어갔고, 운이 좋았던지 녀석은 나쁘지 않은 점수를 받았고 (녀석 주변에서 시험을 봐야 했던 수험생들은 얼마나 운이 나빴을까? 미안하다. 한 사람의 행운은 다른 사람이 겪어야 하는 불운의 대가인 경우가 많은데, 이 경우가 그랬다) 또 운이 좋아서 카투사 선발 추첨에서 당첨되었다. 그리고 평택의 미군부대에서 냉장고와 전자레인지와 텔레비전 그리고 화장실까지 딸린 널찍한 독방에서 생활하며 병역 의무를 마쳤다. 그리고 이 일을 두고 녀석은 우쭐하지만, 나는 그날 녀석을 깨운 것을 후회한다. 그것은 아무리 생각해도 실수였다.

　녀석이 속한 이른바 밀레니엄 세대는 우리 베이비부머 세대와는 확실히 다르다. 어릴 때부터 인터넷과 휴대폰 그리고 가상공간으로 이루어진 세상에서 성장했기에 우리 세대와는 시간과 공간의 개념이 다르다. 우리나라의 경제 수준이 빠른 속도로 높아짐에 따라서 녀석이 느끼는 절대적인 결핍에 대한 공포가 우리가 느끼는 것과 다르다. 또 고통과 거기에 따르는 보상에 대한 기대치가 다르다. 그러니 세상을 바라보는 눈, 사람을 바라보는 눈도 다르다. 세계관과 인간관이 다르니 모든 게 다 다르다고 할 수 있다.

서로에게 별종인 우리 두 세대가 서로에게 다가갈 때 간극은 좁아질 수 있다고는 하지만 혹시 그런 시도조차도 의미가 없을 정도로 이미 임계점을 넘어간 것은 아닐까 하는 생각이 자꾸 든다. 그래도 녀석이 '편한' 카투사가 아니라 육군 소총수로 최전방의 어느 부대에서 힘들게 병역 의무를 이행했다면, 그렇게 해서 자기 인생에서 육체적으로나 정서적으로 최대치의 결핍을 경험했다면, 녀석과 나 사이에 세상을 바라보는 시각의 차이가 그나마 지금보다는 조금은 더 작지 않을까 하는 생각도 든다. 그랬다면 녀석이 나를 보고 '꼰대'라고 생각하는 강도가 조금은 더 줄어들어 있을 것이고 또 그만큼 나를 더 이해하고 또 내 조언을 좀 더 너그럽게 받아들이지 않을까 하는 생각이.

아무리 생각해도 그날 아침 녀석을 깨운 게 실수인 것 같다. 부자 사이의 세대 간극을 조금이라도 더 줄일 기회를 스스로 차 버린 실수.

●

내 뻔뻔함의 원천

......

오늘 볼일이 있어서 차를 몰고 나갔는데

차 오늘 무지막지하게 많고, 길도 많이 막히더라.

양재역에서 남부순환도로를 타고 사당동 쪽으로 가다가

남부터미널 쪽으로 우회전한 다음에 직진을 하는데,

3차선 도로에서 3차선을 관광버스들이 줄줄이 정차해 있었고

그 와중에 그 뒤에 개인택시가 한 대 서더니, 기사가 내려서 담배

한 대 피어 물더라.

신호가 바뀌어 직진하는데, 내 차선(2차선)에 저만치 앞에 봉고차 한 대가 관광버스 옆에 떡하니 서 있는 게 보여서,

좌측깜빡이를 넣고 뒤에 오는 차가 있나 보고, 여유가 있기에 살짝 들이미는데...

뒤에 오던 놈이 '빵빵빵빵!' 거리더니 기를 쓰고 중앙선을 넘어 나를 추월하더라.

기분 되게 나쁘더라, 안 그렇나?

나라도 기분 나쁘겠다.

일마(이 녀석)는 1차선에서 다시 바로 내 앞 2차선으로 오더니, 다시 3차선으로 가서는 사거리 신호를 받고 딱 서더라, 아우디더라,

나는 내 차선 그대로 가서, 그 차 옆에 딱 서서 오른쪽 창문을 쓰으윽 내렸지.

(똥차를 탄 내가 아우디를 상대로 창문을 그렇게 자신 있게 내린 데에는 이유가 있는데, 그 이유는 조금 있다가 말하기로 하고...)

창문을 내렸는데, 글마(그 녀석) 얼굴이 보여야지, 글마 차가 시커멓게 선팅이 되어 있었거든.

그래서 창문 내리라고 내가 손짓을 까딱까딱 했지, 글마가 보고 있을 것 같아서.

그러니까 글마가 창문을 내리더니 다짜고짜 하는 말이...

"아, 내가 잘못했으니까 그냥 가세요, 그냥 가!"

... 뭐야, 전혀 잘못한 태도가 아니잖아,

나는 가만히 바라보기만 했다.

"아, 내가 잘못했으니까 그냥 가라고요!"

성질까지 막 내더라, 나이는 한 40대 초중반쯤...

내가 뭘 어떻게 했나? 보기만 했는데...

그사이에 신호가 바뀌고 글마는 먼저 휑 가 버리네...

설명해라. 창문 내린 이유.

그 이유는 이따가 말해 줄게.

그런데 이게 다가 아니야, 볼일 보고 돌아오는 길이었는데,

반포대교를 건너 남쪽으로 계속 가면 예술의 전당이 나오고,

예술의 전당을 바라보며 길은 오른쪽과 왼쪽 두 갈래,

오른쪽은 사당동 가는 길이고 왼쪽은 양재동 가는 길이지.

그런데 거기까지 가기 직전에 사거리를 건너면,

직전 차선 4차선 가운데 왼쪽 두 차선은 우면산 터널 들어가는 차선이고,

오른쪽 두 차선이 양재동이나 사당동 가는 차선이다.

나는 운전 스킬을 발휘해서 사거리 지나기 전부터 잘 빠지는 오

른쪽 끝 차선인 4차선을 타고 사거리를 건넜는데...

오른쪽 두 차선 가운데에서 나는 좌회전을 해야 했기에 왼쪽 차선으로 바꿔야 했어.

그런데 좌회전 하는 왼쪽 차선에는 차가 많고 오른쪽 차선에는 차가 별로 없어, 아무튼 왼쪽 차선으로 들어가려고 살짝 깜박이를 켜고 대가리를 들이미는데...

(분명히 말하지만 들이민 게 아니고 밀려고 했을 뿐)

(또 분명히 말하지만 거리는 충분했다)

뒤에 오는 녀석이 또 '빠빵빵빵'거리고 난리네.

… 참나, 오늘따라 내가 호구로 보이나?

사실 교대 앞에 글마 일로 나는 그사이에 반성을 했고 또 여러 차에게 양보하면서 거기까지 왔는데, 또 그러니 열 받더라.

그래서 내가 글마 옆에 차를 딱 붙이고 서서 또 창문을 내렸지, 이번에는 운전석 창문.

(나 완전히 재미 붙였었나 봐, 믿는 구석 있다고)

　　　　　　　　　　　　　　　서울은 운전하기가 참 어렵겠다.

창문을 딱 내리고 손짓을 해서 창문을 내리라고 했지.

그런데 두 번이나 손짓을 했는데도 문을 안 내리더라.

… 어라, 뭐지?

그사이에 신호가 바뀌어서 왼쪽 차선의 차들이 앞으로 쭉 나가고,

글마 차도 쓱 나가더라, 차종은 W자를 동그라미로 둘러싼 거였는데,

그런데 글마 차가 앞으로 나갈 때 글마가 하는 동작이 희미하게 보이더라,

전면 유리창으로 훤하게 비치는 밝은 빛이 배경이 되어주어서 실루엣이 보였던 거지.

그런데 글마가 오른손으로 휴대폰을 조작하고 있네...

그러니까 내가 자기에게 무슨 해코지를 할지 모르니까 휴대폰으로 녹음·녹화를 하겠다, 뭐 그런 행동 아니었을까? 나한테 완전히 겁을 먹지 않았을까, 이 말이지.

아무튼 그래서 나는 글마 뒤로 붙어 있다가 좌회전해서 그냥 집으로 잘 왔다.

조심하고 양보하면서 운전하자.

식아, 지하철 타고 댕겨라. ㅎㅎ

아, 내가 믿는 구석은... 선글라스였다.

집에서 나오면서 안경을 가지고 나오지 않아서 차에 있던 (도수 있는) 선글라스를 쓰고 있었다. 상대방이 내 눈을 보지 못한다는 믿

음은 심리적으로 확실히 자신감을 주고, 이런 자신감 넘치는 행동에 상대방은 겁을 먹게 된다는 사실을 새삼 확인했다.

……

언젠가 고등학교 동기 톡방에 올린 글이다.

선글라스라는 익명성의 가면을 썼기에 가능할 수 있었던 뻔뻔한 행동으로 누군가에게 불편한 마음을 끼친 잘못을 저지른 실수, 혹은 나 때문에 불편함을 느꼈을 아우디나 폭스바겐의 그 운전자들이 나보다 더 시커먼 선글라스를 쓴 사람들이 아니었기에 망정이지 하마터면 욕을 바가지로 얻어먹고 또 재수 없으면 코피까지도 터질 뻔했던 실수였다. ●

금연과 치킨게임

15년쯤 전이었다. 작업실이 있는 곳까지는 승용차를 타면 (이중 주차된 다른 차를 밀어내는 시간까지 포함해서) 15분 걸리고, 버스를 타면 (기다리는 시간까지 포함해서) 20분 걸리고, 걸어가면 30분 걸렸다. 나는 그때그때 마음 내키는 대로 이 세 가지 선택권 가운데 하나를 선택하곤 했다.

그날 아침에는 걸어가기로 했다. 바둑판처럼 나 있는 주택가의 골목길들을 거쳐서 작업실까지 걸어가는 경우의 수는 무수히 많았다. 그 많은 경우의 수 가운데 하나를 선택해서 걷고 있었는데, 갑자기 가슴이 답답해지고 머리가 아뜩해지는 느낌이 들었다. 통증은 없었고 호흡 곤란도 없었지만 몸에 이상이 있음은 확실했다. 계속 걸어갈 수 없을 정도였다. 그래서 길가에 가방을 놓고 그 위에 퍼질러 앉았다. 출근하는 사람들이 힐끔힐끔 쳐다보았다. 길에서 그냥 픽 쓰러졌다면 누군가 달려와서 119에 전화를 하고 했겠지만, 그때 나는 가슴에서 느껴지는 불쾌한 답답증과 숨이 잘 쉬어지지만 어쩐지 산소가 잘 공급되지 않는다는 느낌이 들기만 했을 뿐 얼굴이며 다른 곳은 모두 멀쩡했으니, 게다가 민망해서 눈이 마주칠 때 어색한 미소까지 띠었으니, 사람들은 그저 내가 숙취 때문에 그런가보다 하고 그냥 지나갔다. 심호흡을 하면서 한참 동안 그렇게 가만히 앉아 있었더니 괜찮아졌다. 일어나서 걸어 보아도 아무런 문제가 없었다. 뭐가 잘못되긴 했지만 잘 고쳐진 모양이었다. 사실 그전에도 한 번 더 그런 적이 있었다는 사실을 나는 작업실에 들어선 뒤에야 떠올렸다.

그 일이 계기가 되어서 나는 담배를 끊었다. 담배를 끊으니까 아침에 일어날 때 머리가 한결 가벼웠다. 잘 끊었다 싶었다. 그런데 예전에 없던 군것질 버릇이 생겨서 몸무게가 점점 늘어났다. 여섯 달쯤 지난 뒤에는 몸무게가 제법 많이 늘어났고, 굳이 이렇게 몸무게를 늘려가면서 담배를 끊고 살아야 하는가 생각에 결국 다시 담배를 입에 물고 말았다.

　나이가 쉰 살이 넘어서고 또 예순 살이 가까워지면서 또래 친구들 사이에서는 담배를 끊는 친구들이 부쩍 많아졌다. 이 친구들 가운데에는 담배를 피우는 친구들을 윽박지르고 협박하다시피 하면서 담배를 끊으라는 친구도 있다.

　"니 그라다가 죽는데이? (너 그러다 죽는다?) 앞으로 3년 안에 반드시 문제가 생긴다."

　"악담을 해라 악담을."

　"악담이 아니라 팩트다 팩트!'

　주변 사람들이 던지는 온갖 악담과 협박과 염려 속에서도 나는 담배를 끊지 않고 있다. 담배를 끊으면 나쁜 점보다 좋은 점이 더 많다는 걸 알면서도 나는 담배를 끊을 구체적인 계획을 하지 않고 있다. 이것은 자동차 계기판에서 기름이 바닥났다는 경고등에 불이 켜진 다음에도 그 상태로 얼마나 많은 거리를 주행할 수 있을지 실험해 보고 싶은 쓸데없는 호기심과 비슷한 실수이며, 이겨 봐야 나에게 아무런 이익도 없는 실체 없는 상대와 벌이는 치킨게임을 벌이는 실수이다. 이것은 실수인 줄 알면서도 저지르는 실수다. ●

30년 전의 분실물

1985년이었다. 대학원생 시절에 나는 조교를 하면서 학비를 면제받았고 또 과외를 하면서 용돈을 벌었다. 그러나 경제적으로 늘 궁핍했고, 그랬기에 지도교수가 번역 일거리를 줬을 때에는 그렇게 반가울 수 없었다. 그 일거리가 내 생애 최초로 번역 일거리였다. (그때엔 내가 중년 이후에 번역을 업으로 삼아서 살아갈 것이라고는 당연히 생각도 못했다. 아닌 게 아니라 그때엔 10년 뒤는커녕 5년 뒤의 내 모습이 어떨지도 상상하지 못하고 살았으니까. 못나게도 나는 지독한 근시안이었다.)

헤겔이 쓴 미학 서적이었고, 일본어로 번역되어 있던 책을 중역(重譯)하는 작업이었다. 철학 가운데에서도 미학 책이었으니 얼마나 어려웠을까마는, 재미도 재미려니와 빨리 번역을 끝내야 그것도 빈틈없이 잘해야 돈을 받을 수 있었으니 얼마나 정성과 노력을 들였을까? 그때만 하더라도 워드프로세서는 없었고 1,000자 원고지에다 볼펜으로 한 자씩 적어 나가야만 했다. 그리고 그 책은 나중에 그 교수님의 이름을 번역자로 달고 〈헤겔 시학〉이라는 제목으로 출간되었다.

그런데 오랜 시간이 지난 다음에 이런 생각이 문득 들었다.

…아니, 내가 번역한 원고인데 왜 번역자에 내 이름이 안 들어갔지? 나는 왜 그걸 당연하게 여겼지? 교수님이 약간의 윤문은 했겠지만, 아무리 그래도 번역자는 나고 교수님은 그저 거들기만 했을 뿐이잖아!

왜 그랬을까? 책에 대한 애정이 번역료 외에는 아무것도 없었기 때문이었을 수도 있고, 또 그때만 하더라도 지도교수가 이사를 할 때면 (그때엔 포장이사도 없었다) 대학원생들이 동원되는 것을 당연하게 여길 정도로 지도교수와 대학원생 사이의 관계는 '주인-종'의 관계였기 때문일 수도 있다. 아무리 생각해도 후자의 상황이 전자의 자기

376

위안적인 인식을 결과로 낳았을 것 같다.

… 교수님, 번역자 이름에 제 이름도 함께 넣어 주십시오.

그 말을 했어야 했다. 그때 교수님에게 그 말을 하지 못한 아쉬움은 그 뒤로 늘 마음 한편에 남아 있었다.

그러다가 30년이 넘는 세월이 지난 뒤에 그 교수님을 어떤 자리에서 만났을 때 그 교수님이 그때의 그 책 이야기를 하면서 이렇게 말했다.

"그 책을 이번에 다시 냈어. 그런데 다른 출판사에서도 헤겔 미학 책을 새로 번역해서 냈는데, 사람들이 하는 말이 옛날에 자네가 했던 번역이 지금 봐도 그 책보다 더 낫대."

번역을 잘해서 새로 다른 출판사에서 책을 다시 낼 수 있었다니, 듣기에 좋은 얘기였다. 그러나 그때에도 이 말은 하지 못했다.

… 교수님, 그러면 이번에는 번역자로 제 이름을 올리셨어야지요. 안 그러셨지요? 교수님이 그러시니까 학계에서 교수가 대학원생들을 착취하는 나쁜 관행이 수십 년 동안 계속 이어지는 것 아닙니까!

나중에 그 책을 보니 번역자는 예전의 경우와 다르게 'ㅇㅇㅇ 외'로 표기되어 있었고 책머리의 '개정판을 펴내며'에는 내 이름이 명기되어 있었다.

열음사에서 1987년 처음 간행된 『헤겔 시학』의 번역은 시에 대한 동서고금의 명저를 내가 한창 열심히 읽고 있던 1980년대 중반에 이루어졌다. (...) 특히 당시 경희대학교에 대학원 석사과정에 재학 중이던 이경식 군의 절대적인 도움을 빌려 이 책의 초고본을 작성할 수 있었다. (...)

관행을 당연한 것으로 생각하며 소유권을 순순히 포기해 버린 나의 실수로 30년 전에 잃어버렸던 물건이 생각지도 않게 다시 나에게 돌아온 듯한 기분이었다. 그 분실물을 찾아서 돌려준 교수님이 고마운 한편, 자기 물건 챙길 줄도 몰랐던 어리석고 궁핍했던 내가 부끄럽다.

그런데 가만, 혹시 애초에 그 번역 작업을 의뢰받을 때, 내 이름은 번역자로 들어가지 않는 것으로 교수님과 합의하고 양해했던 것은 아닐까? 지금 나는 과거에 저질렀던 미필적 고의에 따른 실수에서 '미필적 고의' 부분을 떼어내고 그것을 단순 실수로 포장하며 내 책임의 무게를 줄이려는 것은 아닐까? 설령 암묵적으로라도 그렇게 합의하고 양해했다면 나는, 실컷 약속해 놓고선 나중에 그 약속을 까맣게 잊어버린 채 딴소리를 하며 교수님에게 또 자기 자신에게 툴툴대는 신뢰할 수 없는 인간이라는 뜻이다. 복잡해진다. 부끄럽기 짝이 없는 무지한 실수에 또 다른 몽매한 실수가 한 겹 더 겹쳐져서, 나의 실수는 3차원을 넘어서 4차원으로 확장된다. 어디에서 어디까지가 나의 실수이고 책임인지 구분도 할 수 없을 정도로 최악인 실수이다.

●

어떤 복마전

복마전(伏魔殿) : 마귀가 숨어 있는 전당이라는 뜻으로, 나쁜 일이나 음모가 끊임없이 행해지고 있는 악의 근거지를 일컫는다.

2000년대 초반이었다. 부동산 개발 사업으로 돈을 많이 번 검사 출신의 어떤 변호사가 문화 산업에 진출하기로 했다. 이 사람은 오 프라인에서는 강남에 대형 서점 겸 카페를 만들고 온라인에서는 논 술사이트를 만드는 두 개의 사업을 동시에 추진했고, 이 일이 시작된 직후에 나는 이런저런 인연을 통해서 후자의 프로젝트에 함께하게 되었다. 사이트 구축 및 콘텐츠 개발이라는 먼 목표를 향해서 막 첫걸 음을 떼는 단계였고, 그 변호사가 설립한 회사는 나를 포함한 3인 협의체에 그 일을 맡겼고, 우리는 개발비 명목으로 매달 얼마씩 받기로 했다. 그렇게 해서 나는 그 일 및 그 사람들과 엮였다.

그 창업자는 오피스텔 건설 및 분양에 막 성공했던 터라 돈은 많았고 또 (지금까지 자기가 그래 왔듯이) 쉽게 성공할 수 있을 것이라는 의욕으로 충만해 있었다. 그러나 문화 산업에는 경험이 없었기에, 회사 관리직 외에도 출판계의 영업직에 있던 사람을 스카우트하기도 하고 또 문학계에서 나름대로 이름이 있는 사람들을 자문단으로 꾸려서 부족한 경험을 메우려고 했다. 그러나 자문위원들은 그런 사업의 의미에는 동의하지만 구체적인 사업 지도 내용을 가지고 있지 않았다. 또 굳이 지도 내용을 가져야만 할 이유도 없었다. 이름을 빌려주는 것만으로 본인이 챙기는 자문료의 몫을 다한다고 창업자는 물론이고 본인들까지도 생각했기 때문이다. 그러니 그 자문회의의 첫 번째 회의는 마지막 회의가 되었다.

출판사에서 납품받는 책을 카페에 전시해 놓고 손님들이 마음대로 골라 읽게 한 다음에 팔리지 않는 책을 출판사에 반품하는 방식을 전제로 했던 대형서점 겸 북카페 사업은 얼마 가지 않아서 접어야 했다. 출판사들도 처음에는 대형서점이 새로 생긴다는 소식을 반겼지만, 책을 납품해 봐야 나중에 너덜너덜해진 중고 책으로 고스란히 반품될 것임을 뒤늦게 알고는 책을 납품하려 하지 않았기 때문이다. 온갖 풍파가 몰아치는 출판 시장에서 버텨 나가던 노련한 사공들이 그런 허술한 수작에 넘어갈 리가 없었다.

온라인 논술사이트 구축 사업도 마찬가지였다. 사업의 구체적인 형태를 모색하는 단계에서 3인 협의체는 느슨하기 짝이 없었다. 이 업무에 배치되어서 실무 지원 임무를 맡은 젊은 직원이 한 명 있었는데, 내가 처음 합류해서 그 직원에게 점심을 먹자고 했을 때 그 직원은 자기가 입사한 지 한 달이 넘었지만 회사 일을 함께하는 다른 사람과 점심을 같이 먹는 게 그게 처음이라고 했다. 그동안 아무도 자기와 점심 같이 먹자는 말을 하지 않았다고 했다. 그러면서 나보고 그 회사가 잘 될 것 같은지 물었고 또 이 회사에 계속 다녀야 하는지 물었다. (내가 뭐라고 말할 수 있었겠는가?)

그런 상황에서 우리 3인 협의체는 차근차근 사업의 형태를 다듬어갔다. 그런데 두 달쯤 지난 뒤에 3인 협의체 가운데 한 명이던 '기획자가 (이 사람은 대학교 교수 신분이었다) 3인 협의체 모임을 조직하고 나와 다른 한 사람을 채용한 것은 자기인데, 일이 지지부진한 책임을 지고 개발비를 더는 지급하지 않겠다고 했다. 회사에서 지급되는 돈이 자기를 통해서 나와 다른 사람에게 지급이 되는데, 그 지급을 중단하겠다는 말이었다. 그러면서 실제 콘텐츠의 원고지 매수를 따져서 원고료로 지급하겠다고 했다. 그 사람은 나를 대학교에서 조교 채용하듯이 채용했다고 생각한 모양이었다. 게다가 그때엔 학습지 시안을 만들고 있을 때였고, 아직 플랫폼의 윤곽도 채 잡혀 있지 않던 때였는데, 난데없이 실제 콘텐츠 원고라니? 나는 내가 처음 그 작업에 합류하면서 들었던 내용과 다르다고 했고, 또 사장(변호사)이 요구하는 수준의 결과물을 내기란 불가능하며 이런 사실을 사장에게 분명하게 말해야 한다고 주장했다. 그런데 우습게도 이런 주장들이 오가는 과정에서 나는, 원래 그렇지 않던 사람이 돈독이 오르니 이상해졌다는 뒷말까지 전해 듣는 수모를 당했다.

나중에야 짐작할 수 있었지만, 그 교수는 구체적인 결과물을 가시적인 수준으로 생산하기로 약속을 하고 그 신생회사의 대표(변호사)로부터 개발비 명목으로 돈을 정기적으로 받았고 대표는 가시적인 결과물이 나오지 않으니까 그 사람을 압박했고, 그래서 그 사람은 어떻게든 지출을 줄여야만 했던 것 같다. 그러나 대표가 원했던 결과물의 수준은 당시의 역량(인력과 개발비)으로는 애초에 불가능한 것이었다.

그런 생각까지 하고 나서야 나는 왜 방향성을 잡아나가는 문건이나 학습지 시안을 그동안 나 혼자서만 부지런히 작성했는지 이해가 되었다. 다른 사람들은 다 알고 있었지만 나만 몰랐던 사실이 있었던 것이다. 물론 주관적인 추정이긴 하다.

383

…'그 사업은 절대로 성공하지 못한다.'라는 사실을 나만 빼고 다른 사람들은 다 알고 있었던 게 아닐까? 사람들은 그 사업이 '졸부가 돈을 한 뭉치씩 던져 넣고 즐기는 한 차례의 재미있는 놀이'일 뿐임을 다들 알고 있었던 게 아닐까? 그 물주는 싫증을 느끼기 전까지는 그 놀이판에 계속 돈을 던져 넣을 테니까, 그렇게 던져지는 돈을 어떻게든 최대한 많이 줍자, 이것이 그 사람들의 목표가 아니었을까? 그랬기에 안 될 줄 뻔히 알면서도 '최고 품질의 인터넷 독서학습지'를 만들 수 있다고 호언하면서 사업을 이끌어 갔던 게 아닐까?

애초에 그런 데 엮이는 것 자체가 실수였다. 심지어 계약서도 작성하지 않은 채 작업을 시작했으니, 나는 얼마나 한심했던가!

직장 생활을 하는 사람이든 자영업을 하는 사람이든 간에 많은 사람에게는 이런 복마전이 일상적인 생활이다. 온갖 수모를 당하고 욕설을 들으면서도 버텨야 하는 생존의 현장이다. 속지 않으려면 속여야 하고 뒤통수를 맞지 않으려면 뒤통수를 치는 게 당연한 룰로 정해져 있는 게임의 현장이다. 밑천이 두둑한 사람은 두둑한 대로 또 밑천이 없는 사람은 없는 대로 제각기 자기가 속한 리그에서 이 게임에 몰두한다.

그런데 이 게임을 주도하는 소수는 이 게임을 즐기며 또 이 게임에서 성취감을 느낀다. 그리고 실제로는 게임을 주도하지 못함에도 자기가 소수의 게임 주도자라고 착각하는 다수의 사람도 이 게임에 열중하며 행복을 추구한다. 나로서는 이런 사람들과 엮이는 실수를 저지르지 않기를 바랄 뿐이다. 다행히 내 직업은 이런 사람들과 복잡하게 엮일 가능성이 그나마 적다. 게임의 룰도 상대적으로 단순하니 얼마나 다행인지 모르겠다.

그러나 '타짜'가 없는 청정구역이 어디에 있겠는가. 행여 내가 나의 얄량한 기술을 믿고 승자의 성취감을 느껴보겠다는 헛된 망상에 부풀어서 누군가를 상대로 이 게임을 벌이게 될까봐 두렵다. 회사에 입사한 지 한 달 만에 처음으로 회사 일을 함께하는 사람과 점심을 먹는다면서 쌀국수를 앞에 두고 씁쓸하게 웃던 그 젊은 직원은 지금 어디에서 어떤 일을 하고 있을까? ●

아
구
찜
을
조
심
하
라

동네 아재들끼리 아파트 게스트하우스를 빌려서 아구찜과 족발 안주를 놓고 술을 마시고 있었다. 대화 주제는 어쩌다 보니 인공지능까지 와 있었다. 인공지능 때문에 인류는 인공지능을 통제하는 계급과 인공지능의 지배를 받는 계급으로 나뉘면서 불평등이 심화될 것이라는 사람도 있었고, 그런 건 극단의 결과이며 인공지능으로 생산성이 극단적으로 높아지는 것과 동시에 이것이 가능해지기 위해서라도 정치적인 논리가 작동해서 보편 기본소득 제도와 같은 개입 장치가 마련되어 보다 더 많은 사람이 (노동에서 해방되어) 보다 더 긴 시간을 여가 활동을 하며 즐겁게 살아갈 것이라는 사람도 있었고, 그런 일들이 일어나기 전에 지금 이 술판에 있는 사람들은 늙어 죽을 테니 쓸데없는 걱정은 하지 말고 술잔이나 빨리 비우라는 사람도 있었다. 그런데 또 말없이 안주만 축내는 사람도 있었는데, 내가 바로 그랬다.

그러다가 기어코 사단이 나고 말았다. 아구찜 살코기를 알뜰하게 발라먹으려고 들숨을 빠르게 했는데, 날카로운 뼈 하나가 목구멍으로 빨려 들어가 깊숙한 곳 어딘가에 걸리고 말았다. 인류의 미래에 대한 진지한 이야기가 펼쳐지는 술판에서 경박하게 입안으로 손가락을 넣고 켁켁거릴 수는 없었다.

그래서 나는 별다른 내색을 하지 않고 얼른 화장실로 갔다. 손가락을 넣어 구역질을 유도 하면서 목구멍에 걸린 뼈를 뽑아내려고 했다. 그러나 한입 가득 선홍색이 선명한 피만 나올 뿐이었다. 덜컥 겁이 났다. 그러고도 한참 더 혼자서 실랑이를 벌였지만 뼈를 잡아내지 못했고, 목구멍에는 여전히 뼈가 박혀 있었고, 입안에 고인 피는 뱉어낼수록 계속 나왔다.

이상하게 아구찜을 먹을 때마다 반복되는 실수다. 아구찜의 그 부드럽고 쫀득한 식감에 욕심을 내서 츱츱거리다가 기어코 뼈가 목에 걸리고 만다. 적당할 때 일찌감치 젓가락을 내려놓아야 한다는 걸 그새 또 잊어버리고서 나는 그날에도 그 실수를 반복하고 말았다. 지금 당장 내 목구멍에 아구 뼈가 걸려 있으니, 인공지능이고 보편 기본소득이고 나발이고 아무 소리도 들리지 않았다.

"이봐 동생, 괜찮아? 오바이트 하능겨? 등 두드려 줄까? 얼마나 먹었다고 그래, 젊은 사람이!"

언제 어디서나 아구찜을 조심하자. ●

패션 나들이

    언젠가 한 번 우리 가족 네 식구가 김포에 있는 아울렛에 간 적이 있다. 온 가족이 다 함께 그런 데 가 보는 것도 다 세상을 사는 재미고 좋지 않으냐고 해서 갔지만 지겨워 죽는 줄 알았다. 그런데 이번에도 아내와 큰아들이 멀리 이천에 있는 아울렛으로 가자고 했다. 가려면 둘이서만 가라고 했더니, 내가 꼭 가야 한다고 했다. 내가 입고 있는 옷이 너무 흉하다면서 나에게 세련되고 젊어 보이는 옷을 사 입히겠다는 것이었다. 그러니까 내가 꼭 가야 한다고 했다.

유난히 찬바람이 부는 날씨였는데도, 나를 빼고 두 사람은 즐거워했다. 그 즐거움이 내 희생을 대가로 한다면 그다지 나쁜 것도 아니라는 생각에 나는 흐뭇했다. 그리고 나에게는, 젊어 보인다고 아내가 박수를 치며 좋아하고 아들이 흐뭇하게 바라보는 바지와 와이셔츠와 스웨터와 콤비가 새로 생겼다. 사실 그렇게 입고 거울 앞에 서니 내가 봐도 세련되어 보이긴 했다.

며칠 뒤 처가에 잠깐 갔다 올 일이 있었는데 아내의 강권으로 굳이 그 차림으로 갔고 장인어른이 "옷이 좋은데?"라고 해서 아내는 무척 만족해했다.

그렇지만 내가 그 차림으로 집 밖으로 나갈 일은 별로 없다. 내가 하는 일이 사람을 부지런히 만나야 하는 일도 아니고, 작업실을 따로 두지 않고 집에서 일을 하니 나에게는 출퇴근이 없다. 이 방에서 저 방으로 가면 그게 출근이고, 저 방에서 나오면 그게 퇴근이었다. 친구를 만나는 일이라고 해 봐야 산에 가거나 술자리에 참석하는 것이니 될 수 있으면 늘 입던 편한 옷이 좋았고 그렇게 입고 나가곤 했다. 그러나 경조사가 있을 때에는 아내가 깔끔한 옷차림으로 예의를 차려야 한다면서 굳이 그 옷들을 내놓아서 어쩔 수 없이 그렇게 입고 나가곤 했다.

그런데 사실 바지가 불편했다. 너무 꽉 끼기 때문이었다. 바지를 살 때 아내와 아들이 바지가 너무 꽉 끼지 않느냐고 물었을 때 '괜찮은 것 같다'고 대답한 게 실수였다. 내가 그렇게 대답했던 것은 조금 전에 입었던 것보다는 덜 낀다는 뜻이었고, '대충 됐으니까 이제 제발 그만 좀 하자'는 뜻이기도 했다.

그런데 두 사람은 내 말의 뜻을 정확하게 포착하지 못했고, 내가 '매우 편하다'는 줄 알고 만족스러워했다. 그런데 그 바지의 밑위길이 (허리선에서부터 두 갈래로 갈라지는 부분까지의 길이)가 나에게는 너무 짧았다. 아닌 게 아니라 젊은 사람들이 입는 옷들은 밑위길이가 우리 연령대 사람들 기준으로 보자면 모두 짧다. 게다가 내가 입는 팬티가 펄럭거리는 사각 트렁크 팬티다 보니 그 팬티를 입고 그 바지를 입으면 바지 속에서 팬티가 이리 접히고 저리 구겨져 착용감이 좋지 않았다. 한 번은 그런 차림으로 상가에 가서 고인에게 절을 하다가 다리가 굽혀지지 않아서 절을 하다 말고 바짓단을 끌어올리는 동작을 추가로 해야 해서 민망한 적이 있었다.

그런 얘기를 했더니 아들은 원래 그런 거라고 했고, 아내는 몸에 착 달라붙는 고탄력 팬티를 사서 준비해 뒀다. 그러다가 또 다른 어느 상가에 갈 일이 있자 아내는 그 팬티에 그 바지를 내놓았다. 그런데 장례식장에서 문상 전에 화장실에 들러 소변을 보려고 변기 앞에 섰을 때 밑위길이가 짧은 그 바지의 지퍼를 내리고 팬티의 대문을 열려고 하는데 도무지 대문이 잡히지 않았다. 팬티를 거꾸로 입은 것도 아닌데 대문이 잡히지 않는다는 것은 대문이 없는 팬티라는 뜻이었다.

…이런!

나는 손 전체를 바지 지퍼 안으로 쑤셔 넣어서 어떻게 해 보려고 하다가 실패하고 결국에는 바지 벨트를 풀어 아예 바지를 내리고서야 안전하게 볼일을 볼 수 있었다. 그리고 고인의 초상 앞에서 절을 할 때에는 무릎을 꿇는 동작 중간에 바짓단을 위로 잡아 올리는 평소처럼 편한 바지를 입었을 때에는 전혀 필요 없는 동작을 한 번 더 하는 실례를 또다시 해야만 했다. 그 얘기를 하자 아내는 대문이 달린 고탄력 팬티를 또 준비해 뒀다. 그렇게 입으면 착용감이 좀 나을지 모르겠지만 아무래도 '아재 바지'보다는 좋지 않을 것이다. 그때 나는 왜 '괜찮은 것 같다'고 대답했을까? ●

컴퓨터 말썽

컴퓨터가 말썽이다. 부팅이 잘 안 되고, 되었다가도 예고 없이 갑자기 꺼지고, 꺼졌다가 다시 켜지면서 저 혼자 알아서 복구한다고 하고, 그러다가 다시 뭐가 잘못되었다고 한다. 그러다가 껐다가 켜면 다시 이 모든 것이 반복되다가 블루스크린이 뜨고, 그러다가 다시 껐다가 켜면 언제 그랬느냐는 듯이 멀쩡하게 돌아간다. 이런 과정이 길면 20분 동안 이어진다. 그런데 또 어떤 날엔 아무런 문제가 없이 잘 돌아간다. 아무런 문제가 없는 날이 열흘 이상 지속되기도 하고, 사흘

이 멀다 하고 사람 속을 뒤집어놓기도 한다. 벌써 여러 달째 이러고 있다.

아내는 왜 그러고 사느냐며 사람을 불러서 고치든 새로 사든 하라고 한다. 그런데 나는 그렇게 하고 싶은 마음이 아직까지는 없다. 이것은 절약의 문제가 아니라 오기의 문제이다.

여러 달 전에 컴퓨터를 손봤다. 컴퓨터가 버벅거리기에 컴퓨터 수리 기사를 불러서 의논한 끝에 기존에 쓰던 컴퓨터와 쓰지 않고 방치되어 있던 컴퓨터를 하나로 합치고 메모리카드를 추가했다. 기사 말로는 게임을 하는 것도 아니며 현재의 그래픽카드도 나쁜 게 아니고 프로세서도 펜티엄 듀얼코어니까 아무 문제가 없을 것이라고 했다. 그렇게 두 개의 컴퓨터를 하나로 합치고 30만 원을 줬다.

"두 대의 컴퓨터를 하나로 합치는 작업을 해야 합니다."

기사의 그 말을 듣고 그 작업이 무척이나 거창한 줄 알았다. 그래서 추가하는 메모리카드의 가격에다 공임을 합쳐서 그 가격에 하자고 해서 그러라고 했는데, 옆에서 지켜보니 그다지 어려워 보이지도 않았다. 여기 있던 것 뽑아서 저기 꽂는 게 다였다. 작업은 금방 끝났다. 나중에 생각해 보니 아무래도 바가지를 쓴 것 같았다. 근거는 없었다. 그냥 느낌상으로 그랬다.

그래서 나는 고집을 부린다. 또다시 바가지를 덮어씀으로써 컴퓨터 수리 기사가 우리 집 현관을 나가면서 낄낄거리며 좋아하게 만들고 싶지는 않다는 마음으로, 설령 노트북을 꺼내서 작업하는 한이 있더라도 컴퓨터 말썽의 이 불편함을 계속 감수하려 한다. 아예 새 컴퓨터를 사라고 했던 아내의 말을 듣지 않았고 그러다가 결국 바가지를 쓰고 만 나 자신에게 스스로 벌을 주고 있다. 이 말썽쟁이 컴퓨터를 내 잘못된 습관에서 비롯된 내 몸의 지병을 끌어안고 살아가듯이 그렇게 끌어안고 가고 있다. 현재진행형인 이 실수가 장차 어떤 결과를 나에게 가져다줄지 아직은 알 수 없다.

그러나 물론 내 생각이 틀렸을 수도 있다. 잠긴 문을 열어 주는 서비스를 세 시간씩 땀을 뻘뻘 흘린 끝에 끝내고 5만 원 받아 가는 열쇠공만 보다가, 그 일을 10초 만에 끝내 버리는 열쇠공에게 5만 원을 주는 게 아까운 마음일 수도 있다. ("도대체 이 사람의 시급이 얼마야?") 오히려 훨씬 더 높은 전문성으로 나의 시간을 절약해 줬으므로 5만 원이 아니라 오히려 웃돈을 얹어 줘야 할 판에 그 5만 원을 아까워하다니 말이다. 하지만 아무리 그래도 이성은 멀고 오기는 가깝다. ●

꼰대

'아들아, 내 경험과 냉철한 이성을 바쳐 그리고 내 온 힘을 다해 네 인생의 지팡이가 되고 싶구나'

중국의 예술사학자 부뢰(傅雷, 1906~1966)가 아들에게 보낸 편지에서 썼던 말이다. 부뢰뿐만 아니라 어느 부모인들 자식에게 이런 마음을 가지지 않을 것이며 또 어느 어른인들 청소년에게 이런 마음을 가지지 않을까?

아주 오래전, 금호동 언덕배기에 있던 옥탑방 작업실로 출근하던 길이었다. 성수대교와 동호대교가 있는 한강이 훤하게 내려다보이는 옥탑방이었으니, 그 정도의 시야가 확보되려면 얼마나 높이 올라가야 했을까? 꼬불꼬불한 계단을 숨이 차게 올라가는데, 저만치 앞에서 교복을 입은 고등학생 셋이 담배를 피우는 게 보였다. 그 시각에 거기에 있다면 땡땡이를 친 게 분명했다.

(...) 적어도 담배를 숨기는 시늉이라도 했어야 했다. 하지만 학생들은 전혀 그런 모습을 보이지 않았다. 오히려 내가 어떻게 나오나 보자는 듯한 눈치였다. 자기들끼리 킬킬거렸다. 괜히 뭐라고 훈계를 했다가 욕을 먹을 수도 있고, 어쩌면 두들겨 맞을 수도 있었다. 덩치도 셋다 나보다 컸으니, 어른이랍시고 권위를 내세워서 고함을 지른들 그 아이들은 코웃음을 칠 게 뻔했다. 이제 아이들 앞에까지 도달했다. 아이들은 내 얼굴을 바라보았다. 나는 시선을 피하며 아이들 사이로 말없이 계단을 올라갔다. 담배 연기가 뒷덜미에 훅 느껴졌다. 몇 걸음 계단을 걸어 올라가는데 (...) 도저히 그냥 가서는 안 될 것 같았다. 그래서 돌아서서 다시 그 아이들에게 다가갔다. 그리고 계단에 가방을 깔고 앉았다. 아이들은 무슨 일이냐는 눈으로 바라보았고, 나는 "여기 좀 앉아 봐라. 얘기 하나 해 줄게. 내 친구 이야기."라고 말했다.(*졸저 〈나는 아버지다〉 중에서)

그리고 나는 그 아이들에게 어린 시절 나의 라이벌이자 가장 친했던 친구이자 동네 대장이었던 아이 이야기를 해 주었다. 중학교 때부터 담배를 피웠으며 자기 몸을 소중하게 돌보지 못하고 결국 20대 중반에 폐병으로 죽은 친구 이야기를. 그리고 특히 청소년기에 담배가 몸에 얼마나 해로운지도 해 주었다.

그 아이들은 나에게 침을 뱉거나 나를 때리지 않았다. 얼마나 다행인지 모른다. 충분히 욕을 먹고 맞아도 쌀 짓을 한 내 실수를 아이들이 너그럽게 용서해 준 것이다. 하필이면 그런 너그러운 마음을 가진 아이들을 만난 게 얼마나 다행인지 모른다. 이런 사실을 뒤늦게 깨달은 나는 다시는 그런 실수를 저지르지 않으려고 노력하고 있다.

그런데 그게 잘 안 될 때가 있다.

아들 녀석이 코로나19 때문에 운동을 하러 가지 못해서 답답하고 몸무게도 자꾸 불어나는 것 같다며 투덜댔다. 그 말에 나는 기어코 하지 말아야 할 실수를 하고 말았다.

"그럼 밖에 나가서 달리기라도 해라. 우리 동네 운동하기 좋잖아."

"추워요, 오늘 얼마나 추운데."

"야 임마, 나는 오늘 옷 한 겹만 입고 산에 갔다 왔다."

"춥다고요 나는."

"뛰면 몸에 열이 나서 안 추워."

"내가 춥다고요. 아빠는 안 추워도 내가 춥다고요. 내가 춥다는 데 참..."

"뛰어 봤니?"

"라떼 이즈 호스!"

더 할 말이 없었다.

"알았다. 끝."

부뢰는 아들에게 보낸 편지에서, 아들의 인생에 지팡이가 되마고 쓴 다음에 곧바로 이렇게 썼다.

"그러나 어느 날 네가 이 지팡이가 귀찮다고 여길 때면 나는 소리 없이 종적을 감추어 절대 너에게 걸림돌이 되지 않으마."

아버지를 꼰대라고 말하는 아들에게는 아버지가 더는 지팡이가 아니다. 아무리 지팡이라고 우겨도, 혹은 지팡이가 되고 싶다고 주장해도 아들이 아버지를 걸림돌로 바라보면 아들의 눈에 아버지는 그저 걸림돌일 뿐이다. 그게 다다. 걸림돌은 그저 소리 없이 종적을 감추어야 하는데 왜 되지도 않을 지팡이 노릇을 하겠다고 나섰을까?

라떼 이즈 호스(Latte is horse), 라떼가 말이라는 사실을 알지 못한 나의 실수. ●

치맥과 양아치

어느 여름날의 저녁, 친구가 전화를 했어. 아내가 저녁 모임이 있다고 나가 버려 혼자 있기 심심해서 운동 삼아 그냥 아무 데나 무작정 걷자 하고 나섰다고 했다. 갈 데까지 간 다음에 근처에서 저녁이나 사먹고 돌아오자는 생각으로 무작정 걷다 보니 우리 동네에서 그다지 멀지 않은 곳까지 왔다가 내 생각이 나더라고 하더라. 나보다 시간 되면 나오라는 말이었어.

우리는 치킨집에서 치맥을 했지.

그런데 그 일대에서 대장질을 하는 못된 놈이 하나 있었어. 얼굴 생김새는 여리여리한데, 나중에 겪고 보니 성질이나 행동이 양아치는 저리 가라고 할 정도였지.

친구와 나는 가게 바깥의 테라스 테이블에 자리를 잡고 앉아 있었는데, 그 테라스라는 게 인도와 바짝 붙어 있어서 지나가는 사람마다 우리가 먹고 있는 순살 프라이드 치킨과 맥주 조끼를 슬쩍슬쩍 쳐다보고 지나갔어. 그 사람들 표정을 보면 무슨 생각을 하는지 알 수 있지.

… 흠, 치킨은 뼈가 있는 걸 먹어야 제 맛이지. 이 사람들은 치킨을 잘 모르는군.

… 맥주 한 조끼 더 시켜야겠군.

그런 표정을 읽는 것도 쏠쏠한 재미다. 기회가 되면 너희들도 한 번 해 봐라.

그런데 이 녀석은 길을 가다가 서서 아예 대놓고 쳐다보더라. 자기도 한 입 주면 안 되겠느냐는 눈으로. 그러다 눈이 마주치기라도 하면 짐짓 따른 볼일이 있는 척 딴청을 부리며 돌아서기도 하고... 그러다가 슬쩍 자세를 바꾸면서 우리의 관심과 시선을 끄는 게 아닌가.

그래서 나는, 생기긴 멀쩡하게 생겨서 뭐 이런 게 다 있나 싶어서 치킨을 한 조각 줬어, 그만 가서 볼일 보라는 말과 함께. 녀석은 쩝쩝

거리면서 잘 먹더라. 그런데 웬걸, 다 먹고는 안 가는 게 아닌가. 지나가는 사람들도 그 녀석을 조심스럽게 피해서 가고… (그러면서도 사람들은 한 명도 빼지 않고 꼭 우리 안주와 조끼를 흘낏 쳐다보더라.)

나는 그 녀석이 신경 쓰여서 결국 한 조각 더 줬어. 몇 개 남지 않은 아까운 안주였지만 어쩔 수 없다 생각하고. 그런데도 녀석은 그걸 다 먹고도 계속 뻗치기를 하더라.

그러다 보니 나도 약이 살살 오르잖아.

… 이 녀석을 어떻게 한다?

그래서 나는 결심했지. 녀석을 놀려주기로. 먹는 것 가지고 장난을 치는 게 좀 야박하긴 했지만, 상대가 워낙 양아치 같은 녀석이었고 게다가 취기도 슬슬 올라왔거든.

나는 몇 개 남지 않은 안주 하나를 왼손으로 집은 다음에 녀석에게 주는 척 하는 동작에서 다시 내 앞으로 돌려 나오는 동작으로 부드럽게 연결시켰어. 물론 녀석에게 관심도 없다는 듯이 시선은 녀석을 쳐다보지도 않은 채로 말이야. 아니나 다를까 나의 완벽한 속임수 동작에 녀석은 완전히 속아 넘어갔지.

나는 속으로 쾌재를 불렀어. 우하하하하하!

곁눈으로 녀석을 슬쩍 쳐다보니까, 녀석은 매서운 눈을 하고 나를 째려보더라. 잘못하다간 시비가 붙고 싸움이 날 수도 있었어. 친구도 그만하라고 말렸어. 그렇지만 나는 한 번 더 녀석을 도발하기로 했지. 싸움이 붙어도 녀석에게는 충분히 이길 수 있겠다 싶었거든. 그러나 돌이켜보면, 술이 좀 취했기 때문에 그런 생각을 했던 것 같긴 해.

이번에도 치킨을 든 왼손을 녀석 앞으로 쓰윽 내밀었다가 되돌려오는 순간...

팍!

녀석이 번개같이 달려들어서 치킨을 낚아채더라. 그 순간에 손가락이 뜨끔했고, 손가락에서는 금방 피가 줄줄 흐르더라. 녀석이 그렇게 독한 놈인 줄은 미처 몰랐지. 나는 신고 있던 슬리퍼를 벗어서 녀석의 머리를 한 대 딱 내리쳤어. 그런데 녀석은 나보다 한술 더 뜨더라. 그 자리에 계속 선 채로 나를 노려보면서 고함을 질러대는데 기가 막히더라.

"때려라, 때려! 어디 한번 죽여 봐라, 죽여 봐!"

친구는 저런 놈들은 아예 상대를 하지 말아야 된다면서 말렸어. 그래 맞다, 양아치를 놀리려고 한 게 잘못이고 양아치와 어설프게 장난을 치려 한 게 잘못이며, 애초에 양아치를 상대한 게 잘못이고 내 실수다 그랬지.

나는 손에 들었던 슬리퍼를 다시 신었어. 그리고 냅킨으로 피를

403

닦은 뒤에 (피는 쉽게 멈추지 않았다) 지갑에 비상용으로 넣어 다니는 대일밴드를 꺼내서 상처에 붙였어. 우리는 500CC 두 잔을 더 주문했고, 녀석이 고함을 지르거나 말거나 쳐다보지도 않았다. 나중에 보니 언제 갔는지 보이지도 않더라.

내 실수로 손가락에 상처를 입긴 하지만, 그래도 혹시 모를 그런 실수에 대비해서 플랜B로 대일밴드를 늘 준비해 다닌 게 어디야. 내가 봐도 대견하더라. 너희들이 봐도 그렇지? ●

훔쳐 먹은 막걸리

다섯 살 무렵이었던 것 같다. 어른 얼굴 여러 개가 나를 내려다보면서 깔깔거리고 혹은 껄껄거리며 웃고 있었다.

"갱식아, 그기(그게) 그렇게나 맛있더나? 한 잔 더 주까(줄까)?"

"얼마나 마셨는지 아(애) 배 좀 봐라 이거, 땡땡하구나!"

"김천댁 손자가 나중에 술 좀 하겠는데요?"

"저거(저희) 아버지나 할아버지 닮았으면 당연히 말술이겠지."

아마도 어른들은 이런 이야기를 나누었을 것 같다.

스냅 사진 같은 이 장면과 연결되는 또 하나의 기억은 어른에게 들켜 혼날지도 모른다는 조마조마함과 새콤한 그 '물' 맛에 대한 설렘이다. 마당에 새참용 음식과 함께 놓여 있던 주전자를 향해 살그머니 다가갈 때 혹은 주전자 꼭지에다 입을 대고 있을 때 '이놈!' 하면서 누군가가 내 목덜미를 잡아챌 수도 있었지만, 그럼에도 나는 그 맛을 못 잊고 금방 또 주전자로 살금살금 다가갔다.

아마도 나는 어른들이 맛있게 먹는 막걸리를 언젠가 한번 먹어 보리라고 평소에 마음을 먹었을 테고, 새참용 음식이 마루에 놓여 있고 어른이 아무도 없을 때 마침내 기회가 왔음을 알았을 것이고, 어른의 눈을 피해서 살그머니 주전자 꼭지에다 입을 대고 마시고는 행여나 들킬까봐 얼른 도망갔을 것이다. 그러나 집에서 도망쳐서 다른 데로 가 봐야 내 또래 욕쟁이 여자아이와 욕 배틀을 벌이는 것 말고는 달리 재미있는 것도 없었을 것이다. 아니 새콤하고 짜릿한 그 '물'을 훔쳐 먹는 것보다 더 재미있는 것은 없었을 것이다. 그래서 '딱 한 번만'이라고 다짐했을 도둑질은 '한 번만 더'로 바뀌었을 테고, 나는 금방 다시 집으로 돌아와서 또 주전자 꼭지에다 살그머니 입을 댔을 테고...

몇 번 그렇게 왕복했는지 모르겠지만, 결국 나는 취해서 곯아떨어졌고, 술 냄새를 풀풀 풍기면서 대청마루에 널브러져 자던 나를 나중에 어른들이 발견하고 배꼽을 잡고 웃었을 것이다. 그 소리에 나는 눈을 떴을 것이고, 그 모습을 보고 어른들은 나를 놀리면서 다시 또 배꼽을 잡았을 것이다.

내가 기억하는 내 인생 최초의 개망신이다. 누가 그랬다, 무슨 짓을 하든 (못된 짓을 할 때는 특히 더) 시나리오가 완벽해야 한다고. 술을 많이 마시면 취하고 또 취하면 졸린다는 사실을 미처 몰랐기에, 취기가 오르면 얼른 어른들 눈에 띄지 않는 곳에서 자리를 잡고 자는 것으로 시나리오를 짜지 못한 게 나의 실수다. 그러나 한없이 따뜻하고 그리운 실수다.

지금 이 나이에도 그때의 그 실수가 여전히 그리운 것은 그때엔 어떤 실수를 하더라도 언제나 용서받을 수 있었기 때문이지 싶다. 아무리 실수를 하고 잘못을 저지르더라도 너그럽게 용서받을 수 있었다. 그렇게 안전하고 따뜻하게 보호를 받았다. 지금까지 살아오면서 그때의 그 실수를 줄곧 그리워했던 것은 (내가 그 실수를 그리워했다는 것은 그 기억을 내가 지금까지 가지고 있다는 사실로도 입증된다) 그런 무한한 보호막을 간절하게 바랐기 때문이지 싶다.

그런데 그런 무한한 보호막을 간절하게 바라고 있을 내 주변의 다섯 살 어린아이에게 혹은 내 아들 또래 20대와 30대의 청년 누군가에게, 내가 받았던 것과 똑같은 보호막을 당연히 제공해야 한다는 생각을 그동안 나는 과연 얼마나 하고 살았을까?

이야기를마치며

사실 나는 이런 소소하고 유쾌한 실수만 저지른 게 아니다. 상식에 어긋나는 실수나 크고 무서운 실수도 많이 저질렀다. 하지만 이런 실수들은 그저 가슴에 품은 채 남몰래 가끔 한 번씩 들춰볼 뿐 어찌 함부로 말할 수 있겠는가. 지금은 그저, 과거보다 미래가 더 나을 것이라는 믿음 또 내가 더 나은 사람이 되어 있을 것이라는 낙관적인 믿음만 가지고서 어린아이처럼 유쾌하게 깔깔거리며 웃고 싶다. 독자도 나와 같은 생각이면 좋겠고 또 그렇게 웃을 수 있으면 좋겠다. 아울러, 이 책이 독자와 나에게 또 다른 실수로 판명되지 않으면 좋겠다. ●